Rosa Aneiros

Resistencia

Deseño de cuberta: Miguel Vigo
Fotografía da cuberta e da autora: Manuel G. Vicente

1ª edición: decembro 2002
2ª edición: novembro 2003
3ª edición: maio 2004
4ª edición: abril 2005
5ª edición: xuño 2006
6ª edición: febreiro 2007
7ª edición: febreiro 2008
8ª edición: decembro 2008
9ª edición: decembro 2010
10ª edición: febreiro 2011
11ª edición: xaneiro 2012
12ª edición: xaneiro 2013
13ª edición: abril 2014
14ª edición: maio 2015

Dr. Marañón, 12. 36211 Vigo
xerais@xerais.gal
http://blog.xerais.es
http://www.xerais.gal

ISBN: 978-84-8302-925-1
Depósito legal: VG 996-2011

NARRATIVA

Rosa Aneiros

Resistencia

XERAIS

A todos os homes e mulleres que deron
e dan a súa vida pola liberdade.

Ós presos políticos que permaneceron recluídos ó longo dos corenta anos do réxime dictatorial na prisión militar de Peniche polo delicto de defenderen as súas ideas e, particularmente, a Dinís Miranda. Sen os contos dedicados ás súas fillas, censurados pola PIDE *e hoxe expostos no museo de Peniche, esta historia probablemente non existiría.*

A Álvaro Cunhal. De corazón.

1

Dinís

Aquel día do verán de 1994 Dinís estaba sentado no alto dun cantil en San Pedro de Moel como tantas outras tardes. Tiña a cana de pescar estendida cara ó mar e o amocelo rebrincaba por entre as ondas atlánticas nun xogo de sedución mortal. Sargos e robalos fitábano con desconfianza dende o azul húmido ata que uns e outros acababan caendo na tentación dunha apetecible miñoca curvilínea. Arrolaba o sol polo leito celeste camiño da noitiña e a súa roibén marcaba o roteiro incerto cara a América. América. Cada noite Dinís marchaba un pouco nas últimas raiolas cun pensamento perdido nalgún lugar ignoto do novo continente. E cada mañá regresaba á súa realidade monótona e serena nunha aldea turística dun recuncho centroccidental da costa portuguesa. Era bonito o solpor no mar dende o alto do Farol do Penedo da Saudade. Extremadamente bonito. A vista abranguía case cento oitenta graos naquela perda de luz inxente sobre o océano infinito. Morría o sol e medraba a escuridade nun ciclo lento e constante marcado polo devir das cavilacións. Pasara tantos anos da nenez e mocidade empoleirado naquelas rochas esfariñadas, tantos anos de bos recordos e risos de balde... Logo pasou o que pasou e Dinís botara en falla durante moitos anos aquela sensación tenue e excitante á vez do luscofusco. O tempo de cadea tatuárase no seu carácter alegre e inocente e convertérao nun cincuentón silencioso e rosmón. Demasiados anos preso para aquel mozo rebuldeiro que fora e se perdera para sempre nalgún andel do pasado. Demasiados anos roubados á vida por unha dictadura fascista.

Dinís matinaba a miúdo en cómo transcorrera todo e non acertaba a crer que aquela historia de proezas lle tocase a el. El non quería ser protagonista de nada, el só desexaba ser feliz nun mundo máis ou menos perfecto no que puidese amar e traballar como unha persoa libre. E tocoulle ser heroe, el que tan apoucado e vergoñento fora toda a súa vida, converteuse nun símbolo da liberdade e a loita pola supervivencia das ideas. E agora alí estaba, sentado en San Pedro de Moel, de volta de todo e de volta de nada, con tantas imaxes na memoria e nada nas mans ó que aferrarse desesperadamente. Nada agás o mar e o recordo daquela moza pola que tería dado a vida enteira, pola que, en realidade, viña de dar a vida enteira. E os anos pasaban tan rápido sen ti, Filipa...

2

San Pedro de Moel

Aquel verán comezou desaborido coma tantos outros. Dinís non acertaba a lembrar cómo empezara, nin tampouco cómo continuara antes dela. A dicir verdade, non recordaba nada. A infancia facíalle brincadeiras na memoria. Todo permanecía reducido a un fato de traballos que substituíran os seus xogos de neno e mancáranlle o lombo aínda sen acabar de medrar. Tiña vagas imaxes de cativos tras dunha pelota e falcatruadas ó abeiro do piñeiral, mais non conseguía localizalos no tempo. Todo o que retrocedía máis alá dos dezaseis anos sucumbía ó atractivo do embelecemento do pasado, unha tentación abondo seductora para quen no seu currículo amosaba poucas victorias e unha morea de derrotas. Pero antes tamén vivira e velaí as cicatrices, o permanente bronceado que nunca máis esbrancuxaría e o aspecto apoucado de neno sempre triste. El non acordaba o porqué da tristura pero sabía que existira na súa carreira infantil como existiran os folgos esmigallados na praia con leña furtiva ás costas e os sacos de agulla amoreados tras das dunas para seren roubados a medianoite por un neno sen máis conciencia có continuo formigo do seu estómago. Por iso aquel verán comezou coma tantos outros, aburrido, sen máis aliciente nin indicio cá abulia dunha vida acabada de encetar que cobrase, de socato, sentido.

San Pedro de Moel non aparecía aínda no mapa. Demasiado pequena e demasiado pobre para os científicos da cartografía que marcaban cun puntiño na ribeira portuguesa aquelas vilas que pagaban a pena ser visitadas. San Pedro de Moel non daba nin cartos nin sona, a penas lles daba para comer a dúas ducias de homes e mulleres que decidiran facer daquel recanto do centroeste atlántico o espacio testemuño dos seus anceios e frustracións nun Portugal sangrante polas feridas das colonias e que non lograba sacar folgos abondo como para amamantar a tantos fillos famélicos. A aldea conformaba unha doa máis no rosario da miseria económica e política que se asentara no país a finais de maio do ano 1926. A un cento de quilómetros de Coímbra polo norte e douscentos da capital lisboeta polo sur, lonxe de todo e preto de ningún sitio, ninguén que non quixese ir adrede toparía aquel lugar con nome de santo mártir. Sen embargo, San Pedro de Moel resultaba tan mártir da pobreza como rica en recursos naturais; uns recursos –piñeiros, area e mar– dos que daban boa conta nas fábricas da Marinha Grande, a capital administrativa da zona. San Pedro de Moel ficaba afastado dela e do resto do mundo polo fantástico Pinhal do Rei.

Dinís nunca se preguntara por qué el nacera alí e non en calquera outro lugar do mundo. Sabía que a súa nai parira ó abeiro das ondas nunha casoupa de catro paredes trémulas e unha cuberta de tellas asubiante nun día de abril de 1940.

A súa chegada ó mundo fora un acto casual e froito da ignorancia dunha moza que, disque, se deixara seducir polos aloumiños dun amor ata o de entón platónico. E nunca máis deixaría de selo, segundo sentenciaron as voces da conciencia parroquial. O caso é que no breve espacio da encarnación de olladas e acenos de desexo, Dinís deu en medrar no ventre dunha muller que non soubo que viña ata que deixou de ver os pés. Para súa nai foi o mellor e mais o peor que puido ocorrer. O seu turronear dela levouno adiante malia os remedios de ruda de veciñas apuradas por, seica, salvarlle o futuro de escravitude e as lerias. Isaura rexeitou axudas e consellos a pesar das boas palabras, case ameazas, dun cura nun Estado Novo que recrudecía a súa severa moralidade. Non quixo saber de discursos que negasen o que día a día lle xermolaba no útero alleo ás divagacións que pretendían escoller o seu futuro.

O primeiro para Dinís foi o cheiro a bravo dun Atlántico voraz na primavera de resaca invernal. O primeiro, o cheiro; o segundo, a salmoira como arrolo de berce coas súas pinguiñas de auga salgada nun corpo aínda con sabor a placenta. O primeiro, o cheiro; o segundo o sal na pel; o terceiro o vento furando os ocos do tellado que se lle había gravar nos miolos como doce saúdo do aire. O primeiro, o cheiro; o segundo o sal na pel; o terceiro o asubío do nordés; o cuarto, a ollada de lume dunha muller que se debatía entre a vida e mais a morte. O cuarto, a súa nai loitando por amamantalo hora tras hora nas primeiras luzadas do abril.

Dinís sobreviviu nun canastro de arume á fame de verdade e ós choros de terror e soidade. Tamén viu unha muller esborrallar ó pechar a porta tras si cada día. Abril para o rapaz significou abrente de luz e antesala da miseria, unha miseria que lle roubou a posibilidade de ocupar o pensamento en calquera outra cousa que non se cinguise á sinxela supervivencia.

3

Isaura e António Gonçalves

Isaura non marchou de San Pedro de Moel como tantas voces anónimas lle aconsellaron. Na bondade das palabras e visitas con roupas usadas e cueiros ía explícita unha intención absoluta por coñeceren a identidade do pai. Máis cą necesidade de saber quen fora por humanidade estaba a sospeita de todas as mulleres da aldea por se sería algún dos seus católicos e honorables esposos o causante do pecado. E na vontade de que Isaura marchase a Lisboa, a capital onde florecía o traballo, e mesmo ás colonias do Brasil ou de Angola, había unha necesidade de negación da realidade e de afastar de diante a materialización dun, sospeitaban, rápido desafogo extramatrimonial. Que un esvarón teno calquera, a cuestión residía en non cruzarse con el a cada minuto. Chegou un momento no que, coma se dun acordo previamente pactado se tratase, a única fiada de propósitos era a súa fuxida para sempre. Coma se o pensamento da colectividade se reducise a salvagardar a súa honra sen máis miramento. E a teima das mulleres con boas mostras de caridade cristiá convenceu ós homes de que calquera deles podería ser e ninguén ficaba libre de sospeita. O clima de crispación non superou o ano de vida malia que, coma ondada atlántica, revivise de cando en vez polo suposto parecido do neno cos homes de San Pedro de Moel, aqueles que as díxome-díxome xa converteran en varios autores do crime moral. Pero a ninguén lle amitaba o suficiente como para sustentar unha acusación e a febre da cruzada pola salvagarda da honra parroquial afogou mergullada por outras cuestións de actualidade máis inmediata, como podía ser o caso das ansias mocieiras do fillo do Afonso coa neta da María. Mais como en todas as aldeas hai testáns, houbo quen anos despois aínda espreitaba na igrexa quen comungaba e quen non na misa dominical para atrapar ó pecador. A morte chegoulles antes e durmiron o descanso eterno da ignorancia que os acompañara en vida.

A Isaura deixárona en paz sen que ela percibise aparentemente nada. Os seus artificios de muller permitíranlle burlarse da hipocrisía da aldea cun donaire maxestoso. Aceptou canta axuda lle ofreceron e vestiu de loito coma mandaban os canons para a nai solteira. Incluso confesou ante o todopoderoso na pascoa. Ninguén soubo ver e, tralos comentarios insidiosos, reavivouse o amor nunca morto de amantes imposibles. Efectivamente, auga levaba o río das lerias que ben sabe a colectividade das feridas da súa aparente hermética muralla, e un home casado pousara o seu xerme no ventre de Isaura. Mais o xermolo do útero fora tal vez o máis feble dunha paixón que había superar os límites de toda conciencia e tempo.

António Gonçalves, cinco anos máis vello que Isaura, era un home pequerrecho e eslaimado que nunca se soñara protagonista anónimo de tan desconcertante e ingrávida historia de amor. Dende novo traballaba na fábrica de vidro dos Irmãos Stephen na Marinha Grande, a escasos dez quilómetros das dunas de San Pedro de Moel.

A historia da Marinha Grande estaba estreitamente vencellada ó Pinhal do Rei, de feito sen el nunca nacería aquela vila inzada de fábricas vidreiras e operarios da construcción. No século XVIII, por iniciativa do Marqués de Pombal, habilitárase alí a Real Fábrica de Vidros de Guilherme Stephens pola fartura de leña e area para a elaboración de vidro. Dende entón, o número de centros de producción non paraba de medrar e xa polo 1940 sumaba por centos os operarios encargados da nobre tarefa de darlles forma ó vidro e ó cristal. Arredor desta industria medrou un mercado de productos agrícolas e do mar que supuñan a base económica de miles de persoas do contorno, entre elas, os veciños de San Pedro de Moel.

Na Marinha Grande, vila de tránsito entre o Portugal do Sur, o da capital e o amarelo do Algarve, e o Portugal do Norte, do Douro e mais do verde porteño, António Gonçalves vira unha mañá unha mociña carretar peixe cunha dozura que alén de abraialo espertou no seu peito un sentimento de compaixón nunca antes experimentado. O home, de brazos queimados pola calor das fraguas e o alento do vidro incandescente, aproximouse a ela sen pensalo e cun aceno amosou a súa intención de axudala. Ela era Isaura. El non soubo nunca porqué carafio se achegou e cambiou así o roteiro de toda unha vida. Ela non soubo porqué estraña razón o refugou sen miralo sequera. Tal vez, pensaría anos despois, vira xa o compromiso no seus ollos. O certo é que aquela mañá de xuño, António volveu cruzar a praza da Cámara Municipal e colleu a estrada de Vieira de Leiría coa ridícula sensación de quen lle amosa todos os naipes ó contrincante na partida decisiva. Ela arrastrou a bicicleta polas lousas en sentido contrario entre gozosa e sorprendida pola súa propia resposta corporal a unha chiscadela do tempo. Ardíanlle as meixelas e as mans a penas acertaban a manexar o guiador cargado cun cesto de varios quilos de robalos. Nas seguintes semanas ela buscou os ollos grises do António por entre os muros da fábrica e esculcou as sombras dos visitantes no mercado de abastos coma se a vida lle fose niso. Ós dezasete anos probablemente crese, de certo, que a vida lle ía niso.

António soprou e soprou entre vidros e leña tentando que co alento fuxise tamén a imaxe daquela moza que o sacudira a escasos metros de onde perdía a mocidade cada día ó abeiro do lume e co estalo dos cristais como badaladas dun tempo imperfecto.

Porque António recollera o legado familiar do traballo no vidro ó cruzar a barreira da nenez e con vinte anos parecía xa un vello. De aspecto plúmbeo e pusilánime, o rapaz xamais cuestionara nada do encomendado por unha nai excesivamente protectora, xa finada por mor dunha tuberculose fulminante, e un pai dictatorial. A súa vida seguía o rego do sacrificio demandado por Oliveira Salazar, do que o seu proxenitor era fiel vasalo (e de aí o seu propio nome, António, en homenaxe ó dictador), sen máis sentido có marcado polas follas do calendario cristián de Nadal, Coresma e Resurrección. O seu casamento con Ana Barbosa, unha perfecta descoñecida, converteuno en esposo e posterior pai dun fillo, o Antoninho, sen cumprir o requi-sito sempre prescindible do amor encarnizado. Por iso, cando aquela mañá do San Xoán sentiu aquel brinco no corazón e a calor a galope polas súas meixelas deuse de conta de que había algo novo e misterioso que nunca antes coñecera. Non soubo poñerlle nome aquel día nin nas moitas noites de desvelo e abstracción que o proseguiron, e tal vez esqueceríao na gaveta da memoria destinada ás sensacións inexplicables e nunca compartidas se aquela tarde non tivese que cumprir unha encomenda en San Pedro de Moel.

Ía mercar leña para a fábrica e atender os pedidos diarios que o obreiro encargado non puidera tratar por mor dunha gripe. A el, ó António Gonçalves, tróuxolle a enfermidade incurable das ganas de vivir.

Era setembro. Caían chuzos de punta e a auga corría por riba do océano de ondas verdes do piñeiral formando vagas consecutivas que non permitían recuperar o alento. Farto de loitar contra vento, area e pingas, baixou da bicicleta guiando como podía o cargamento de botellas que levaba á aldea mariñeira. O camiño resultaba abondo retorto como para albiscar máis alá de cinco metros por diante de si. Non eran nin as cinco da tarde e a treboada envolvera o piñeiral co seu manto escuro e parecía que a noite daba xa fin a un día gris. António agarraba o traxe de augas cunha man e o guieiro da bicicleta con outra seguindo pisada a pisada cara a adiante. Nun momento que alzou a vista para enxergar canto lle quedaba de camiño topouna ó abrigo dos piñeiros nun recuncho resgardado da tromba de auga que ameazaba con empeorar máis aínda. Encontrouna alí, a ela, onde menos a tería soñado. António fixo un amago de acubillar ó seu carón pero o celo co que o tratara a primeira vez obrigouno a pensalo dúas veces e recuou dos seus propósitos. Continuou a andar. Daquela, ela, coa mesma sorprendente reacción coa que un día o desbotara, berroulle:

—O peor do trebón está por chegar. Debería resgardarse.

Non ben acabara de falar cando xa un lóstrego serpeante sucara o ceo negro como póndolle a sentencia definitiva á súa aseveración. El ficou petrificado. Non soubo ben se fora polo raio imprevisto ou pola tamén imprevista voz da moza que tanto degoirara por esquecer. Apoiou a bicicleta no piñeiro. As botellas tinguineaban molladas e el estaba completamente enchoupado. Ata varios minutos despois non foi quen de atreverse a ollala de esguello. Recordaba a súa bicicleta azul daquel día na praza. Parecía ir de volta para San Pedro de Moel porque non levaba carga de peixe e tiña, ademais, unha roda picada. A moza tremía perceptiblemente e el non puido reprimir un sorriso ó mirala de fite. Nunca tal lle acontecera. Isaura amosou a súa molestia polo seu riso e viroulle as costas. António non se inmutou e revirouna cara a si cun atrevemento merecedor dun par de labazadas que Isaura sopesou e nunca chegou a dar.

—Non te incomodes, pero é que tes a cara e as mans cheas de graxa. Pareces un espantallo.

—Moi simpático –apresurouse ela namentres limpaba freneticamente o bico coas mans luxadas e facendo estragos no rostro.

El afastoullas suavemente e, erguendo as súas cara ó ceo en forma de cuncha, tentou capturar a suficiente cantidade de auga como para lavarlle a cara. Isaura deixouse facer sen parar de tremer nin un só instante e el demorou o seu camiñar a tentas pola súa faciana negra. Os regos de choiva querían evaporarse á calor daquela ollada acesa que o miraba dende a barreira do temor. A situación prolongouse segundos máis do debido e os dous sabían o que acontecería se un carro tirado por cabalos non aparecese ó lonxe camiño de San Pedro de Moel. Sabíano pero nunca o recoñecerían, nin tan sequera o António na carta póstuma dirixida a Isaura e escrita minutos antes do fatal desenlace que o converteu en lousa de pedra fóra do camposanto cristián. O arrieiro recoñeceu a moza ó chegar á súa altura e convidouna a subir. A ela e mais á súa bicicleta. Instintivamente, Isaura mirou a António agardando unha súplica. El reaccionou tarde, mal e arrastro cunha voz sacada de algures:

—Estou mollado de pé e perna. Se me leva estas botellas á taberna agradézollo e eu volvo á Marinha Grande. Este día non presaxia nada bo.

—Leva boa razón, home, leva boa razón, isto mete medo –André, o conductor do carro dérase por aludido con aquela súplica lanzada ó aire–. Hoxe dígolle eu que non escampa máis. Vaia para a casa que do paquete ese encárgome eu. Precisamente ía agora ver Meluchinha.

E así foi como Isaura subiu a bicicleta ó carro e sentou á súa beira para ver como António se perdía petrificado na penumbra dos piñeiros.

—Mellor é ir para a casa. Sopra Nordés e disto non sae nada bo, nada bo. Espero que ninguén saíra ó mar esta tarde. Espero que non–. O arrieiro apretou as rendas do animal e apurou cara a San Pedro de Moel, onde estarían salvagardados da treboada. Pero a tormenta que se iniciara esa tarde non acababa senón de comezar e non habería medio humano de a deter xa.

4

O Pinhal do Rei

O Pinhal do Rei, tamén chamado Pinhal de Leiría, era unha vasta extensión de piñeiros que ocupaba máis de dez mil hectáreas de costa atlántica portuguesa entre as vilas de Leiría e Nazaré. Resistentes ó salitre e facilmente adaptables ó terreo inhóspito de dunas e cantís, o seu cultivo fora ordenado polo rei don Afonso III xa no século XIII e ampliado polo seu sucesor, don Dinís, consciente das virtudes do piñeiro do centroeste lusitano. Así, a madeira do piñeiral serviu para abastecer de materia prima ós estaleiros encargados da construcción de naos que realizaron as viaxes transoceánicas cara a América e África no tempo dos descubrimentos. As expedicións lusas da Baixa Idade Media nutríronse das árbores bravas da Marinha Grande para arribar ás colonias espalladas por máis de medio planeta. «Se máis mundo houber máis lonxe chegariamos» rezaba a lenda do Padrão dos Descubrimentos en Belem e os habitantes da rexión das Beiras amosábanse orgullosos da súa contribución na expansión do imperio portugués alén das fronteiras da vella Europa.

Isaura e António Gonçalves nada sabían da historia dos antepasados que os precederan naquelas terras, todo o seu mundo. O único que souberon a medida que o carro de cabalos os afastaba no medio do trebón é que aquel monte sería a cerna da súa propia historia. E aí as vangloriadas travesías das naos lusas eran a penas unha anécdota insignificante no grandioso do seu encontro naquel mar de arume. De ti a ti, cara a cara, rostro a rostro no medio e medio da auga doce e salgada do ceo e do Atlántico. A beizón ou desgracia acababa de se instaurar como tradición familiar e perpetuada anos despois polo froito daquela relación. E tanto a unha coma a outra arrastrarían tras si ronseis de traxedia clásica.

Despois daquela chuviosa tarde os encontros aparentemente espontáneos non serían nin un nin dous. O pai do António, don Caetano Gomes, lograra ascender a capataz de fábrica por unha máis que devota submisión ós tentáculos de Oliveira Salazar e aí o fillo viu a oportunidade inocente de mudar os seus hábitos cotiáns. Pediulle alternar as quendas na nave co reparto en bicicleta e os encargos de leña en San Pedro de Moel. Caetano Gomes aceptou de bo grado. Ningún dos dous foi sincero nos motivos do cambio. António quería liberdade para desafogar fóra do ritmo opresivo e martelante da fábrica. Que o seu pai fose o capataz non era grande axuda para as súas relacións laborais e paulatinamente quedara á marxe da solidariedade obreira, polo que saír de alí pareceulle, cando menos, unha solución mentireira á traizón de pertencer por sangue ó sector poderoso. Aínda que el non fose máis ca un pobre e mísero peón. Pero máis ca esta teima sindical, António quería ter a posibilidade de navegar polo monte na procura de Isaura, o pensamento obsesivo que ameazaba con desestabilizar a súa morna temperanza de pai, esposo e operario dócil. Don Caetano, pola contra, vía nesa abnegada inclinación por mesteres máis fatigosos un intento de facerse valer ante os superiores e acolleu con orgullo o desexo do fillo de saír dos catro muros da factoría. Cadaquén fixo das súas razóns o motivo de loita e expoñente de perseveranza absoluta.

Isaura soubo dende o primeiro día que António estaba casado. Non se pode dicir que se deixara seducir enganada ou que el lle fixese promesas de balde. Non, Isaura coñecía de antemán a imposibilidade de se quereren ante o mundo e aceptouno con tal naturalidade que parecía que mesmo se compracese na tentación do prohibido. Naqueles primeiros encontros aparentemente espontáneos, cando ela ía vender xurelos e robalos ó mercado da Marinha Grande e el repartía vidro en San Pedro de Moel, houbo un aquel de pretendida malicia e irrefreable desexo que ía en aumento a medida que se dilataba o encontro carnal entre os dous mozos. Cruzábanse con cadansúa bicicleta e, sen mediaren palabra, proseguían o seu camiño en destinos contrarios. Máis dunha vez el tivo a tentación de se deter, pero o tránsito de vehículos e persoas entre as dúas vilas era abondo fluído como para afrontar o risco de ser vistos. E o António Gonçalves tiña unha familia cada vez máis allea que manter á marxe da súa paixón tan implacable como platónica por unha peixeira. As olladas incendiarias poderían facer arder todo o piñeiral cunha soa labarada.

Os encontros que xa ningún dos dous entendía como fortuítos aumentaron o ritmo do seu desexo, que buscaba desesperadamente unha canle de escape. E tal e como aquel día Isaura o deixara marchar para atraelo cara a si semanas despois, foi ela quen tomou a determinación de provocar, non estaba certa do qué, pero algo para aplacar os soños suorentos que a espertaban en plena noite, a evasión e descoido constante e a busca desesperada do perfil de António pedaleando cara a ela polo piñeiral adiante. Sabía perfectamente do pecaminoso do seu comportamento. Aprendeu a coñecer e dominar unha a unha todas as tribulacións e remorsos causados polo seu inmoral desexo e, unha vez adestrados, moveunos ó seu gusto ata convertelos en cinza. Devecía por el máis ca nada no mundo e non deixou que as ameazas do inferno fosen quen de deter o lume que estaba a arrasala por dentro. Lía no rostro de António coma na palma da súa man e viu o seu mesmo desexo no iris duns ollos rechamantes. Esta identificación de sentimentos deulle azos abondos como para facer o que aquel día fixo. Sabía que el non se atrevería por temor a ofender a súa honra. El era casado, ela non, e calquera paso adiante podía ser entendido por ela como unha pretensión deshonesta. Isaura, baleira de medos e temor a posibles consecuencias, tomou aquel día a decisión da que non se arrepentiría xamais. A pesar do que o futuro lle cuspiu na cara.

Febreiro fuxía ás carreiras por un marzo que zarrapicaba gromos e acentos ventosos na paisaxe ondulada do piñeiral. António Gonçalves pedaleaba co corazón na gorxa porque á altura á que adoitaban toparse cada mércores e venres, a silueta de Isaura non atravesara aínda o horizonte. Ó chegar onda o desvío cara a Vieira viu a súa bicicleta apoiada nunha rocha. Ela non aparecía por ningures. Sobresaltado, tomou o desvío el tamén e meteu a bicicleta tras dun mato. Non sabía moi ben qué facer, así que deu voltas en círculos pequenos arredor do sitio, non fose ser o demo que lle acontecese algo. Pero ela non aparecía. Entón deuse de conta de que non lle sabía o nome para berrar por ela e sentiuse coma un perfecto estúpido. A piques estaba de retomar o seu camiño cando ela lle saíu tras dun piñeiro e, póndolle os dedos nos beizos, convidouno a seguila en silencio. Indicoulle un lugar afastado cuberto por uns matos e foi ás présas agochar tamén a súa bicicleta. Coa impaciencia, o peixe quedou estrado na area do camiño víctima daquel naufraxio. António sentiuna chegar de novo e quixo morrer sen se atrever a pechar os ollos por se os abría de novo e aquilo non era verdade. Quedaron de fite, fronte a fronte, sorrindo con pánico nas meniñas ata que un dos dous se achegou serenamente e bicou ó outro nas meixelas notando como toda aquela calor se lles pegaba irremediablemente. Inevitablemente. El fixo ademán de quitar o anel pero ela deixoullo quedar e deixaríallo sempre. Para non esquecer quén eran un e outro.

As mans buscáronse e pouco a pouco desposuíronse das posibles palabras para embebedarse por completo de sensacións novas e excitantes que, por primeira vez, estaban a envolvelos. Espíronse lentamente, tan lentamente que resultaría desesperante para os máis presurosos amantes. Pero eles semellaban entenderse como vellos namorados, expertos e antigos, e mesmo pareceu que aquilo fose unha sorpresa, unha turbación, unha peza que faltaba no corpo dela, unha peza que sobraba no corpo del. Os dous intercambiaron o amor nunha penetración que os converteu, de repente, en partes completas, saciadas por primeira vez daquilo que nunca notaran que lles faltase: o outro.

Exhaustos, deitados na area e aínda trementes, bebéronse de novo tantas veces como para acabar derreados cando xa a noite viña chegando. Vestíronse o un ó outro rapidamente e colleron camiños opostos coma se xa estivese escrito e soubesen á perfección cal era o seu destino natural.

Durante semanas non se encontraron, non se sabe se foi consciente ou inconscientemente, pero unha tarde de abril reiniciaron os encontros ás agachadas que se prolongarían por máis de trinta anos. Toda unha vida estiveron amándose sen máis dilación cá imposta por circunstancias alleas ás súas vontades. E foron francamente poucas. Nunca xamais ninguén soubo das súas andainas. Ninguén agás unha persoa e só nunha ocasión estiveron a piques de tirar con todos os prexuízos pola borda e fuxiren xuntos lonxe dalí. Foi a única vez en que tiveron a oportunidade de tomar unha decisión definitiva, pero non amosaron valor abondo como para romper a maxia da clandestinidade. Coma se o amor non fose suficiente para vencérense a si mesmos. E, quizais, tralo Pinhal do Rei non houbese nada.

Aquela mañá, cando António Gonçalves baixou da bicicleta e comprobou que ninguén o miraba, entrou no piñeiral ata topala no lugar acostumado. Ficou abraiado. Isaura estaba distinta, tan distinta que a penas a recoñecía. Ela apurou en amosar o motivo da súa mudanza.

—António, vou ter un fillo.

O home tardou uns segundos en asimilar a transcendencia daquela afirmación pero, cando o tempo lle deu aire, foi rotundo.

—Marchemos Isaura, prégocho, marchemos dunha vez.

Sería a única ocasión en que llo pediría, e ela a única vez que lle faría entrar en razón con só unha mirada brillante. En silencio díxolle que ela tamén o quería pero que non era necesario. Os dous sabían que non sobrevivirían á turrada do público lonxe do piñeiral que os acubillara. E decidiron continuar ó abrigo do anonimato. António axudouna a sacar o pequeno adiante cunha devoción nunca demostrada polo fillo lexítimo e que xamais demostraría por ninguén. Como as grandes paixóns, ambos os dous morrerían sen saberen dos sentimentos que provocaban no outro. Malia as aparencias, aquel homiño eslamiado sen carácter rexo sería capaz de mover montes cos desexos que fraguaba na forxa do seu peito. Lonxe da fábrica de vidro.

O parto foi extremadamente doloroso e Isaura a piques estivo de esfarelar tras dun esforzo que lle desarticulara as partes máis íntimas de si ata onde só António chegara. Non soubo nin sabería nunca do preto que estivo de pór a súa data de pasamento no mesmo día do nacemento do fillo. Pasou facendo equilibros polo fino gume entre a vida e mais a morte cunha gracia e unha tranquilidade que aterraron ó mesmo esquelete da gadaña. E venceu o pulso da súa propia fatiga porque sentiu que tiña demasiadas razóns para facelo. A primeira, o neno cheo de sal e placenta que berraba ó seu carón. A primeira, o fillo; a segunda o António que petaba no ferro quente dunha fábrica a sete quilómetros de distancia sen saber que era xa de novo pai por obra e gracia dunha amante máis forte cás circunstancias. A primeira, o fillo; a segunda, o amante; a terceira, demostrar que estaba por riba de canta leria houber. A primeira, o fillo; a segunda, o amante; a terceira, acalar os comentarios e, a cuarta, ela mesma. Na romana dos sentimentos non sabería cál das catro cargas tería máis peso para inclinar os acontecementos cara ó lado da vida. O lado da esquerda.

Chamoulle Dinís en honra ó piñeiral que acollera a súa concepción e que marcaría tamén o destino da súa propia peregrinaxe cara ó amor e mais o traballo. Malia as axudas que ás agochadas o António procuraba, e aí ían tamén roupas usadas polo Antoninho, o fillo lexítimo, Isaura tiña que pasar todo o día a traballar para conseguir sobrevivir. Non ben se recuperara do parto e xa pedaleaba sen descanso de San Pedro de Moel á Marinha Grande e viceversa, cargando o peixe que había darlles de comer. O pequeno quedáballe coa señora Carme, unha velliña habelenciosa de cute morenísima e bata branca que cociñaba pasteis de nata para logo vendelos na panadería. A señora Carme apiadárase de Isaura dende que lle vira faíscas nos ollos e cor nas meixelas. Sóuboo e persignouse porque vía outra vez a mesma historia repetida no breve intervalo de vinte anos.

A velliña fora testemuña muda xa do nacemento da propia Isaura, unha nena escuriña e de ollos grandes da que nunca se soubo con certeza o pai. Remédios, a nai, morrera ós poucos días do parto por mor dunha perda de sangue inxente. Ninguén puido ou ninguén quixo facerse cargo do cadáver e soterrárona nunha mañá de xaneiro en presencia do bebé, o cura e cinco mulleres de negro, entre elas a señora Carme, amiga da finada dende a infancia. A caridade da parroquia e dunha muller solteira de San Pedro de Moel, ansiosa por gañar méritos diante dun cura acabado de chegar, fixo que a pequena non marchase da aldea para o orfanato de Leiría. Houbo quen vinte anos despois, co nacemento do Dinís, aproveitaría para sacar a colación a desvergoña da nena por traizoar á comunidade que a sacou adiante.

5

Remédios

Daquela ninguén comentara nin chío sobre o pai da pequena. Sospeitábano e abondáballes para tranquilizaren as súas conciencias, malia que detrás da paternidade houbese delicto manifesto. Chamáronlle á nena Isaura, por desexo expreso da súa defunta nai e dela quedáronlle a penas a melena roxa e un sorriso cruel pola desgracia que arrastraba consigo. A súa nai carrexaba leña para as fábricas da Marinha Grande cando aínda o peixe non era bo negocio e coñecida era a envexa que espertaba nas mulleres e a lascivia nos homes pola súa impresionante beleza. Algúns non puideron aturar o desexo gardado na petrina do pantalón e deron inicio a un xogo que había acabar en traxedia. Como queira que Remédios se resistise ás pretensións de varios homes da fábrica, entre eles capataces e peóns, fixeron apostas sobre quen sería o primeiro en lograr os favores da mociña. Sen familia coñecida, non había temor a que ninguén puidese valela.

Remédios engulía cuspe coa xenreira de quen se sente indefensa ante tal humillación cada vez que atravesaba o portalón da fábrica. Os risos e comentarios que sucedían a súa chegada revolvíanlle o estómago e non agoiraban nada bo. Fartos de tanta resistencia, entendían eles desconsiderada por parte dunha muller que lles debía a subsistencia, o xogo tornou máis duro e rompéronse as regras, mesmo as da legalidade. O acoso pasou de asubíos e palabras na orella a ameazas e mans na entreperna por detrás dos ferros. Excitábaos o reto de posuír aquel animal ceibe que se movía como lamprea escorregadiza polos líquidos das súas pretensións frustradas.

Foron dous os homes que máis se involucraran na teima de Remédios, o José e mais o João. En realidade, Remédios pouco importaba como obxecto de desexo. Para eles era a personificación dunha rivalidade que clamaba ós ceos unha loita aberta. A moza foi escollida ó azar. Ambos os dous agradeceron unha válvula de escape na que evidenciar definitivamente a súa inimizade. Non podían nin verse diante. Odiábanse como só se poden odiar os membros de familias enfrontadas: sen saberen o porqué, pero a morte, e con cadáveres mutuos macerando nas ponlas de senllas árbores xenealóxicas.

O José e o João traballaban ambos os dous de peóns en forxas ben afastadas, pero algunha vez protagonizaran xa pelexas á entrada ou á saída dos obradoiros por cuestións absurdas. Remédios era o motivo perfecto polo que encarnizar a batalla que se vía vir día a día. Nin suxeito nin obxecto, ela era, simplemente, víctima.

Remédios, unha peza máis allea á partida de xadrez pero que acabou como desgraciada protagonista dunha guerra de terceiros. Rexeitou ela as boas palabras, medio afagada e medio temerosa pola coincidencia de dous homes no mesmo tempo a roldala. E os dous, inimigos dende o nacemento, amosaron as mesmas armas de loita: o acoso prolongado ata chegaren á propia violación. A primeira vez sentiu Remédios como o odio a esgazaba por dentro e o sangue bulía polas súas pernas sen misericordia. Non tivo tempo para chorar cando sufriu un novo asalto e así sucedería día a día baixo a compracencia dos demais peóns e capataces que aceptaban con gusto os desafogos daqueles dous galos de pelexa. Nin tan sequera soubo en qué momento quedara encinta. Estaba cada día máis pálida e demacrada, a penas podía cargar leña, ata que un día se desmaiou víctima do cansazo. Foi o mesmo día da loita.

Namentres outras mulleres cómplices do silencio a sacaban da fábrica a tomar o aire e alguén recomendaba que fose descansar á casa, no interior da factoría desencadeábase unha liorta que sería recordada durante anos. Remédios agoniaba nunha cama en San Pedro de Moel en tanto os homes causantes da súa prostración loitaban a morte. E, efectivamente, a morte sería. O José e mais o João, que comezaron o altercado coas mans por mor dunha muller totalmente allea ós seus motivos, acabaron por se valer de ferros, brasas e cristais. Non entraron máis homes na contenda sabendo ben qué asunto tiñan entre mans. Sería ridículo detelos. José levaba o estigma do perdedor nos ollos e acabou co cranio partido ó lado da forxa grande. A João quedoulle na alma, ademais do asasinato dun home, unha queimadura que lle cruzaba o peito coma se dunha banda honorífica se tratase. Quitaron o cadáver do medio, lavaron o sangue e entregaron o outro home ferido ós *guardinhas*. O espectáculo acababa de concluír ante a indiferencia do auditorio. Algúns dixeron que ía morrer no cárcere polo que fixera, pero tampouco chegou alá. Un asalto nocturno acabaría tamén coa súa vida no cuartel nunha consumación da vinganza entre dúas familias cunha ferida aberta que non daba cicatrizado. E cada vez proía máis con tanto nitro na superficie.

Remédios non se volveu erguer da cama. O doutor traído pola señora Carme anunciou que a causa da agonía residía nun embarazo mal levado e complicado cunha infección que podería provocar a morte do fillo, e incluso a da nai. E así foi. O parto adiantouse ós sete meses e Remédios non foi capaz de superar as complicacións ocasionadas polo seu debilitamento. Morreu varias semanas despois e só a señora Carme a choraría de corazón. Días antes, cando aínda agoniaba, viñera un home a vela. Era de noite e custoulle recoñecelo como o Caetano, un dos peóns que máis quentaba os ánimos nas liortas habituais da fábrica. Eran tempos convulsos e el, bo cómplice dos capataces, mozo moreno de bigote tan mesto coma as súas propias aspiracións, parecía estar ben situado. Relatoulle todo o acontecido cunha crueldade digna dos mellores dramaturgos. Non dubidou nin un segundo en botarlle a culpa do sucedido e ameazala para que non regresase nunca máis á fábrica. Mirouna con noxo e sen ningún tipo de compaixón.

—Estarás orgullosa. Non sei cómo puideron perder a cabeza por alguén coma ti.

Non logrou resistilo. Achegouse a ela e ergueu a manta que a tapaba. Observou o seu corpo maltreito, as mamilas acusadoras do frío e revestidas da Semana Santa das contusións e restos de sangue nunca limpados. Pousou a súa man negra no ventre e arrastrouna do pescozo ás pernas con deleite.

—Mágoa. Debiches ser unha puta boa.

Entón Remédios cuspiulle na cara. Foi a primeira e a única ocasión en que sentiu valor como para defenderse. Non volvería facelo nunca máis e coa cara aínda quente pola posterior labazada do home de negro que marchaba, chorou en silencio.

A señora Carme non podía esquecer o rostro da súa amiga agoniante. Non o faría xamais. Por iso, cando viu moitos anos despois á súa filla Isaura coas meixelas acesas deu gracias a Deus porque o destino non xogase unha partida consecutiva naquelas mulleres. Sen embargo, cando a rapaza quedou en estado e o pai non apareceu por ningures soubo que unha vez máis ía acordar dun neno orfo. Desta volta non lle doeu. Descubriu nas faíscas da mirada de Isaura un lume incandescente que lle falou dun amor e un desasosego que a señora Carme aínda non vira en cantas mulleres casaran en San Pedro de Moel. Ofreceuse a coidar de Dinís e Isaura deixoullo quedar confiada do seu bo facer. E namentres a nai pedaleaba monte adiante con lotes de peixe no guiador, o pequeno comía doces no colo da Carme. A muller, en realidade, non tiña máis de corenta anos, pero para Dinís sería sempre unha velliña imperturbable ó paso dos anos que lle daba lambetadas nas mañás de inverno e o paseaba pola praia durante o verán. Ata os cinco anos Dinís foi xoguete da nai e da señora Carme. A penas recordaba nada daquel tempo agás as queixas da nai de portas para dentro, que ela tentaba disimular cun sorriso cando percibía que o neno estaba a mirala. Con el Isaura sacaba as gargalladas máis bonitas do fondo do corazón e facíao rabear con brincadeiras ata que caía adormecido no berce.

Foran bos anos. Dinís sabíao porque non os acordaba e das outras penurias non esquecera ningunha. Empezou a traballar axiña, tan axiña como llo permitiu un corpo sen desenvolver aínda. O rapaz arrastrou deses anos unha pequena curvatura dorsal que non o había abandonar nunca, nin tan sequera cos exercicios ximnásticos no patio da prisión. A morte en 1946 do poeta Afonso Lopes Vieira, que levaría o nome de San Pedro de Moel por todo Portugal, quedoulle gravada tamén nun sen tempo e mesmo o cheiro dunha suor infantil lavada polas ondas atlánticas con abrazos da brisa mareira e mais o rostro agradecido da nai perante un prato de peixe fritido. Pescaba robalos e sargos na punta do Penedo da Saudade, recollía pluma ou leña no piñeiral baixo a protección da noite e vendía pasteis da señora Carme. Gustáballe o que facía porque non sabía facer outra cousa. Nin xogar.

Resultou o escaso intervalo dunha vida no que se considerou ceibe de verdade, sen máis ataduras que as do vento zoando nas praias da Cuncha, na Praia Velha, na Pedra Lisa ou en Vieira, en todos aqueles areais inmensos que labraban, polo norte e polo sur de San Pedro de Moel, a ribeira portuguesa. Tiña tantas ganas de vivir que asustaba á súa propia nai e á señora Carme, que se deixaban seducir polas ocorrencias do neno que descubría o mundo ás atoutiñas. Isaura tivo neses anos un momento de descanso. Coa axuda do fillo e da señora Carme as penurias económicas e a fame buliron da súa casoupa con intención de non volveren máis. Non foi así, nunca é así, pero durante a infancia de

Dinís creron que sería posible agarrar a felicidade polo peito sen pestanexar, mesmo con superioridade, coma se nada puidese afogala.

António Gonçalves seguía a acudir fielmente todas as semanas á súa cita no piñeiral. A parella xamais gozou de amores de cama e arrolou o seu pracer durante décadas nun leito de agullas. A fogosidade dos primeiros anos foi quedando atrás xunto coas dobreces de corpos que non perdoaban o paso do tempo. Non querían deixar de envellecer, sempre e cando fose xuntos, mergullados pola beleza da súa propia madurez. Dos bicos e aloumiños pasaron a un amor lento e pausado de palabras e sorrisos que lles esvaraban pola pel e se introducían por todos e cada un dos recunchos dos poros carbonizados polo sol e as forxas da fábrica. Seguían mantendo os seus encontros ás agachadas acariñando o tesouro que ían amoreando ó abeiro das horas no piñeiral. Eran horas ás veces longas, a miúdo curtas e desesperadamente agónicas nun tempo que lles fuxía a berros por entre as dunas. Isaura tivo durante eses anos en que Dinís medraba e António envellecía a breve ilusión de ser plenamente feliz. E foino, aínda que non por moito tempo, o xusto para coñecela e que a súa despedida parecese máis dolorosa.

Naquela década, a comezos dos anos cincuenta, o fortalecemento da dictadura salazarista provocou que as clases altas fosen máis altas e as baixas máis baixas. Houbo fame para quen non quixo traballar arreo e luxos das colonias para quen se vangloriou de empresas prósperas. San Pedro de Moel, ata aquel entón diminuta e mísera vila de pescadores nun recanto pedregoso entre quilométricos areais da costa portuguesa, deu en acoller residencias de verán de emerxentes familias de clase media. Estoril, Sintra, Cascais, Aveiro e Figueira da Foz eran destinos extremadamente esixentes para negocios acabados de crear e aqueles homes e mulleres con ansias de vacacións á beira do mar refuxiáronse naquel acubillo con nome de santo mártir e a penas explotado aínda.

Non todo resultou obra e gracia do silencio e tranquilidade da aldea, nin tampouco da súa boa localización preto da Marinha Grande, por onde pasaba a estrada nacional que unía o norte co sur do país lusitano. Rui Rodrigues tivo boa culpa de que San Pedro de Moel aparecese, de socato, nos mapas de veraneo portugués.

6

Os Rodrigues

Rui Rodrigues nacera en San Pedro de Moel na segunda década do século XX cando Europa aínda choraba a Gran Guerra. De familia acomodada, pouco soubera das miserias dunha aldea escrava do mar e gardaba no peto da memoria selectiva o cheiro dos doces da panadería e do peixe fritido, así como do divertimento cabalgando as ondas maiiniñas da beiramar. Marchara ós once anos a Lisboa para ingresar nun colexio de elite xunto coa súa irmá Filipa, tres anos máis vella ca el.

Os dous irmáns sobreviviron xuntos os inicios da travesía urbana. Sabían que, como se encargara súa nai, dona Leonor, de lles repetir constantes veces, era o único modo de fuxiren dun futuro engaiolado por canas de pescar e carros de leña. Dona Leonor ficou soa en San Pedro de Moel coa Constanza, a súa fiel ama de compaña. Foi coma se lle cravasen unha estaca na boca do corazón. O seu home marchara dez anos antes ó Brasil. As revoltas na antiga colonia e os relatos fantasmagóricos de homes de cor cargando feixes descomunais e enarborando armas non o fixeran recuar na súa pretensión de facer as Américas. E alá marcou destino, deixando atrás unha muller apoucada e dous nenos que a penas recordarían o seu rostro rechamante. Prometeu facer fortuna e vilos buscar nun ano. Non o fixo, pero mensualmente enviaba un fato de cartos e extensas cartas de amor para dona Leonor. Nunha delas, onde varios meses despois de desembarcar, pedíralle que se encontrasen con el en Río de Janeiro. Mesmo enviou cartos para os tres billetes de barco. Tamén contaba marabillas do país americano, unha vasta extensión de selva e ouro na que poderían vivir felices baixo un sol eterno lonxe das néboas que baixaban á noitiña en San Pedro de Moel.

Dona Leonor lía as súas misivas con fruición unha e outra vez á penumbra do candil. Puntualmente, cada día quince, mandaba a Constanza buscar o envío de correo do home á Marinha Grande. Traíao sempre envolto nun pano azul bordado por palilleiras xunto con café e azucre chegados de alenmar. Sempre agardou que el volvese ou, no seu defecto, lles pedise que se reunisen alá.

Ela nunca recibiu aquela carta que el enviara ó pouco de chegar.

Por azares do destino, foi a única da correspondencia que se perdeu durante corenta anos. Ante o silencio que considerou negativa sen a deshonra das desculpas, Rui vello non volveu pedirllo nunca máis e conformouse con enviar cartas de amor á muller que quixera máis ca nada no mundo. Mandou palabras de devoción e cartos para manter ós fillos froito do ventre amado durante case medio século. Dona Leonor respondeulle todas as misivas con anotacións minuciosas sobre a climatoloxía de San Pedro de Moel e o crecemento dos fillos. «Poalla miúda, vento do Nordés feble. Filipa mide xa cincuenta centímetros e Rui dixo as súas primeiras cousiñas...»; palabras como dardos que tatuaban en papel branco o desenlace parsimonioso dunha vida sen tregua nos sentimentos. Ela pensaba que el casara de novo cunha desas fermosas mulleres inmensamente negras de roupas de cores e grandes aros de ouro nas orellas, as mesmas das que tanto oía falar ós mariños mercantes. Críao coma se da verdade se tratase, pero agradecíalle ó home a compaixón de seguir escribíndolle cartas e mandándolle cartos para a crianza dos pequenos. Por iso sempre lle respondeu cun amor sincero que os anos non habían apagar.

Unha mañá de febreiro de 1960, día quince do mes máis curto do ano, dona Leonor recibiu unha carta con sabor agre a enfermidade. Nela, Rui vello preguntaba por primeira vez a razón pola que ela non quixera encontrarse con el en Río de Janeiro. Era tal a resolución da carta que dona Leonor entre mares de bágoas só acertou a escribir unha resposta concisa na que lle marchaba, núa, a alma.

«Nunca cheguei a crer que me quixeses o suficiente.»

Dona Leonor non recibiu máis cartas e nunca soubo se a súa resposta en carne viva chegara para dar o derradeiro bico ó home que máis amara. Para aquel entón dona Leonor convertérase nunha muller distinguida pretendida por ducias de amantes, que envellecía con soidade plenamente asumida á beira do mar. Alí agardou ó home e alí agardaría a morte consciente da súa falta de valor. Conseguira unha situación acomodada sen esforzos e sen mover un só músculo, gracias ó sacrificio abnegado dun home que lle enviou tanta prata como para convertela en duquesa. Ela gardouno todo ou investiuno nos fillos demostrando, unha vez máis, o tesón da súa fidelidade ó home. Dun día para outro e para sorpresa dos veciños que sospeitaban que tralas cartas había unha farsa de muller repudiada e orgullosa, dona Leonor esqueceu o sorriso do rostro e vestiu de loito rigoroso. Non o abandonaría nunca máis. Ninguén soubo se aquel negro amosaba a dor pola perda do esposo en carne e óso ou polo propio amor ó que lle pechara as portas durante tantos anos.

Dona Leonor envelleceu co corazón anubrado pola covardía e pola escusa pusilánime da dúbida.

Cando Rui e Filipa marcharon a Lisboa, internos nun colexio de pago, a nai sentírase morrer. Temía a soidade na enchente de lúa da vida. Os nenos enviábanlle correspondencia a cotío e a señora asumiu con certa amargura que a súa vida se estaba a cinguir a ríos de tinta esborranchando follas e máis follas, láminas de corazón de árbore que se arrincaban, como do calendario, das estacións da súa mocidade.

«Lisboa é grande», dicía o pequeno Rui nas súas cartas, «tan grande que non se atinxe cunha ollada». Os ecos do terremoto atronaban aínda baixo o seu andar. Máis dun século non fora abondo para reestablecer a ostentosidade dunha capital cun pé en Europa e o outro en América do Sur, en África e mesmo en Asia. Os edificios tortuosos encabalgaban a Alfama e a Mouraria para bicar os pés do castelo de San Jorge, miradoiro onde os dous irmáns buscaron o mar de San Pedro de Moel tantas veces. O cheiro a sumidoiro mesturábase co das laranxeiras floridas producindo un pruído formigante no nariz. As carruaxes e os asubíos dos barcos sucando o Texo, os tranvías e o lastrado martelante adobiaban o corazón dunha cidade que os acolleu, amable e hospitalaria, como a tantos outros estranxeiros. Do mesmo xeito que a timorenses, congoleses, mozambicanos e brasileiros, Lisboa acubillou a centos de nenos desexosos de perpetuar o imperio marítimo luso polo mundo adiante.

Aprendeulles dos roteiros pola cartografía que non había límite para os seus soños. Faloulles de linguas, de razas, de plantacións de café e azucre e de comercio de especias e pedras preciosas. Coma ós mariños que os precederan na descuberta do novo mundo, a capital atlántica ensinoulles o mapa das estrelas da cunca celeste para que soubesen defenderse nas revoltas augas da vida. Contoulles que eses brillos procedían de astros que permanecían a miles de quilómetros da Terra e, por tanto, as luces que admiraban podían pertencer xa a estrelas mortas. Velaí o engado da velocidade da luz, suspiroulles. Da mesma maneira, amosou, non debían deixarse abraiar polo resol de farturas efémeras. Rui e Filipa apuntaron os triunfos e as caídas no caderno escolar durante os que foron os mellores anos da súa mocidade. Serían aquelas estacións de sol dourado no esteiro do río as que broncearían a súa alma. Os cartos enviados por un pai sempre ausente servíanlles para vivir na capital folgadamente. Uníronse a canta actividade había no colexio, mesmo aprenderon bailes e conformaron unha sonada parella que había quedar nos anais do centro como unha das que máis galardóns conseguiran cos seus pasos miúdos e estilo distinguido.

Filipa Rodrigues era unha fermosa moza de ollos olivados e cabelos crechos da cor do lume, que abraiaba coa elegancia das súas costas ergueitas e brazos estirados cara ó ceo. Daba xenio velos. Rui, máis acovardado, valeu de soporte nas acrobacias dancísticas da súa irmá. Mesmo lle serviu de tapadeira algunha que outra tarde en que Filipa percorría os vellos locais da Alfama para escoitar as fadistas que deixaban a alma entre o bacallao e *vinho* verde. A súa paixón pola música e o baile chegou a extremos tales que a moza deu en abandonar os seus de antano admirables hábitos estudiantís. Pasaba a metade da noite en vela, apousando a súa melancolía no lombo escorregadizo do Texo e rosmando polo baixiño cancións que aprendía durante a tardiña polas rúas que rodeaban a Sé Velha. O cheiro a peixe e roupas de colorido aceso, servindo de toldo nas calellas dos barrios lisboetas, enchoupáronlle a alma ata o punto de que o simple feito de non poder gozar dese ambiente durante a noite enchíaa de tristura. Aí comezaron as súas escapadas.

O Rui axudouna canto puido para botar fóra aquela saudade, pero o fado apoderárase enfermizamente da súa alma e Filipa comezou a palidecer e expresarse con cantigas nada máis. Enmudecera para o resto do mundo agás a lírica. Houbo quen diría despois de que todo sucedese que a nena nunca parecera ben acabada e que todo foi como tiña que ser. Rui sufriu as gargalladas e burlas das que unicamente os nenos serían capaces pola súa crueldade. Chamábana tola da aldea, baldreu, louca, bruxa... O rapaz loitou en silencio contra a agonía de súa irmá sen protestar nin chío. Non fixo a ninguén partícipe das súas teimas porque non quería claudicar ante os que deles se mofaban. Tampouco llo contou á súa nai. Non podía aturar a idea de que se preocupase por eles e escribíalle longas cartas gozosas con inocentes aventuras de raparigos nas que, na derradeira liña, sempre lle prometía ir de maior ó Brasil para traerlle ó seu pai.

Dona Leonor sorría con bágoas nos ollos ante as ocorrencias e xuramentos do pequeno Rui sen saber que as mesmas pingas salgadas sucaban o rostro do cativo cando escribía letra a letra aquela ringleira de mentiras. Agochaba nas misivas á nai unha dor profunda para a que nunca tería topado palabras. O día en que Filipa desapareceu, os demais rapaces tomárono coma unha das tolemias ás que a moza os acostumara. Rui soubo dende o comezo que aquel xogo tiña o rostro da morte no reverso dalgunha das cartas.

Foi contra o mediodía. O sol raiaba no alto da unha e media da primeira primavera. Nin unha soa nube lle roubaba ó ceo o seu esplendor azul e as pregarias do Rui quixeron voar máis alto. Malia as ameazas dos mestres e do director do centro escapou fóra das reixas e buscouna onde soñou topala: na Alfama. O pequeno vagabundeou pola Calçada de São Vicente, pola rúa dos Corvos, pola rúa da Escolas, pola rúa do Vigargo, polo Zagalo... Fóronlle inmensas as lastras, os tendedeiros de roupa, os cantos das mulleres e o cheiro a viño dos miúdos locais do barrio. Pero Filipa non apareceu. Resistíase o cativo cos seus escasos trece anos ás costas a volver ó colexio sen ela. Cando as forzas lle fallaron irremediablemente á altura da medianoite quedou durmido no miradoiro de Santa Luzia. Sentara alí co desexo de ter mellor perspectiva das rúas pero, unha vez máis, quedou sen folgos. Espertou ós poucos sobresaltado tras dun soño desacougante. Non sabía o tempo que pasara, pero déralle abondo como para topar a Filipa, abrazala e que unha masa negra e escura a arredase para sempre dos seus brazos. Fora tan só un pesadelo.

Aquela singradura onírica valeulle para reincorporarse e tentar chegar ó colexio cando xa a xeada lle asubiaba no peito. As luces acesas do despacho do director indicáronlle que Filipa non estaba aínda de volta. Non entristeceu máis porque no fondo de si sabía que a súa irmá non regresaría xamais. A súa ducia máis unha primaveras agasalláronо cuns minutos de lucidez antes da dor absoluta. Contoulle a súa propia madurez que ela era flor demasiado fráxil para as vicisitudes deste mundo e que a súa alma, feita canción, prefería sobrevoar as ondas do mar de San Pedro de Moel e as calellas lisboetas antes que sualas coma unha muller máis. Filipa, sabía o Rui, quixera ser melodía. Cando entrou na penumbra e alguén se zorregou ós seus brazos dando gracias a Deus pola súa reaparición, o cativo afastounos cunha decisión descoñecida. Cara a cara co director do colexio, non houbo forma de disimular.

—Quero vela.

—Rui, éche mellor agardar. Hai que avisar á túa nai.

—Quero vela.

—Pero Rui...

—Lévoa eu para San Pedro de Moel no comboio da mañá. Agora, quero vela. Deixádeme vela.

Os esforzos do neno para non amosar a súa turbación eran intensos pero o tremor do beizo inferior delatouno. Había ser un almagre que lle quedaría para o resto da súa vida cada vez que un problema alterase a donda indiferencia en que caeu trala marcha apresurada da súa irmá.

Despois de Filipa o mundo nunca volveu ser mundo para Rui Rodrigues.

O director, un home de aspecto pálido e acenos torpes, guiou ó Rui cara á capela do colexio. Antes de abrir a porta advertiuno.

—Rui, ¿estás seguro?

O neno, sen dicirlle nada, afastouno e entrou decididamente. Só estaban acesas as velas do altar e no ambiente gabeaba o arrecendo a cera e loito. O corpo de Filipa permanecía deitado na pedra cuberto só por unha túnica branca. A cara inchada e algo deformada mirábao dende o alén. Os seus dezaséis anos esfarelados nunha lousa roubáronlle a pouca inocencia que lle quedaba na última gabeta da alma e o Rui, daquela, sentou ós seus pés no último acto apaixonado da súa vida. Entón chorou como o neno que era moi lonxe do seu sentido de adulto. A penas lle durou uns minutos. Ergueuse paseniño, secou as bágoas da cara e dirixiuse ó director que o ollaba en silencio dende a porta.

—¿Onde a atoparon?

—Enxergouna un home que cargaba caixas nas *docas*. Pareceulle mirar unha cousa estraña aboiando no río e avisou ós *guardinhas*. O seu corpo ía á deriva das augas.

—Xa.

—Debeu querer ir nadando dunha parte da ribeira á outra e, miñaxoia, non lle chegaron os azos. Descanse en paz –sentenciou o mestre.

—Claro.

Rui deu media volta e saíu da capela seguido dun apoucado director. Os dous sabían que Filipa lle tiña verdadeiro pánico á auga e nunca se metería no río.

—¿Sabe, mestre? –o Rui rompeu o cómodo silencio da compaixón–. Eu creo que ela quería nadar ata San Pedro de Moel, onda mamá, ou tal vez ó Brasil, onda papá.

O director deixou escapar pintiñas de sal polos ollos negrísimos e púxolle a man no ombro nun xesto paternal.

—Debeu ser, Rui, debeu ser.

Aínda o albor non sentara no esqueleto pétreo da igrexa do Carmo cando o Rui marchaba do colexio seguido dun cadaleito de piñeiro. Ó se despediren, o director pediulle a Rui que regresase para continuar os seus estudios.

—Nunca fun bo estudiante, pero agradézollo de todos os xeitos. Tal vez algún día, tal vez...

Na estación do comboio montouse un gran balbordo ó ver tan esperpéntico cadro. Un neno minúsculo sentado ó carón dun cocheiro nun carro de cabalos acababa de entrar no recinto. Canda eles, un cadaleito. Rui lembraría esa última viaxe por Lisboa cun sabor agridoce e melancólico. Fixéralle ó conductor dar unha volta polo Comerço, polo Rossio, polo Chiado e Marquês de Pombal, sen atreverse a ordenarlle subir á Alfama por medo a que os cabalos quedasen a medio camiño. Co corpo da súa irmá á súa beira foi recordando todas e cada unha das anécdotas que con ela vivira polas lastras portuguesas. Empezou aí a falarlle e non deixaría de facelo nunca máis. Rui comentaría en voz alta ata o mesmo leito da súa morte, oitenta anos despois, todo canto lle sucedía a medida que pasaban os anos que Filipa non quixera vivir con el. Porque para Rui foron anos que ela renunciou voluntariamente a compartir. Nunca entendeu o suicidio doutro xeito e ninguén se atreveu a preguntar no corazón atormentado dun cativo de trece anos. Chamáronlle tolo unha chea de veces. El, alleo ás maledicencias, falou con Filipa ata o derradeiro intre en que creu reencontrarse con ela de novo.

No comboio, camiño da Marinha Grande, negouse a que ela viaxase soa no vagón de mercadorías e pediu un banco para ir canda ela. A excentricidade non lle gustou nada ó revisor pero accedeu, ante a decisión do pequeno, a deixalo ir no coche destinado ós animais para que a ventilación resultase suficiente. As vacas e as ovellas foron intranquilas todo o camiño. Os bechos ventaron a morte e a inquedanza facíase notar nos seus continuos movementos e ouveos. Naquela postal cristiá de pasamento, co cheiro a palla seca e o aire cargado de fume da locomotora, Rui falou e falou con Filipa. Díxolle o moito que a quería e o que lle ía custar vivir sen ela, pero, sobre todo, díxolle que tería unha filla que herdaría o seu nome e mais a súa beleza. Para revivila.

As horas buliron polas travesas do ferrocarril e en menos do que Rui quixera chegaron á Marinha Grande. Na plataforma agardaba Constanza, de loito rigoroso e aspecto sereno. Cando baixou Rui non se abalanzou sobre el, senón que agardou a que o cativo se achegase e buscase no seu colo dondo unha saída á desesperación. O cadaleito xurdiu da escuridade do vagón e tomou camiño de San Pedro de Moel. Polo monte encontraron peixeiras que ían vender as súas mercadorías á vila e con vidreiros camiño das fábricas que se persignaban ó paso do carro fúnebre e mandaban unha pregaria ó ceo pola filla do Rui e mais de dona Leonor.

Levárona ata a casa onde a súa nai recibiu a comitiva ó pé da porta. Nada máis velos inspirou profundamente, abrazou a Rui e pechou a entrada da casa. Foi coma se necesitase confirmar o que un telegrama anunciara infaustamente días atrás. Non admitiu condolencias, nin rosarios, nin velorios, nin vixilia mortuoria. Dona Leonor quixo compartir a súa dor co seu fillo e coa súa fiel ama para que a fenda na súa estricta fortaleza non parecese tan aberta. Soterrárona no camposanto a rentes do mar, un sepelio ó que acudiu toda a parroquia. Ricos permisos ás agachadas e a incertidume polas causas da defunción permitíranlle a unha suicida compartir terra e horizonte coas almas cristiás no cemiterio. Nunca tal se vira e falaríase do feito moito máis do que a memoria dos asistentes perdurase.

Rui non quixo volver a Lisboa. Nunca máis. Optou por continuar os estudios na próxima Coímbra, o que lle permitiría visitar a miúdo á súa nai e o cacho de terra da súa irmá. O Rui Rodrigues nunca superaría aquela perda dunha parte do seu propio eu. Estudiou incansablemente a década que o afastaba de se converter nun bo avogado e un tenaz home de negocios. Logrou licenciarse en Ciencias Económicas, especializándose anos despois en asuntos mercantís. Na facultade namorou dunha mociña de Viana do Castelo de cute escura e pelo acibeche. Foille doado. Ela era a faísca que faltaba para prenderlle lume á súa lúgubre existencia e Rui deixouse levar pola simple ilusión de esquecer. Chamábase Inés. Seica herdara este nome por unha teima de seu pai, emigrado de Vilanova dos Infantes, no outro lado da Raia, que quería honrar á, insistía o home, única raíña galega que tivera a historia portuguesa, aínda que fose despois de morta. Aí remataba a historia relatada por unha sorrinte Inés a un Rui que cada vez prendía máis da luz dos seus ollos en atender á sombras do pasado recente.

—¿E como foi que resultou a única raíña galega?

—Chsss, Rui, non tentes o demo. As lendas, lendas son e disque a súa historia de amor traduciuse en traxedia tal e como cantou Camões.

—¿Pero como...?

—Morreu o conto –E unha simpática Inés corría polas calellas pedregosas do corazón de Coímbra sen atender os reclamos do seu namorado.

Rui mirábaa rebrincar chea de vida e bendicía o ceo por topar a alguén que non soubese nada de Filipa, alguén que non tivese que apiadarse del e do seu pasado de choros, dores e mágoas. Con Inés, o rapaz quixo esquecer e mirar para diante á sombra da estatua de Don Dinís que presidía a entrada dos xardíns da Universidade. Rui sentiu que a figura do monarca medieval custodiaba a súa sombra, fixérao no piñeiral de San Pedro de Moel e facíao en Coímbra. Devolveulle un sorriso namorado a Inés e con ela iniciou unha nova etapa, soñaba, máis feliz. E, contra todos os prognósticos, así foi.

Rui Rodrigues montou un negocio de comercio transoceánico de café e azucre que axiña foi prosperando ata chegar ó cento de empregados nos continentes europeo e americano. Rui gozou sempre do anonimato e deixou que outros amosasen o seu rostro no triunfo para se converter nun poder á sombra. Iso permitiulle vivir con todo luxo de comodidades sen temor a envexas e rivalidades. Convenceu a Inés das marabillas de San Pedro de Moel e da necesidade de estaren preto da súa nai, dona Leonor, e comezaron a construír alí unha fermosa residencia de verán.

A caída do sol no inmenso Atlántico e a cantiga omnipresente dos rumorosos engaiolaron o corazón urbano da muller que anunciou ós catro ventos as posibilidades de ocio da aldea. Uns por outros acolléronse á súa palabra e iniciaron a construcción de pequenos pazos de lecer onde descansaren da atarefada actividade de Coímbra. San Pedro de Moel zumegaba salmoira e a chegada de cartos da man dos novos veciños deu azos á modesta vida da aldea. No amencer dos anos cincuenta, San Pedro de Moel comezaba a se consolidar como unha grata opción de ocio e anonimato. Os chalés, de máis presunción ca calidade, rodearon as casoupas dos mariñeiros e permitiron melloras nos accesos e ingresos extras para os veciños que vendían peixe, leite, leña ou o seu propio servicio doméstico ós que axiña alcumaron como «os señoritos de fóra».

Rui e Inés estaban orgullosos da súa decisión e de ver como, baixo o seu parecer, aquela pequena vila occidental, prosperaba. A vida parecía sorrirlles abertamente e a iso contribuía tamén un nome de muller: Filipa.

7

Filipa

Dende que Rui Rodrigues soubo do embarazo de Inés non houbo outra cousa que o preocupase máis: que a criatura se chamase coma a súa irmá defunta. O día en que a nena Filipa viu a mundanal luz, Coímbra ardía baixo unha calor sufocante. Era agosto do ano 1945, duodécimo da era do Estado Novo e final da Segunda Guerra Mundial na que Portugal, escarmentada do desastre da Gran Guerra, rexeitara participar, malia os públicos afectos de Oliveira Salazar por Mussolini e Hitler. Europa comezaba unha nova confrontación que a había desangrar polos seus catro costados e con feridas abertas nos cinco océanos. Rui Rodrigues, con a penas vinteseis anos ó lombo viu nesa época o seu maior esplendor económico. As vellas terras de Carlomagno morrían de fame, unha fame que os asesores do Rui souberon interpretar e onde viron unha fonte de negocios tan doada como rápida. Dicían as malas linguas que parte da súa riqueza veu da man da venda de armas ós alemáns pero ninguén viviría para demostralo. Baixo a atenta e fachendosa ollada de Salazar, o empresario coimbrán enviou víveres cara ó norte a cambio de substanciosos contravalores económicos. A nena Filipa criouse nun ambiente próspero e entre todo luxo de comodidades.

De ollos clarísimos, nariz pecoso e cabelo acibeche, non houbo quen lle topase parecido na familia agás, como ben indicaba o avó de Vilanova dos Infantes, cunha parenta que traballaba na fábrica de curtidos de Allariz. «Si, home si, amítalle a Lola –apuntaba o vello–; víveche nunha vila preto de Ourense, no norte do país». O home dicíao cunha retranca que a pequena Filipa non comprendeu ata pasados moitos anos. A parenta galega tiña sona de boa cantareira e dela herdou a nena o gusto polo canto. Pero Rui Rodrigues escoitou no seu timbre afinado a voz de alén dos mundos da súa irmá morta e prohibiulle xa de cativa calquera tipo de manifestación musical. Con a penas cinco anos, Filipa sabía ben do que lle gustaba a seu pai e do que o irritaba, e na fina barreira do seu estricto humor pasaba as tardes da infancia. Foi sempre unha rapaza discreta e solitaria a quen custaba facer sorrir. Parecía mesmo a noite da súa nai Inés. Gardaba esa pálida serenidade da lúa chea no mes do seu nacemento e unha mirada intelixente que causaba certo respecto. Rodeada do envoltorio de celofán dos negocios de seu pai e da sabedoría universitaria da súa nai, a rapariga medrou nun castelo de pedra e libros sen gargalladas doutros cativos. Ás veces, a pequena depositaba a ollada no Mondego, rubía ata o convento de Santa Clara e preguntábase qué habería tras daquel inmenso edificio branco. Tantas veces o preguntou que as mulleres que servían na casa coidaron que acabaría monxa e algunha mesmo agoirou que sería santa. Filipa medraba allea a tanta dilixencia que dispuña o seu futuro e deixábase acariñar polo veludo da casa paterna. Non tardaría a moza en querer arrincar aquel papel de plástico brillante que cubría a súa vida e pretendía reducila a agasallo da vida doutros.

O primeiro verán que o seu pai fixo as maletas e anunciou que pasarían as ferias fóra da cidade, Filipa soubo que algo cambiara para sempre. Tiña a rapaza entón catorce anos. Visitara San Pedro de Moel a penas media ducia de veces, que ela recordase. Sempre foran visitas fugaces consistentes nun xantar coa avoa Leonor, sobremesa, café e regreso apurado a Coímbra. Os oitenta quilómetros de distancia entre a aldea e a cidade antollábanselle un mundo enteiro. Os carros de cabalos, o comboio, o castelo de Leiría, os labregos nas terras, os operarios pedaleando afanosamente na súas bicicletas..., todo semellaba ser arrastrado dun universo alleo para ser depositado ós seus pés inocentes coma unha mostra de que non todo se cinguía a roupas de seda e pezas de porcelana da China ou arte fosco. Intuíao, mais non tiña a certeza completa porque non sabía qué imaxinar ou soñar. Quen non coñece, dixera o outro, é coma quen non sabe.

Filipa adoraba a dona Leonor. Profesáballe unha devoción absoluta a aquela muller anciá de beleza serena e enteireza que se lle adiviñaba tan apaixonada como firme nos seus propósitos. Non lembraba qué idade tiña cando a avoa a levou por primeira vez pasear polos cantís da ribeira. Aquel día Filipa namorouse perdidamente dela e xurou converterse de maior nunha señora tan grande coma súa avoa. Dona Leonor mantiña para con ela unha actitude algo cariñosa pero conscientemente distante. Foran demasiados paos nunha vida como para pórlle a meixela a un amor máis que podía ser flor efémera dun día arrebatada cruelmente polos innumerables avatares que prodigaría o destino. Amitáballe demasiado a Filipa, a súa propia filla, cando nena. O seu ollar prácido, o seu silencio e a paz dos seus xestos batendo as ás ó redor da cantiga da súa persoa enteira. Con todo, e malia as reticencias iniciais, acabaría toleando perdidamente pola neta. Por máis que lle doese.

Coa casa de verán xa feita e rematada no camiño do Penedo da Saudade, aconteceu o outro, aquilo que impediría que os meses discorresen como Rui Rodrigues proxectara nas súas tediosas tardes de oficina.

Inés ingresou no hospital cunha estraña doenza vaxinal. Alguén suxeriu que foran os fillos desexados que nunca puidera concibir para perpetuar o apelido do esposo e as lerias multiplicáronse como bicos non dados leva o vento. Os malos presaxios da infección botaron auga en ríos de comentarios e ninguén chegou a concretar qué acontecía realmente. Rui Rodrigues temeu pola saúde mental da pequena Filipa e decidiu arredala de Coímbra por uns meses.

Xuño tiraba os seus mellores dardos de luz e calor naquel verán de 1959. A nena, xa unha mociña de catorce anos, despediu ó seu pai con dous bicos e unha aperta na porta do coche. Aí soubo, ó enxergar cómo o luxoso vehículo desaparecía no monte, que a infancia bulira para sempre para non máis volver. O que nunca imaxinou, sucedería.

Primeiros días lonxe da escrutadora ollada do pai, dos consellos marcadamente femininos da nai e do afogante universo de normas sociais de Coímbra. Primeiros días de liberdade absoluta onda o piñeiral, onda a praia, onda a avoa. Dona Leonor non cabía en si de gozo. A presencia da neta roubáballe ó estío as súas inacabables tardes de melancolía para sumila nun balbordo de paseos, compras e alegres conversas á caída do sol. Constanza amosaba a súa compracencia por debaixo da queixada. Alegrábase de ver a dona Leonor falangueira e presumida como fora de mociña casadeira. Filipa era o seu fiel reflexo. A penas había cativas da súa idade e status en San Pedro de Moel, polo que pasaban moitas horas xuntas desgarabándolle ó tempo as súas inquedanzas. Unha das cousas que Filipa máis agradecía residía nos paseos á noitiña. A avoa non estaba como para dar os baños no Atlántico, así que pasaban as horas de calor sentadas á sombra da cabana.

Namentres as dúas mulleres bordaban sabas, panos ou facían encaixe de bolillos, Filipa lía novelas de amor ou poemas de ilustres autores. De primeiras non se atreveu, pero a medida que as horas de compaña mutua tecían confianza, Filipa deu en cantar. Das notas zarrapicadas polo baixiño ás cantigas completas houbo miradas sorprendidas entre a avoa e Constanza e, logo, as letras alegres da propia ama gabeando polo aire quente de xuño. Pero o mellor viña para Filipa cando o sol iniciaba o seu percorrido senil cara ó horizonte infinito, alá, camiño de América. Daquela, dona Leonor botaba unha chambra de fío por riba dos ombreiros e saían á rúa para saudar ós veciños, mercarlle pasteis de nata á señora Carme ou escoitar o mar por debaixo dos farallóns.

O Penedo da Saudade tíñalle un especial aquel para a súa neta. Das rochas sobresaían as canas dos homes de San

Pedro de Moel que agardaban pracidamente que os robalos ou sargos se decantasen polos seus cebos e as súas discusións animadas sobre o tamaño dos peixes facían sorrir ás mulleres. Para dona Leonor era a filla da que non puidera gozar en vida. Para Filipa era a nai distante de libros e artes que se facía humana nos risos da avoa. Tan singular parella non pasou desapercibida nas conversas dos veciños. Uns e outros comentaban a beleza da cativa, seica fiel retrato da súa tía finada e, por suposto, da súbita alegría da avoa que vivía con ela unha segunda mocidade. A ninguén lle pasou por alto e a Dinís moito menos.

Aquel raparigo que fora convertérase nun mozo cumprido de dezanove anos cicelados con area, suor, frouma e xerfa. O día do seu once aniversario, Isaura chegara cun agasallo que certamente o desconcertou. Dixo que estaba admitido para traballar de peón na fábrica de vidro dos Irmãos Stephen. Dinís non comprendeu a magnitude da nova. El non quería abandonar San Pedro de Moel para ir traballar á Marinha Grande pero na ilusión de súa nai leu cómo aliviala da pesada carga da súa manutención e aceptou sen protestar. Fuxía 1951.

—Cunha condición, mamai, que me merques unha bicicleta azul e poida vir durmir todos os días á casa.

Isaura sorriu e pensou, unha vez máis, que a felicidade tiña o rego feito na leira da súa alma. Dinís non preguntou cómo a súa nai conseguira aquel privilexio para el. Ela non o preguntou nunca tampouco. Na tarde en que António Gonçalves baixou da bicicleta no lugar acostumado do piñeiral cunha flor no guiador, Isaura adiviñou unha grata sorpresa. E foino. O ascenso do seu pai a capataz permitíralle once anos antes conseguir permiso para repartir vidro en San Pedro de Moel. Agora pedíralle o ingreso dun neno na fábrica, como tamén fixera co seu fillo lexítimo tres anos antes, e o vello don Caetano aceptara sen formular interrogantes incómodos. A penas dous favores nunha década non era moito pedir e, nun acto pretencioso de boa vontade, acolleu aquel neno descoñecido polo que o António profesaba especial devoción. Non preguntou o estricto capataz de quén era fillo nin por qué intercedía por el. Conformouse coas explicacións de que era para pagar todo o peixe que unha muller lle regalaba de cando en vez no mercado. Abondoulle con iso e co xuramento de que o raparigo sería sufrido sen saber qué cruel coincidencia había malograr para sempre o seu destino.

Gustoulle o neno. O día en que o pequeno Dinís cruzou a porta da fábrica a vinganza cravou as súas poutas no rostro da desmemoria. Ninguén o entendeu daquela. O cativo estreou o mandil con fachenda e aprendeu rapidamente a súa tarefa. Comezou carretando leña para as forxas. A súa abnegación caeu en gracia ós restantes empregados e axiña foi relegado para o transporte de vidros dun almacén ó outro. Dinís estaba orgulloso coa súa nova ocupación. Vía os escudos bulir para San Pedro de Moel e tapar furados na casa da nai, cada vez máis confortable, polo que non lle doía no lombo canto recado lle encargasen. Sentíase útil e iso dáballe a vida. Había un home que o trataba con especial agarimo, o António Gonçalves, do que nunca topou parentesco co capataz que os fustrigaba cando o traballo ía lento ou as forzas decaían. Aquel António resultáballe mesmo familiar sen poder acreditar en qué momento o coñecera. Nunca un neno matina nas razóns ou teimas dos adultos. Tampouco nunca foi quen de asociar o rostro do señor aquel con aqueloutro que o abalaba no seu colo entre as ondas do Pinhal do Rei. Pero había certa complicidade e sabíao. Líao nos ollos agradecidos da súa nai e no lume esgazado nas meixelas del. Nunca lle prestou máis importancia. Nin ó vello Caetano, o capataz, tampouco. Tal vez porque nunca os viu cara a cara. Se así acontecese entenderíao ó momento, porque hai olladas que non as agocha o tempo nin o silencio.

Dinís traballou durante anos á sombra das forxas. De sol a sol, o lume dos fornos enchíalle de cinza a súa curta idade e queimáballe canto anceio distinto ó sopro no vidro houbese na súa vida. Ou na da súa nai. O pequeno pasaba o día na fábrica, dende as oito da mañá ás sete da tarde. No descanso do mediodía comía o compango e logo o pan reseso sentado na leña. O resto eran avatares de obreiros en xornadas esgotadoras. Dinís nunca soñou nada mellor porque non sabía o suficiente como para imaxinar.

O verán de 1959 aprendeu das pautas que conducen a un universo, cando menos máis atractivo, que acentuaría a súa inocencia.

Foi un encontro fortuíto. Cada noite, ó volver da fábrica na Marinha Grande, Dinís relaxábase un pedazo nos cantís do Penedo da Saudade coa cana estendida de cara ás ondas. Gustáballe o cheiro a liberdade do océano lonxe da calor das forxas, o vento no rostro, as pingas de sal e mais o solpor no alén das vagas. Gustáballe descansar e, ademais, levar algún peixe para a cea ou para que a súa nai o vendese ós «señoritos de fóra» ou no mercado. Aquel día viuna e soubo que non había robalo abondo grande como para motivalo máis que a busca daquela ollada azul.

8

Dinís e Filipa

Enxergouna do brazo da avoa co sol camiño xa do leito espello de lume. Buscou como puido a súa mirada ata que tropezaron no medio do luscofusco. Brillaba como o carbón da lareira e Dinís tívolle medo. Resultoulle unha sensación descoñecida e certamente desacougante. Laiáballe no peito e, á vez, a queimazón gustáballe: un aguillón de dor tan aguda como reconfortante. Algo así, definiría anos despois, como sentirse vivo. O que máis o sorprendeu foi percibir na expresión dela a mesma turbación. E amouna por iso sen saber aínda o que o amar significaba. Os seus dezanove anos nunca lle falaran de nada parecido a aquilo que lle daba fame e lla roubaba; que lle daba calor e calafríos a un tempo; que lle quitaba o alento sen avisar e non deixaba ronsel posible da súa visita desaforada. Mirouna e mirouna ata que a súa imaxe percorreu todos os recantos do seu cerebro. Ela sorría e falaba coa súa avoa aparentemente allea ó seu espreitar e Dinís quixo reconstruír as súas conversas na súa cabeza chea de imaxinación e ata o presente, carente de máis estímulos que o brillo do cristal nas forxas. Durante semanas estivo a contemplar os seus paseos sen se atrever a achegarse a ela. Un día, cando levaba unha robaliza no cesto, ergueuse dos cantís e botou a andar cara ó paseo.

—Dona Leonor, este peixe é para vostede.

A anciá non disimulou a súa sorpresa pola ousadía daquel neno ata ese entón tan tímido e caladiño. Envolveu o peixe aínda escintilante nun papel de xornal e meteuno nunha bolsa. O mozo ollou a Filipa por primeira vez a menos de dez metros de distancia. Apaixonouno o que alí viu. Entón deu media volta e marchou a brincos a penas perceptibles polo carreiro adiante. Cando a súa nai lle preguntou con curiosidade qué facía tan cedo na casa, el nin a escoitou.

—Dinís, ¿e logo ti tan axiña? Non te acordo a estas horas na casa nin cando cativo –insistiulle unha vez máis e el volveu a non responder. Non foi con maldade nin con despeito, simplemente non se decatou de que alguén lle falaba.

Filipa non acertou a definir aquela sorte de súbita alegría pero houbo alguén que a escribiría por ela no diario da súa adolescencia. Dona Leonor viulle faíscas de lume nos ollos e rubor nas meixelas e tremeu de portas do corazón para dentro. Xurouse que sería capaz de aturalo desta volta, que o amor, se así era, non había poder con ela. Cando Constanza limpou as escamas do peixe e o asou ó espeto sentiu que algo vivo lle abrollaba nas mans. O mollo de perexil, allo e aceite axudou a consagrar o sabor indescritible que lles bailaba no padal. As tres mulleres cearon en silencio, un silencio alegre que rematou de socato cando Filipa comezou a cantar. Ningunha delas coñecía a melodía, pero sabía a pasteis de nata e ondas do Atlántico. As fiestras e as portas da casa abríronse por primeira vez tras medio cuarto de século de loito para arrebolar pingas de orballo incandescente á negrura da noite. Ó día seguinte e ata semanas despois comentaron na vila da catarse que conmovera a casa dos Rodrigues aquela madrugada de xullo. E non houbo quen dese unha explicación máis racional que o pracer dunha cea tan pouco pantagruélica coma exquisita e algunhas pinceladas de viño verde que adobiaran en exceso o banquete en feminino.

Dinís non soubo do desastre ocasionado polo seu agasallo. Ninguén llo contou e ó día seguinte, como tantos outros, el bulira na bicicleta cara á Marinha Grande sen poder escoitar os ruxerruxe que ficaban en San Pedro de Moel. Sen embargo, dous días despois, Constanza foi á súa procura ó alto dos cantís e pediulle algún peixe dos capturados na noite. El deullos cunha mestura de ledicia e rabia. Por un lado sabía que eran para a rapaza, pero entristecíao non vela. Non quixo cobrarllos e nunca o faría. Non recibiría cartos de quen lle estaba a alimentar a ilusión cada día como tampouco lle contaría a ninguén aquel estado aparvado que estaba a consumilo. Unhas semanas despois, case inocentemente, foi Filipa quen apareceu no Penedo da Saudade a preguntar polos robalos. Dinís non podía dar creto ó que os seus ollos estaban a albiscar e as pernas apuraron canto puideron para se adiantar a calquera mariñeiro que pretendese achegarse a ela. Sería o comezo dunha vida de apuros tras de algo que sempre parecería escaparlle.

Dous robalos e un sargo pequeno foi o encargo da avoa dona Leonor. O de Filipa era pedirlle un sorriso e unhas palabras que puidesen materializar algo máis que olladas ou suspiros en solitario. E el así o fixo. Acompañouna á casa nun xesto que podía entenderse como simple cortesía. Do silencio nervioso dos primeiros minutos pasaron a unha animada conversa na que intercambiaron frases a medias, sorrisos cómplices e segredos inconfesables entre descoñecidos. Pero eles non o eran ou non se sentían como tales, máis ben parecían vellos amantes que se reencontrasen tras anos de separación forzosa.

—¡Filipaaaaaaaaa......!

A chamada intranquila de Constanza sacounos do mundo de cristal que viña de os choer. Levaban dúas horas sentados nun cantil a rentes da Praia da Cuncha sen se percatar do paso do tempo. A rapaza saíu ás carreiras coa bolsa de peixe sen se despedir del. Mais non levaba nin dúas alancadas cando recapacitou.

—Mañá, á mesma hora, no mesmo lugar.

Se a Dinís lle guindasen daquela un balde de auga fría non había quedar máis petrificado no sitio. As horas non lle daban pasado para o novo encontro. A Filipa, sen embargo, fóronlle horas tensas e por primeira vez incómodas en moitos días de verán. Os seus pais chegaban de Coímbra para lle facer unha visita e ela practicamente esquecera para quén mercara o peixe. A súa nai estaba moi mellorada con respecto á última vez que a vira. Tiña o rostro encarnado e as mans bulíanlle no aire rebuldando como papaventos a medida que falaba e describía as múltiples novidades na vida social da cidade. Aínda que a enfermidade non marchara de todo, a penas a molestaba xa e críase con azos para facer unha vida absolutamente normal. Filipa sentiuse morrer. Non porque quixese que a súa nai non saudase, senón porque, se viñan a pasar o resto do verán a San Pedro de Moel a ela acabaríaselle a liberdade. Pero non foi así. Rui Rodrigues moveu negativamente a cabeza e indicou que habían volver a Coímbra. Inés precisaba descansar e pasar as revisións médicas cada semana. Filipa sorprendeuse pola alegría ó ver como desaparecía o luxoso vehículo na volta da estrada e sentiuse un pouco culpable. Confiou entón que ninguén se decatase da súa intranquilidade sen darse de conta de que para os seus pais ela era como un libro aberto.

—Rui, ¿que lle pasaría á nena? Estaba nerviosa, máis ben non tiña refixeiro, coma se quixese ocultar algo –comentou Inés no coche.

O Rui non respondeu. Estaba demasiado preocupado pola saúde da súa muller como para xogar ás adiviñas do silencio nervioso da súa filla. El matinou se sería a liberdade, aquela que o envolvera cada verán ó volver de pasar o inverno no internado de Coímbra. Unha angustia súbita rubiulle pola gorxa e fixo todo o camiño de retorno envolto pola morriña. Coma se o pasado entrase de novo na súa vida sen pedir permiso. Como un polisón sen papeis.

Filipa acudiu puntualmente á súa cita. Faríao o resto do verán. Cada noitiña, co consentimento implícito da súa avoa, reuníase co Dinís nos cantís da ribeira. Os dous falaban e falaban das mil tolemias e soños que só ós adolescentes poden envolver durante incansables minutos. Dinís renacía cada noite. A fábrica e os robalos pasaron a ocupar nada máis que as horas mortas sen ela. Pero namentres as mans acariñaban o vidro incandescente, a súa mente voaba canda ela. Foi un namoramento súbito e fortemente acochado polas ganas de vivilo de ambos os dous protagonistas. Das palabras pasaron ós bicos e dos bicos ás caricias atemorizadas pola sorpresa de sentírense latexando tan preto o un do outro. Filipa tiña catorce anos e Dinís, dezanove. O verán de 1959 ficou como testemuña dun amor apaixonado e necesitado de crer en si mesmo como fuxida do contorno asfixiante dos dous namorados.

Os encontros pasaron do paseo onda os cantís ó monte para que os corpos non os delatasen. Agachados tralo arume e as ponlas repetiron unha historia sen rematar aínda, a de Isaura e António Gonçalves, esa que dera como froito de carne ó propio Dinís. Buliron agosto e máis setembro cunha présa inusitada para os dous amantes. Sen que lles dese tempo a matinar moito máis no que estaban a vivir chegoulles a separación. Filipa debía volver á lóbrega vida de Coímbra e Dinís recuperaría o ritmo das badaladas da fábrica á pesca e da pesca á fábrica. Quixeron chorar e non puideron porque o nó que os afogaba xurou non deixar chover a melancolía. Amáronse ata o final sen reparar nas consecuencias. E hóuboas.

Quererse ata o infinto habíaos converter en metades co outro cacho vagando polo mundo. Para Dinís foi un inverno infernal. Parecía que chovía máis que de costume. Parecía que o sol pegaba de máis no febreiro. Parecía... O rapaz non lle contou a ninguén a súa inquedanza, coutado por unha mestura de vergoña e terror ós seus propios sentimentos. Curiosamente, o único refuxio atopouno onde menos o soñara: na ollada cómplice de dona Leonor. Houbo outra testemuña no silencio que nunca nada lle dixo para non roubarlle ó amor o seu segredo. Isaura sabía demasiado de miradas esquivas, rubor súbito e melancolía permanente para que o seu fillo puidese ocultarlle a súa inquedanza. Pero ela pensou que sería alguén de San Pedro de Moel e había que deixar tempo ó tempo para que el mesmo llo contase. Nunca soñou o moito que se trabucaba e a falta que lle farían a Dinís os seus consellos.

O inverno de 1960 pasou como pasaron os folgos, os medos e o aburrimento. Pasou a choiva, a calor da fábrica de vidro e a escuma na faciana no Penedo da Saudade. As que non desapareceron foron as ganas de ver a Filipa, as ganas de tela consigo, as ganas de vivila. A primavera morreu sen que a moza visitase nin unha soa vez San Pedro de Moel. Dicían na aldea que a nai empeorara e que a cativa estaba sumida nunha forte depresión. El non fixo caso e agardouna. Estaba certo de que ela regresaría.

Unha noite tépeda do mes de San Xoán, forneceulle o agasallo que máis esperaba. Filipa apareceu pola aldea co seu sorriso escintilante e mais a súa melena negra a brillar na escuridade. O verán dos vinte anos foi para Dinís o cumio de todos os seus anceios. Viu a Filipa cada amencer e cada noite fóra das quendas da fábrica. O sol viraba só para darlle corda ós seus sentimentos. Deixou de importarlles a xente, as lerias e as consecuencias, os seus encontros resultaron xa de dominio público. Evidentemente, os pais de Filipa seguían en Coímbra.

O Rui Rodrigues nunca consentiría que a súa única filla mocease cun obreiro fillo de ninguén. Pero un verán máis, Inés convalecía víctima da infección que se complicara provocando un debilitamento xeral. Inés repousaba durante mañá e tarde nun leito de comodidades que Rui nunca cuestionou. Ademais, aquel verán de 1960, o traballo nas colonias complicouse e reclamaba a súa presencia nas oficinas. Algunhas revoltas advertiron que a panacea africana podía non ser eterna e conviña apurar os transvasamentos comerciais. Rui Rodrigues soubo lelo a tempo e escudouse na enfermidade da súa dona para non descansar nin uns días. Filipa aceptou encantada a separación duns pais que, a medida que medraba, máis pretendían reducir a súa marxe de liberdade. Cos seus escasos quince anos comprendeu que ambos os dous lle soñaran un futuro con negocios prósperos e vida social de alto avoengo. Non imaxinaron o lonxe que vivía Filipa dos seus proxectos cando nas estrelecidas noites de agosto debuxaba con Dinís un mañá de amoríos e longas viaxes fóra dun Portugal que os afogaba. Filipa quería fuxir da escravitude do Coímbra e Dinís degoiraba por traballar sen a calor sempre presente da forxa. Os dous rapaces devecían por escapar da única realidade que coñecían.

Aqueles meses de estío volveron bulir aínda máis que o ano anterior cun amor consolidado que lles escapaba polos poros da pel. Sen embargo, outubro volveu chegar puntual para levar unha vez máis a Filipa onda a cidade dos pais. Dona Leonor consentiu aquel verán con máis remorsos que alegría. O que comezou parecéndolle un xogo de adolescentes tomou trazas de relación consolidada. Sabía que o seu fillo non lle perdoaría permitir tales encontros e as lerias na aldea resultaban demasiado estridentes como para acalalas. Daquela era irremediable xa. Cando setembro tocou á súa fin e a marcha parecía incipiente, dona Leonor chamou á súa neta a capítulo.

Foi o discurso máis sentido, máis humilde e máis doloroso que dona Leonor faría nunca. Faloulle a Filipa dos lategazos do amor, das noites de desvelo..., das luces e mais das sombras dun sentimento desbocado que pode máis que as constrinxidas pautas sociais. A señora describíalle os azoutes do seu propio corazón a aquela á que nunca puidera advertir das miserias do namoramento: á súa filla morta precisamente na mesma idade que daquela tiña Filipa. Cando dona Leonor acabou de aconsellar á neta xa San Pedro de Moel durmía na compracencia dun setembro de luz alongada e horizontal. Filipa deixou que todas e cada unha das súas palabras quedasen tatuadas na quentura do seu peito. Ergueuse, deulle un bico de boas noites e díxolle aquilo que dona Leonor aceptou como sentencia dun amor irrevogable.

—Avoa, apréndelle a ler e escribir durante o inverno. Dime que o farás. Non aturaría tantos meses outra vez sen saber del.

E así foi como cada tarde á saída da fábrica, Dinís substituíu o descanso nos cantís coa cana enarborada fronte ás ondas do Atlántico por tan escuetas coma intensas clases de escritura. Dona Leonor púxolle como única condición que ninguén soubese das súas visitas. E só unha persoa o soubo. Isaura contoulle daquel amor desaqueloutrado de Dinís ó seu amante António Gonçalves. O Pinhal do Rei foi escenario unha vez máis da súa inquedanza. Non lle gustaba que o fillo andase a facerlle as beiras a unha dos Rodrigues, pero era ben consciente de que nada debería dicirlle sendo, como era ela mesma, protagonista tamén dun amor prohibido. António consolouna e disuadiuna de calquera palabra que puidese molestar ó Dinís. Os dous sabían ben que había cousas que nin ameazas nin castigos impedirían e deixaron que o tempo retovatase, amontoase, sementase, sachase e recolleitase o seu propio destino, tal e como acontecera con eles. Ocultos ó abrigo do arume, fóra dos malos presaxios dunha sociedade de envexas e falsa moral, Isaura e António Gonçalves deveceron porque o futuro non arrincase ó seu fillo as ganas de vivir. E multiplicoullas.

Dinís aprendía a velocidade de vertixe motivado pola idea de lle escribir a Filipa cartas por si mesmo. As primeiras levaron a caligrafía da avoa, quen recolleu os sentimentos ós que Dinís eliminou fogosidade e desexo por vergoña daquela que o escoitaba e escribía en silencio.

Dona Leonor non quitou nin engadiu nada consciente da súa condición de simple escribana. Unha vez máis a comunicación epistolar había marcar o seu día a día sen piedade dos amores afastados. Á altura de xaneiro de 1961, xa Dinís asinou as súas primeiras misivas que marcharon sempre ocultas tralo remite de Dona Leonor. Buliu o inverno e un novo verán rompeu no horizonte. Sen embargo, desta volta a sorte non había de estar da súa parte. Inés, completamente recuperada e con azos novos, quixo converter a casa que construíran dous anos antes en San Pedro de Moel no centro social de indiscutible distinción que sempre proxectara. A liberdade de Filipa morreu coa chegada dos pais e novos compromisos. Misas, paseos, ceas e festas nos diversos chalés acabaron coas visitas á noitiña ó Penedo da Saudade ou ó Pinhal do Rei.

Os comentarios maledicentes chegaron inevitablemente ó seu pai unidos ós retranqueiros risos polo baixo. Rui

Rodrigues sentiu unha abafante calor na cara que denotaba un anoxo desmedido e preguntoulle á única persoa da que se podía fiar: a súa nai. Dona Leonor negouno todo e mesmo riu abertamente dos celos e envexas que a súa neta espertaba na aldea. Calquera podía inventar eses bulos con tal de os amolar. Rui quedou satisfeito coa explicación, pero aínda así conviña extremar as precaucións porque a mosca lle ficaba aínda trala orella.

Foi entón cando a Dinís se lle ocorreu a lúcida idea de pedir na fábrica de vidro un mes de quenda só matutina. No obradoiro non daban creto da súa ousadía pero, como era o operario máis aplicado, permitíronllo, iso si, reducida a quince días. Evidentemente, o rapaz falara dunha enfermidade familiar e non da necesidade de días de lecer. Daquela botou toda a leña ó lume e pediu ó André que lle dese traballo por uns días: quería vixiar na praia de San Pedro de Moel os chapeos de sol. O André non daba creto.

—¿E logo ti non terás outra cousa que facer que mirarme dos chapeos? Non sei eu... Mira, fai, home, fai o que ti queiras.

9

André e os seus formidables enxeños

Dende que San Pedro de Moel aumentara a súa poboación veraneante, os veciños souberon aproveitar ese caudal económico disposto a ser gastado en pequenos praceres e grandes luxos. Uns pescaban robalos destinados a suculentas ceas; outros alugábanlles cuartos a aqueles que non podían pagar grandes fastuos pero si querían deixarse ver pola aldea; outros atendían ó servicio doméstico de soberbios chalés; outros facían viaxes con mercadorías dende a Marinha Grande; outros vendían pan e pasteis... Sen dúbida, para a maltreita economía do lugar, resultara unha boa axuda a chegada de tanto foráneo.

Había unha persoa que, por avespada e lacazana, conseguira o mellor choio dos imaxinados. O André, home de mundos e terriblemente enxeñoso, era coñecido coma o «enxeñeiro», non se sabe moi ben se polas calidades do seu enxeño ou pola súa capacidade coas enxeñerías. Tentou conseguir mecanismos para desalinizar auga, para sangrar os piñeiros sen o paso previo de os cortar, mesmo proxectou voar por riba das ondas cunha táboa de madeira. Rían del polo baixo e mofábanse das súas falcatruadas, pero el continuaba coa súa teima de topar algo que o fixese universal e, sobre todo, enormemente rico.

Unha viaxe fortuíta ó santuario de Nazaré habíalle espertar de vez o instinto comercial. Subiu á ermida da Memoria en Sítio, botou os seus rezos e promesas á virxe milagreira e acendeu unha presa de velas no altar. Pedía a idea que o salvara da pobreza e, sobre todo, do traballo arreo. O André deu unha volta polo lugar, centro de peregrinacións, onde mulleres de sete saias ofrecían escapularios e roscas ós devotos, e mesmo foi dar unha volta polas penas ata a altura do farol. Estaba bonito Nazaré dende acolá enriba. Daquela albiscou algo que o abraiou. A vila aumentara considerablemente a súa poboación na última década. Multiplicáranse as casiñas de cal branco nas fachadas e azuis e amarelos luminosos no marco de portas e fiestras. As mulleres de negro cos seus paneiros, mallas estendidas na area para secaren ó sol os xurelos, cazóns, chicharros e polbos quedaran relegadas a un recanto da praia. No seu corazón areoso habitaba agora un estraño enxamio de teas brancas e azuis tendidas orgullosas cara ó ceo. Debaixo delas agochábanse os bañistas temorosos da súa intimidade. Escondían os corpos espidos e as conversas de longas horas de sol e lacazanería. André sentiu que a luz prendía na súa cabeza inqueda.

—Señora, ¿e logo aquilo que diaño é?

—Ai, sonlle chapeos para o sol, señor. Alúganos os de Mateus, para os veraneantes. Élle unha mina de cartos. Oieu, ¿quererá percebe? Sonlle ben sabedores.

André percorreu os vinte quilómetros de volta da vila do sur en a penas un suspiro. Mercou ducias de metros de tea na Marinha Grande e levoulla á súa nai. A señora Carme temeu a nova arroutada do seu fillo.

—A ver, André, para qué quererás ti tanto lenzo. Isto non vale para nada. ¡Non traballarás! Se malo non es, oh, pero tes unhas cousas...

André non puido durmir da emoción aquela noite. Indicoulle á nai cómo había coser e cortar e á mañá seguinte apareceu na praia de San Pedro de Moel co primeiro modelo. Causou risos e burlas entre os veciños.

—¡André! ¿E logo que vas facer con iso na praia? ¿Vas ir vivir ó areal?

Sen embargo, as gargalladas axiña calaron ante o entusiasmo dos foráneos. Disque aqueles tenderetes valían para tornar o vento, o sol implacable e, sobre todo, as olladas alleas. Por un escudo, o André alugaba un chapeo por toda a tarde. E axiña superou a ducia. Non cabía en si de gozo. Por fin cartos para casa a cambio de rañar a barriga na praia acordando deles. O choio residía en vixialos, estendelos e recollelos cada día. O André deu por satisfeito durante un tempo o seu afán inventor.

Todo isto acontecera dous anos antes. Cando no verán de 1961 Dinís pediu para lle axudar xa superaba os trinta chapeos e non daba abasto. Ademais, o maxín inquedo do André procuraba xa novos roteiros de negocio e non tiña refixeiro todas as tardes queimándose ó sol. A súa nai, a señora Carme, abondo tiña coa venda de pasteis de nata para encargarlle tamén o coidado dos chapeos. A axuda de Dinís veulle que nin pintada. Tan ben lle viña que nin pensou nas razóns do cativo para torrarse cada tarde na praia atendendo os caprichos dos veraneantes.

Pero Dinís sabía ben o que facía. Ese era o único xeito de estar preto de Filipa e non quería desaproveitalo, así que lle reservou a ela o chapeo número sete en lembranza do día en que se coñeceran ía para tres anos xa. Con todo, e malia as súas enxeñosas escusas, ese verán ganduxouse máis con fíos de ausencias que de presencias. Dinís lembraríao con entusiasmo anos despois. As carreiras, as olladas, as notas, as citas ás agochadas e mesmo aquela excursión a São Martinho do Porto no último día das súas pretendidas vacacións.

Proxectaran minuciosamente aquela xornada. Ela diría que ía ó cinema coas demais rapazas á Marinha Grande. El, simplemente, iría. A escapada duroulles non máis dunhas oito horas. A existencia deses momentos fronte a fronte para podérense tocar, amar, afalar, sentir, pareceulles máis do que puideran soñar e deixáronse embebedar polo silencio do tempo que bole. Non houbo xuramentos de amor eterno porque non os necesitaron.

Tomaron o comboio na Marinha Grande. A serpe de ferro deixou atrás a Martingança e Pataias para pousalos a rentes da vila mariñeira de São Martinho do Porto. Unha baía tímida apareceu ante os seus ollos. Os homes pintaban as traíñas de amarelo e rían na beira do mar. O océano parecía morto pero, alén do refuxio da ría, as ondas poderían tronzar calquera embarcación. Ese día non habería pesca pero cumpría ter os aparellos preparados para o día seguinte, cando o azul puidese darlles de comer a eles e ós seus fillos. Os homes e mulleres do lugar pasaban ó seu lado sen os mirar, alleos á súa complicidade e desexo. Filipa e Dinís souberon por primeira vez da felicidade do anonimato sen ollos que esculquen tralas esquinas. E vivíronse.

—Dinís, ¿sabes da historia de São Martinho do Porto? Foi fundada polos monxes do Mosteiro de Alcobaça. Eran relixiosos cistercienses. ¿Coñeces Alcobaça?

Dinís entón xurou polo máis sagrado que había ler e mais aprender todo o que puña nos libros que, notaba, o afastaban de Filipa. Ela, ás veces, falaba de historias, de persoeiros, de ideas políticas que el non entendía pero intuía grandes. Aínda non comprendía como unha muller intelixente e estudiada coma ela puidera namorar dun operario do vidro de San Pedro de Moel, un simple artesán cun mundo tan pequeno cómo o alento naquela substancia translúcida que se obtiña da mestura de sílice e potasa con sosa. O cristal, tan duro e fráxil como a súa vida.

Ela, coa ollada perdida no horizonte do Farol, ficou allea ós seus propósitos e contoulle unha longa historia de traxedias e batallas que Dinís non esquecería xamais. Foi a mesma historia que Inés nunca lle contou a Rui Rodrigues. Ó mozo abraiábao oíla falar naquel ton tenue empregando palabras que non escoitara na vida. Díxolle que en Alcobaça había unha abadía dedicada a Santa María que fora construída polos monxes cistercienses no século XIII seguindo o modelo da súa casa natal en Claraval, Francia. No seu seo, continuou Filipa, atópabanse os túmulos de Don Pedro I e dona Inés de Castro. Os dous cadaleitos góticos e adornados con leóns e anxos de pedra eran testemuñas dunha tráxica historia de amor real. Dinís mirouna sorprendido, pero a rapaza continuou o seu relato durante uns minutos interminables.

—*As filhas do Mondego, a morte escura longo tempo chorando memorâram; e por memória eterna en fonte pura, as lágrimas choradas transformâram; O nome lhe poseram, que ainda dura, dos amores de Ines que ali passaram. Vede que fresca fonte rega as flores, que lágrimas sam auga, e o nome amores...*, cantoulles Camões nas Lusíadas a estes dous namorados, ¿quen nos cantará a nós, Dinís? –Filipa sorriu e botou a andar tentando quitarlle importancia á melancolía que se apousara, repentinamente no alboio das súas palabras.

Na tristura de Filipa había unha queixa e un lamento que Dinís entendeu e non puido evitar que lle doese tamén. Ás veces coas mentiras e a vertixe da aventura esquecía o difícil que ía ser querela, que era querela. Porque se de algo estaba seguro é de que a quería e a querería sempre. Todo empezara como un xogo de adolescentes pero a tea de araña de palabras, olladas e latexos acabara enleándoos por completo. Agora encontrábanse nunha encrucillada da que non sabían cómo saír. Da que non estaban certos de querer saír nunca máis.

Gravou o seu rostro compunxido e as bágoas nas que lle navegaban as meniñas e prometeu ante si mesmo non permitir que a mancasen, enfrontarse ó seu pai se facía falta e ó propio demo con tal de non perdela. Non había cousa, pensaba entón Dinís na febre adolescente que o envolvía, que o puidese afastar dela. Ata que a guerra o levou.

A escena de São Martinho do Porto quedoulle tatuada como referente dun tempo idílico no que Filipa e mais el foran un a pesar das contrariedades. O verán volveu escapar e con el o inverno, e outro verán, e outro inverno e logo outro verán, todos eles encadeados nunha cachoeira febril de sentimentos e emocións inexplicables. A medida que se sucedían os anos, cada vez con sentimentos máis afianzados, as inmensas cartas facían do inverno que os afastaba un brevísimo intervalo de meses. Coímbra resultaba cada vez máis un lapso na verdadeira e oculta vida de Filipa. Sen embargo, aquel ano de 1963 non resultou tal. En pleno mes de defuntos, o Dinís, cos seus vintetrés anos desafiantes, seguía a carretar e soprar vidro na fábrica na Marinha Grande. Cada semana recollía cartas de Filipa na casa de dona Leonor e cada semana escribía longas declaracións de amor zarrapicadas con cento e mais unha anécdotas que tecían o seu día a día. Unha tarde de choiva e vento chegou pedaleando como puido á casa de San Pedro de Moel. Isaura agardábao co rostro lívido polo susto.

—Dinís, tes aí unha carta.

O rapaz ficou estrañado porque non era normal que Filipa lle enviase cartas á casa. Polo sobre soubo que, efectivamente, non levaba a súa sinatura fina e estirada.

«...terá que se dirigir ao posto de recrutamento da região do norte para ficar sujeito ás provas de selecção». Quen asinaba eran as *Forças Armadas*.

10

A guerra colonial como destino

A guerra nas colonias africanas comezara anos antes, en 1961, tras décadas de revoltas e a tentativa absurda de Salazar de negar o evidente. A súa teima diplomática de «orgulhosamente sós», indiferente ó devir da política internacional, acadou no conflicto intercontinental un dos seus maiores expoñentes. Angola destapara o tapón da botella dos conflictos ó que Mozambique e Guinea non dubidaran en se sumar. Toda a África portuguesa era un fervedoiro de pólvora e intereses comerciais naqueles inicios da década dos sesenta.

Sen embargo, e malia os titulares ameazantes da prensa polos altercados nas colonias, Dinís nunca pensara que el podía ser chamado a filas. Simplemente, non o pensara. Sentíase protexido por unha aura de quen sabe qué, mais non foi así, e o seu futuro debeu pagar peaxe no continente africano. Foi un dos poucos operarios da fábrica que non se alegrou de recibir tales noticias. Todos se sentían chamados para defender a unidade da patria, e o destino en países tan afastados daba a oportunidade para coñeceren algo máis que o inmenso Pinhal do Rei, o xabre das praias inmensas e a calor das forxas. África semellaba un paraíso cheo de marabillas sen explotar. Tanto tiña a fronte en Angola, Mozambique ou Guinea.

O número de traballadores do vidro descendeu cuantiosamente aquel inverno pero dúas serían as ausencias que máis laiarían no peito dun home. O António Gonçalves viu como o fillo lexítimo e o fillo dos seus amores marchaban á guerra e quixo morrer. A penas unha carta serviu a Dinís de despedida de Filipa. O rapaz tiña a certeza de que sobreviviría, non sentiu medo en ningún momento pero tampouco tiña folgos como para emprender tan dura viaxe. Non había ningunha motivación porque as colonias tanto lle daban e o seu sentimento patriótico estaba agochado nalgún lugar aínda descoñecido do seu corazón. Se é que existía. Isaura quedou soa en San Pedro de Moel, como tantas outras nais que vían cómo a sangría pola posesión dunhas «provincias de ultramar» lles roubaba os fillos sen poderen protestar. E sentiu, tamén ela, que aquela guerra non ía consigo.

Logo duns meses nun centro de instrucción preto de Lisboa, Dinís recibiu orde de mobilización e integrouse nunha unidade onde aprendeu o oficio de *fuzileiro* e tamén o da transmisión. El quería encargarse das conversacións e, ó ser un dos poucos que sabía ler e escribir, foille doado que lle encargasen esa tarefa. Na unidade realizou cos seus compañeiros os exercicios de instrucción da IAO, *Instrução de Aperfeçoamento Operacional*, e escoitou os consellos certamente absurdos sobre o qué facer en África para sobrevivir, ademais de recibir as oportunas vacinas e leccións sobre a camuflaxe.

Antes de que se desen de conta chegou a orde de embarque cara á zona do conflicto e o seu continxente formou parada no cuartel. O capelán botou unha misa campal; o comandante da unidade, Fernão Rodrigues, díxolles unhas palabras sobre a misión e, logo doutros ritos militares que incluían verbas de coroneis e tenentes e tamén dun desfile de tropas, déronlles a licencia de dez días de permiso antes do embarque para despedírense das súas familias. Nese momento, a Dinís pasoulle pola cabeza fuxir daquela tolemia á que estaba abocado. Pensou en recoller a Filipa en Coímbra e marcharen lonxe, moi lonxe, a España ou mesmo a Francia, onde a dictadura salazarista e Rui Rodrigues non os topasen nunca. Pero non tivo azos abondos e nas cartas sucesivas de despedida á súa amada prometeulle todo aquilo que daquela non fixo. «Filipa, o futuro é noso. Volverei, agárdame sempre.» En San Pedro de Moel díxolle un ata pronto á súa nai que sabía a dúbidas e pediulle a dona Leonor que fose rápida no intercambio das cartas. Agarroulle a man á señora e suplicou como nunca suplicara nin suplicaría a ninguén.

—Dona Leonor, non poderei vivir sen elas. Por favor non perda ningunha. Mire que vou para a guerra.

Dona Leonor sabía ben cómo a vida podía trocar por mor dun papel esborranchado e xuroulle a Dinís que cumpriría sen falta o encargo.

Dinís formou de novo parada no cuartel e marchou unha noite de decembro nun coche militar cara á estación do camiño de ferro. Alí, o continxente embarcou nuns convois especiais en dirección a Lisboa. O navío que os iría levar estaba atracado e Dinís avistou a ducias de persoas agardándoos. El viaxaba só. Namentres os outros rapaces fantaseaban sobre África, el só miraba máis alá do ceo tentando acabar con algo que aínda non comezara. Eles falaban de mitos e fantasías construídas sobre a vida na selva e o contacto coa poboación estraña. A propaganda do réxime salazarista obviaba a cara da outra África, a dos mortos e os oprimidos á que eles, sen pensalo, corrían coa intención de perpetuar.

Aqueles mozos, a maior parte deles procedentes do campo, debíanse converter en soldados capaces de viviren e combateren no teatro do outro continente. E ningún quería deixar de se transformar en heroe e regresar á casa co pescozo cuberto de loureiros. Ningún, agás Dinís, que morrería por ficar en terra.

Ó chegar ó peirao e ver toda aquela xente, unha vaga de morriña enchoupoulle a alma. Todas aquelas persoas amoreábanse nas varandas con panos brancos ondeando no vento e carteis con nomes dos militares para chamaren a súa atención e despedírense denantes do seu embarque. Mandáronos desfilar de novo perante un home engalanado con medallas de alto rango militar, as señoras do *Movimento Nacional Feminino* e da *Cruz Vermelha*. Unha daquelas submisas mulleres entregoulle uns folletos coloreados sobre o territorio de destino que nin ollou, angustiado como estaba polas melodías militares e todo aquel balbordo de saúdos e consignas patrióticas. *Lá vamos cantando e rindo, levados, levados, sim, pela voz do som tremendo, das tubas clangor sem fim... lá vamos (que o sonho é lindo) torres e torres erguendo, rasgões, clareiras abrindo! Alva da luz imortal, roxas nevãos despedaça, doira ó céu de Portugal! Querer, querer e lá vamos...*

repetía o himno da mocidade, ese que por decreto lei ficara como a obrigada *expressão coral da submissão lusíada*. Dinís apurou para subir a escada e refuxiarse nun camarote namentres os demais homes se despedían dende a cuberta e mesmo empoleirados dende os mastros.

El preferiu espreitalo todo dende un ollo de boi semiagochado debaixo da escaleira de acceso ó exterior. O navío afastouse lentamente, virou a proa e sucou o Texo por debaixo da ponte ata pasar por diante da Torre de Belem. Dinís, que nunca Lisboa vira, tivo que intuíla dende o río envolto no neboeiro de fin de ano.

Estaba fermosa, pensou Dinís dende o lonxe, parecía un monte branco e luminoso que, pouco a pouco, ía esmorecendo na distancia. Apañou o macuto e colocouno nun recanto de terceira a rentes dunha claraboia onde poder durmir coa ollada prendida das estrelas. Foi o luxo de baixar de primeiro sen agardar a despedidas que non lle dicían nada e só lle recordaban ausentes. Os días fóronse debullando uns ós outros sen piedade. O rapaz lembraría aquelas longas xornadas en alta mar coma as horas de bochorno asfixiante que preceden á treboada. Parecía que non ían acabar nunca. Comían o rancho na cuberta e naqueles días de maruxía os chícharos, o pan e a sopa bulían baixo os seus pés cara ó fondo do mar.

A media viaxe realizaron exercicios de salvamento a bordo e todo o continxente se dispuxo a traballar para aprender técnicas útiles en caso de naufraxio. Ó pasaren o ecuador aumentou a calor e a confianza no medio mariño. Aqueles que amosaran reticencias ó barco afixéranse á calma podre e xogaban ás cartas ou latricaban sen atender ás quendas.

Dinís mergullou no seu mundo. Os demais rapaces mofábanse do seu silencio e das súas longas horas de escritura fitando a liña do horizonte. Había un rapaz que lla tiña especialmente xurada, o Antoninho. O fillo do António Gonçalves, un home afouto e cobizoso, axiña se erixiu como o cabeza indiscutible do grupo. As súas bravatas facían rir a todos e espertaba unha especie de pavor e admiración que Dinís non comprendía. O medo sempre inspira líderes. A Dinís parecíalle ridículo, pero a reverencia que lle mostraban relegouno ó bando inimigo. Ou estaba con el ou contra el e Dinís, por indiferencia, quedou tachado de inimigo cando a singradura mozambicana acababa de comezar. Eles obviárono e el faloulles o xusto para sobrevivir. Nin se miraron o resto da viaxe, que cada vez se convertía en máis sufocante e claustrofóbica malia a inmensidade do océano.

Semanas despois, chegaron a Mozambique e o continxente dirixiuse ó acuartelamento próximo a Vila Cabral, a capital da zona da lagoa Niassa, lugar considerado de alto risco para os militares portugueses. Esvaraba xaneiro de 1964 e Dinís sentiu o bafo quente no rostro. Non soubo se era só unha subida de temperatura mesturada coa humidade da selva ou a calor da fogueira de guerra que os agardaba. Nos cuarteis do mato pasaron os primeiros días do novo continente entre tarefas de seguridade e as operacións de rutina das estiradas horas de sol a sol no hemisferio sur. As permanencias no bar, a práctica de carreiras para exercitar o corpo, o mergullo na lagoa, a caza nalgunhas ocasións e, fundamentalmente, a correspondencia ocupaban os seus meses inacabables.

Dinís remataba as xornadas co pulso dorido de tanto escribir da súa propia letra frases e máis frases de amor e promesas bonitas, felices, estrañamente felices en tempo de guerra. A esperanza de que os aerogramas non fosen censurados pola PIDE ou polo propio Servicio Postal Militar (SPM) dáballe azos para continuar vivo. Dinís sentía que aturaba por Filipa como razón de futuro, como luz que o guiaba e, mesmo no extraordinario da situación bélica, tivo medo da obsesión que o embargaba. Foi consciente entón de que nos últimos cinco anos aferrárase a Filipa como motivo de erguerse e deitarse e pensou, entre as cores de África, se ela era o mundo enteiro, se pagaba a pena que a vida quedase reducida ó azul dos seus ollos tan afastados no tempo e na distancia. Dinís dubidou por primeira vez e a agonía agudizada por unha febre alta prostrouno no leito.

A suor e a inquedanza ameazaron con deixalo para sempre en posicionamento horizontal. Os médicos do campamento amosaron a súa preocupación ante o paciente enfeblecido polas febres e a mala alimentación. Naquela zona de África, a malaria, as insolacións e a picadura da mosca tse-tse que producía o mal do sono estaban a facer estragos no corpo militar, enfermidades ás que había que sumar todo tipo de doenzas de transmisión sexual por mor dos contactos coa poboación autóctona. Dinís non era sospeitoso de tales prácticas, fundamentalmente porque nunca solicitara a «bisnaga antivenérea», aquela estraña pomada gorda sen ningún grao de eficacia testado da que os propios doutores descoñecían a composición pero que eles mesmos se encargaban de distribuír entre as tropas con intención de que funcionase como unha sorte de placebo. Conseguían así que non diminuísen as relacións sexuais que tanto desafogaban a uns soldados que permanecían durante semanas engaiolados nunha selva de auga e mato, sen ataques reais.

Desbotada a gonorrea producida ó *fazer máquina* con aborixes, tal e como se denominaba en Mozambique a práctica sexual, a doenza de Dinís cualificouse de «moi grave» e recomendouse illamento e descanso absoluto. Cando pensou que non ía topar azos en ningures chegaron dúas cartas dirixidas a el e a enfermidade desapareceu. Sufrira o que logo se denominou *stress da guerra*.

A primeira das misivas era de súa nai. A segunda, de Filipa.

«Querido fillo, escríboche por medio de dona Leonor. Agardo que vaia todo ben e volvas axiña a San Pedro de Moel. Quérete sempre, túa nai».

As bágoas buscaron regos na pel morena do rostro do rapaz e a emoción a penas lle deixaba abrir o segundo sobre. Por fin acertou a achegarse ás palabras de Filipa e a alma quedoulle pendurada na trabe da lareira do sentimento para nunca máis caer. Aí, os latexos madureceron na plenitude do silencio e Dinís principiou a mellería. A febre foi baixando ós pouquiños a medida que aprendía as frases de memoria, a forza de tanto repetilas.

A recuperación total veulle co aniversario dos primeiros seis meses da súa chegada a Mozambique e cuspiulle sen miras a verdadeira crueldade da situación que estaban a vivir. O acuartelamento de Vila Cabral era un fervedoiro de soldados, nativos e misioneiros. Aqueles que o réxime militar salazarista denominou «aldeamentos» non eran senón campos de concentración para a poboación nos que se vían abocados a traballar arreo para os combatentes portugueses co fin de abastecerlles comida, armas e mesmo mulleres. A masacre de Mueda en 1960, un local de gran tránsito de tropas e, por tanto, de doenzas contaxiosas, non conseguira baixarlles a líbido a uns soldados afeitos a horas de garda sen ningún sobresalto. Acontecera un dezaseis de xuño. Ese día tivo lugar o feito máis importante que precedeu a loita armada en Mozambique. Mueda, Cabo Delgado, 1960. Milleiros de agricultores da rexión reúnense para esixirlle ó gobernador, presente no lugar, unha mellora nas condicións de vida e a posibilidade de creación de cooperativas. Catro horas de reunión e as autoridades, fartas de non chegaren a un acordo cos labregos, deciden disolvela abrindo fogo entre a multitude. Medio milleiro de mortos, entre eles moitas daquelas mulleres que adobiaran con gotas de excitación as noites dos soldados destacados na cidade. Mueda quedou na memoria colectiva como unha metáfora da guerra, unha amálgama de sensacións extremas, de sangue e seme que callou nas mentes dos combatentes. E en algo querían experimentar a vertixe do risco.

As doenzas cada vez resultaban máis patentes e no cuartel programaron un calendario de actividades coas que entreter a unha dotación que minguaba en azos por mor das enfermidades e da abulia máis absoluta. Dende a retagarda, lonxe das zonas de combate, malia a súa proximidade física, resultaba difícil comprender o porqué dunha guerra. As febres agónicas fixeron estragos no ánimo do persoal e os comandantes xefes buscaron en pequenas explotacións agrícolas a solución ás cavilacións catastróficas e revulsivas das horas mortas e, tamén, á irregular dieta alimentaria.

Cultivaron noz de caju, cana de azucre, algodón e té. Fixeron partidas de caza nas que mataron fermosos animais salvaxes. Pero non conseguiron matar o desacougo.

Dinís odiaba todo aquilo pero calou como calaba o moito que o abraiaban os solpores, as inmensas árbores, o son das follas por riba da cabeza ou o ceo de nubes estiradas daquela África de contrastes. Só para Filipa deixaba eses pensamentos que se lle antollaban absurdos para o fato de homes brutos e ignorantes cos que compartía cuartel. Sen embargo, non era o único que aborrecía o campamento militar. Decatouse da súa presencia unha tardiña cando o sol máis quentaba e ducias de homes botaban estrondosos risos no bar. Estaba só na outra esquina e fitábao atentamente. Pasados uns segundos achegouse a el.

—Quen me dera saber escribir a min tamén. Escribiría cartas inacabables sobre esta merda.

Dinís sentiu que topara un amigo ou, cando menos, el, que nunca de amigos soubera, un cómplice. Chamábase Miguel, Miguel da Silva, e sería o seu compañeiro da guerra naquel tempo tan distante. Miguel da Silva tiña os brazos e as pernas desproporcionadamente longos con respecto a un tronco fibroso e encollido marcado por costelas que falaban do seu estado famélico. Un bigote coidado acentuaba a súa cara nun intento inútil por convertelo no home adulto que non era. Miguel a penas cumprira os dezaoito cando abandonou a Évora natal camiño do continente africano. Non quería ser recolector de nada producido por terra ou mar, el quería recoller ideas e ver mundo, un mundo que o seu avó, mariñeiro, lle describira como infinitamente fermoso. O seu discurso melancólico e á vez optimista causou grande impresión en Dinís, que non escoitara dúas palabras ben fiadas dende o inicio da expedición bélica. O rapaz fumaba sen parar. Só deixaba de facelo cando comía ou no momento de ter ducias de palabras na boca. Dicía que fumar axudáballe a non pensar, pero Dinís sabía que xa non había remedio para evitar tal hábito prexudicial naquelas circunstancias. Ese ía ser, ademais do soterrado *stress de guerra*, outro dos andazos que marcasen a todo soldado portugués en Mozambique: pensar.

Gustáballe Miguel, aquel que nunca á escola fora e sabía do mundo coma se o tivese tocado de principio a fin.

—Eu quero vivir –repetía incesantemente o rapaz– e isto non é vida, carallo, isto non é vida. A min dixéronme que viña ver mundo e o único que fago é folgar neste furado da selva onde non hai máis que macacos e árbores.

Dinís aprendeulle a escribir do mesmo xeito que fixera con el dona Leonor. Ensinoulle o perfil do *p* e mais o *b*; a distinguilos do *r* e do *l*; a xuntalos con vocais e formar palabras; e coas palabras formar frases; e das frases facer parágrafos; e cos parágrafos abranguer os pensamentos que o perseguían nas noites de guerra, nas noites do Niassa. Os dous rapaces intimaron en poucas semanas, cousa só explicable para a timidez do Dinís pola falta de seres coñecidos cos que falar. Foi entón cando descubriron a Aaial, case unha nena, Aaial.

Os soldados coñeceran axiña a necesidade do «aldeamento» veciño de medicinas, de cartos ou de alimentos. Sabíano e aproveitábanse diso co único que os indíxenas podían negociar: o servicio doméstico ou o corpo das súas mulleres. A miúdo o cuartel enchíase de xemidos inutilmente afogados; e mans manchadas de pólvora; e de labazadas apuradas e mulleres que corrían co rostro baixo cara ás súas choupanas cos asubíos dos soldados estalándolles nos oídos. Dinís sabía que aquelas nativas eran persoas tamén pero asumía que o trato que recibían pouco as diferenciaba das bestas. Ademais, tiñan outro atractivo para os combatentes: servían para fodelas e iso non viña nos barcos que cada mes procedían de Portugal con avituallamento para as tropas.

Dinís e mais Miguel procuraban non presenciar aquelas escenas violentas de abuso de poder. Fervíalles o sangue. Dinís sabía que podía ser Filipa ou súa nai. Miguel recoñecía nelas á súa irmá pequena. Unha mañá os berros foron demasiado atroces como para obvialos. Saíron á porta e viron cómo unha nena saía tras da cabana das cociñas berrando coma se lle roubasen a alma. Axiña albiscaron cómo un regato de sangue descendía lentamente por entre as súas pernas e as gargalladas fachendosas do Antoninho confirmaron o seu temor primeiro. Entón un círculo de homes escudados no fusil do seu ombreiro choeu á nena con insultos e mofas. Ela sentou no chan deixando que o sangue formase unha pequena poza e afogou nela a súa angustia. Ninguén veu na súa axuda e a pequena sentiu cómo lle roubaban a inocencia sen que ninguén se apiadase dela. Dinís soubo entón o significado da palabra guerra ata o de agora oculto na beleza da selva e a abulia de tardes na retagarda. Sóuboo e odiouno naquela nena. Non lle dera tempo a reaccionar cando Miguel da Silva saíu correndo cara a ela. Estaban estrictamente prohibidas as pelexas entre soldados con penas de cárcere illado durante varios días. Sen pan nin auga. Pero o animal que habita en cadaquén respondeu instintivamente á agresión e Miguel quixo protexela. Non houbo resposta de ningún outro home, estupefactos como estaban ante a arroutada daquel miñaxoia que nunca erguera a voz máis do normal. Chamáronlle de todo. Maricallas foi o insulto máis suave que se escoitou aquela tarde nunha eira do campamento de Vila Cabral, na lagoa Niassa. Iso e algún disparo ó lonxe que lles había recordar onde estaban.

O único que se esvaeu naquel intre foi a identidade do inimigo. Dinís deixou de saber contra quén loitaban e, sobre todo, qué defendían. Ela chamábase Aaial. Cando Miguel, coa axuda de Dinís, logrou erguela do chan e limparlle a cara descubriu o medo tatuado nas meniñas dos seus ollos. Apertaba con forza unha man como agochando algo. Cando conseguiron ver qué escondía con tanta forza, o corazón deulles un chimpo no peito. Un diminuto frasco de penicilina podería sandar doenzas do corpo pero xamais amañaría a dor incalculable dunha mociña, case unha nena. Aaial fora obxecto do que os soldados denominaban a «compra un cabaço», garantir xunto á familia o troco dun ben material, neste caso unha medicina, pola exclusividade dunha virxe para evitar así doenzas de transmisión sexual. Miguel rompeu esta transacción comercial e insistiu no coidado da nena coma se lle fose a vida niso. Dinís nunca comprendeu a súa obstinación con Aaial e aceptouno como unha pelexa desesperada por negar a realidade; por negar a culpabilidade que cada día medraba no seu peito por loitar arreo en algo no que non só non cría senón que ademais repudiaba: o poder colonial portugués en África. Nada do que a propaganda oficial e a prensa do continente lles contara tiña que ver con aquela realidade de escravitude e absurdo que os envolvía coa mesma intensidade que a calor húmida da selva.

Non souberon nada dela durante varios días, pero unha semana despois apareceulles nun camiño durante unha expedición de rutina. Tiña nos brazos un feixe de flores e Miguel emocionouse de verdade. Había poucos detalles na selva como para sentirse vivo e escapoulle sorrir. A partir daquel día, Miguel, Dinís e Aaial formaron un curioso trío que intercambiaba palabras e agasallos. A limitación idiomática converteunos en esforzados contertulios máis unidos polo cariño que pola comunicación. Os tres eran víctimas dunha guerra que non lles importaba e quixeron esquecer, aínda que fose durante uns minutos ó día, que debían matarse para ser libres.

11

A vontade da FRELIMO

A chegada do Nadal trouxo novas cartas e larpeiradas procedentes do continente para que a morriña non fose tan acentuada. Pretendían salvar o insalvable. Pero xaneiro trouxo tamén as novas traumáticas. Mudáronos de guarnición e a calma podre, semellante á da singradura marítima que os arribara a terras de guerra, converteuse nunha presión constante. Unha mañá déronlles unha mochila con roupas de camuflaxe, tres inxeccións para combateren picadas de insectos, as botas, a boina e as placas de identificación dos soldados co seu tipo de sangue. Un sabre, a G-3, a súa *compañeira no mato*, e unha arma de gran peso e medidas a quen os guerrilleiros gañaran respecto, a MG-42, puxeron punto e final ó equipamento dirixido á fronte. Sabían que era unha proba dura. Ían combater.

Deixaron atrás a morna quietude do campamento polo corazón rebrincando na gorxa da selva mesta. A maior parte das misións das patrullas eran de recoñecemento e defensa, o que se denominaba «bater o terreo». Cada unha delas duraba un día ou doce horas ata que o pelotón caía co corpo derreado. De feito, a palabra descanso parecíalles un milagre porque o pouco tempo que paraban era para comer, para durmir ou para pousar a G-3. Patrullaban en liña ou en forma de V e sempre en silencio, en eterno silencio roto polas follas das árbores ou os bechos. Por cada vintecatro horas pasadas no mato pasaban corenta e oito no cuartel.

Durante catro meses sobreviviron así ó medo e ós disparos ó lonxe, viron sangue e gangrena, adiviñaron dor e apalparon miseria. E todo pola indivisibilidade da patria, por aquilo que Salazar non paraba de repetir: «não hâ possessões portuguesas mais sim pedaços de Portugal disseminados pelo Mundo.» Esa patria estaba a condenalos a unha morte segura, pensaba Dinís. Pensaba e calaba.

Unha tarde, unha emboscada no medio do mato sorprendeu a unha ducia de membros do pelotón portugués de ataque. Esquivaran as minas pero non foran quen de fuxir das catanas da FRELIMO, a Frente de Libertação de Moçambique, que cada día estaba a causar máis estragos nas tropas. Cinco guerrilleiros de inmensas dimensións xurdiran da nada e antes de que puidesen responder xa degolaran varios soldados e desapareceran sen deixar rastro. O medo petoulles con sixilo na porta do corazón para introducirse nel e non saír máis. De nada serviu toda a propaganda que os superiores do exército fixeran menosprezando o poder da organización independentista. Dicían que non eran máis que uns centos de homes dispostos a saquear e matar por unha presa de dólares, pero os soldados portugueses do Niassa sabían que non era certo. As forzas do movemento revolucionario empregaban habitualmente o sistema das emboscadas para ferir os destacamentos lusos e normalmente facíano con accións de fogo nas que empregaban minas, granadas e bombas de man. Cada vez os ataques resultaban máis frecuentes por moito que xustificasen que a FRELIMO, constituída por diversos grupos facciosos, estaba a desartellarse por mor da descohesión interna. Xa ningún militar luso cría niso. Dende que fora creada o vintecinco de xuño de 1962 baixo o liderado de Eduardo Mondlane, non fixera máis que medrar e recibir apoio de países tan diversos como Estados Unidos, China ou Alxeria. Sabíano todos.

No Niassa estaban seguros da existencia de miles de efectivos divididos en tres sectores e coordenados pola base provincial de Gungunhana. A organización militar resultaba estricta e os seus centros inexpugnables. Quén podía crer na súa vulnerabilidade. Cando o comando portugués comentara aquilo de que a situación «revelaba progresivo aumento do grao de apoio outorgado polas poboacións nas areas de subversión violenta» resultaba xa demasiado tarde. Centos de militares lusos deixaran a súa vida na selva.

Aquel día Dinís abría o pelotón de patrulla con destros golpes de catana cando escoitou un berro contra o final do grupo. Caeron varios homes ó chan atravesados por coitelos e, entre eles, Miguel da Silva. O tempo empezou a correr contra a morte. Levéronos en padiolas improvisadas cara ó acuartelamento base e alí tentaron devolverlles en van a fala. Morreron os cinco. Miguel da Silva faleceu na enfermería do cuartel en Vila Cabral, na rexión da lagoa Niassa, sen que ninguén o chorase agás Dinís e Aaial, a quen xa os deuses lle trouxeran o recado do pasamento semanas atrás. A resposta foi contundente e as tropas arrasaron dúas aldeas nativas sen deixaren nin un pao ergueito. O napalm, os herbicidas e os esterilizantes para o solo encargáronse de que a vida tardase en volver ó lugar de onde marchara.

Non repatriaron o corpo de Miguel da Silva porque as autoridades preferían cifras de desaparecidos a cadáveres que levasen a verdade a Portugal dunha guerra que non acababa senón de comezar. Dinís escribiu entón a carta que lle tronzaría o corazón a unha irmá en Évora na que relataba todas as mentiras sobre África. Sabía que aquelas palabras lle roubaban para sempre un irmán que marchara á guerra con ilusión bébeda de vivir. E Dinís morreu un pouco máis sen Miguel da Silva.

Levaba un ano e oito meses en África. Morría 1965. A perda de Miguel converteuno no único valedor de Aaial, quen todas as tardes viña a estar con el malia as mofas dos outros soldados. Dinís fixo oídos xordos ós seus risos cada vez máis apoucados polo cansazo e botou de menos, outra vez, inevitablemente, a Filipa. Durmía a moza nun estraño letargo provocado pola distancia emocional do outro continente. Parecía que ela, San Pedro de Moel, súa nai, a fábrica de vidro, o Pinhal do Rei, o Penedo da Saudade..., todo ficaba nunha paréntese descoñecida do sen tempo. E non sabía qué facer cos recordos, se agarralos fortemente polo peito para sobrevivir ou desbotalos para que non doesen as ausencias. Desaparecido Miguel da Silva, Mozambique espiuse coma o inferno que sempre fora e permanecera disfrazado coas palabras do rapaz e os sorrisos de Aaial.

A situación dexeneraba por momentos. Moitos soldados daqueles que chegaron con el a África apuntáranse nos Grupos Especiais. Non os culpaba. Tal vez fose mellor «cazar negros» para gañar uns cartos que aturar aquela insoportable humidade quente durante horas. E o maldito tempo non pasaba. Unha das últimas experiencias que a Dinís lle tocou vivir en Mozambique foi o bombardeo da penitenciaría. Como todas, permanecería indeleble durante anos na súa memoria. Cambiárano a petición propia para o acuartelamento de *fuzileiros* en Machava, na zona de Matola, onde existía unha penitenciaría practicamente parede con parede. Os guardas da FRELIMO instalados no cárcere disparaban ás veces sen que houbese motivo cara ó acuartelamento. Querían demostrar quén mandaba alí. Nesa vila existía, ademais do cuartel e a prisión, unha fábrica de cervexa de nome «2 M», que pertencía a propietarios brancos e na que traballaban funcionarios de ambas as dúas razas. Aquel día, os negros enarboraran a bandeira da Frente de Libertação de Moçambique nas instalacións da fábrica, o que provocou revoltas entre negros e brancos. Os caídos matáranos a catana ou a tiro de pistola e tal medo se estendeu entre a poboación que houbo persoas de raza branca que se refuxiaron no acuartelamento das tropas portuguesas. Pensaron que nada ía ir aló dunha ducia de mortos cando de socato apareceu un helicóptero que comezou a disparar sobre o cuartel e feriu a varias persoas. O desconcerto resultou total. Dinís e os outros combatentes ergueron os fusís e dispararon ata que o helicóptero desapareceu. Ninguén sabía a nacionalidade de quen disparaba, pero houbo quen dixo que foran brancos. Dinís non quixo crelo e pensou se serían soldados portugueses subornados pola FRELIMO para provocar fisuras internas nas tropas. Pensou, Dinís, qué tolería, gastar esforzos niso cando xa ningún combatente portugués cría en nada agás na súa causa persoal de sobrevivir a aquel inferno e, sobre todo, de conseguir esquecelo algún día.

Mozambique foi unha guerra que lle aniñou no cerebro e no corazón e a barbarie queimoulle os ollos e mais os azos. Aferrouse ás cartas e ás imaxes do que vivira para reafirmarse a si mesmo e non verse unicamente como soldado de chumbo, un número máis co que xustificar unha vinganza histórica. Os meses ata a súa evacuación sucedéronse uns a outros con premeditada agonía. Xa ningún deles cría en África e cumpría renovar unha tropa mancada polas febres e as feridas abertas que nunca máis pecharían.

Abandonaron Vila Cabral cando o conflicto a penas se iniciaba. 1965 fuxía do calendario con todos os seus remorsos ás costas e asentaba un conflicto que ó principio consideraran de rápida solución. Pero a polvoreira colonial non acababa senón de prender.

Aaial indicoulle a Dinís que coidaría de Miguel, dos seus restos soterrados baixo unha enorme árbore de diámetro inabranguible nunha brazada e copa frondosa. Prometeu falarlle todos os días e pediulle que non a esquecese. Dinís sabía que non o faría, pero tamén que sería difícil regresar onda eles. A ferida proía demasiado e el, de veras, si desexaba esquecer. Esquecer que un día vivira unha guerra en Mozambique, unha guerra que lle matara un amigo e que o obrigaba a deixar unha nena á sorte de novos soldados que chegasen ó continente. Deixala nas mans do seu odio, da súa desesperación e da súa fachenda. Deixala.

A tarde da marcha definitiva choveu a chuzos como só pode arroiar na época das choivas en Mozambique: con moita forza e durante a penas media hora. Dinís soubo que Aaial fora violada unha vez máis a noite anterior pola fachenda do Antoninho, aquel que lle roubara a virxindade dous anos antes. Non llo contou ela. Díxollo el entre gargalladas e eruptos de cervexa a un fato de militares bébedos e adormecidos polos canutos. Seica quixera darlle unha boa despedida. Dinís soubo entón que con aquilo Antoninho non pretendera darlle un adeus á rapaza, senón sentenciar un odio profundo cara a el. Ela, simplemente, fora unha víctima, unha de tantas no conflicto colonial. Unha de tantas incontables.

Dinís asumiu na longa viaxe de regreso o inútil daqueles dous anos e como a guerra volvía con el para San Pedro de Moel, para a fábrica da Marinha Grande, para Filipa. Nunca máis o abandonaría. O recordo indeleble de Miguel da Silva, o absurdo da súa perda e a crueza da despedida de Aaial non desaparecerían da súa cabeza. E proíalle a impotencia. Atrás ficou a selva, o sol roxo, as armas e o silencio asubiante do Niassa. Cando Dinís albiscou o océano Índico no horizonte comprendeu que estaba preto da casa. Aínda a miles de quilómetros de distancia, o océano habíao devolver á terra natal. A unha patria esgazada e fratricida. A Portugal.

As longas semanas de singradura marítima buliron axiña. Tal vez demasiado rápido. Dinís desexaba que o tempo lavase as feridas e borrase as imaxes tráxicas da memoria. As propias e as alleas que o espertaban con berros aterrados na metade da noite. Que fuxan, que marchen..., pero estaban demasiado cravadas como para esvaérense coa néboa, co sol ou coa brisa do mar. E non conseguiu que toda a auga do

Índico e do Atlántico limpase as lembranzas. O conflicto ficou canda el ó abrollar xao esteiro do Texo na proa do navío e Dinís chorou por perder a batalla dos sentimentos nunha guerra xa de antemán perdida. Para el, África foi o revulsivo.

12

Regreso a outro inferno: a fábrica de vidro

Ninguén o agardaba no peirao lisboeta. Agarrou o macuto e botou a andar entre bicos e abrazos de mozas, pais e nais dos seus compañeiros de tripulación. Escorregou como puido entre a emoción e a morriña e encamiñouse cara á estación do comboio. Era bonita Lisboa, pensou outra vez, pero faltábanlle ánimos para degustala. Outra vez sería. Aínda lle tremían as pernas do ir e vir das ondas como para deixarse agasallar pola luz e o rítmico son do lastrado baixo os pés. Asustouno aquela morna tranquilidade e a indiferencia da capital ante a, entendía, culpabilidade nun conflicto que estaba a desangrar as colonias. Con todo, o peor foi aturar as apertas e saúdos de homes e mulleres que saían ás portas ou ós balcóns para saudar os heroes que volvían de defender a unidade da patria. Quixera berrarlles que era todo mentira, que estaba perdida a loita contra a vontade dos indíxenas e, por riba, que el mesmo se alegraba diso. Mais non dixo nada. Recibiu co rostro circunspecto e triste os vítores, loanzas e saúdos fraternais no ombreiro. Como con vergoña.

Subiu ó comboio cara á Marinha Grande seguido doutro cento de soldados que, coma el, corrían á casa. Refugou, con todo, compartir vagón con eles, aínda que só fose por non topar coa ollada do Antoninho. O maldito Antoninho. Sabía que na fábrica tería que cruzalo día a día para espetarlle na cara o recordo de Miguel da Silva e, tamén, a lembranza de Aaial arrasada pola violencia do seu corpo. A guerra volvía consigo. Como un pesadelo. Como gangrena na memoria.

As chairas do Val do Texo e as Beiras, tan extensas e amarelas, abanearon panos de adeuses á besta cansa de ferro, chea de amargor. Tampouco ninguén agardaba a Dinís na plataforma da Marinha Grande e sentou na estrada que conducía a San Pedro de Moel a que alguén da aldea o recollese en carro de cabalos. Non viu a António vello na estación. Non se decatou de cómo apertaba ó fillo de Ana Barbosa, ó lexítimo Antoninho, e cómo o buscaba a el, ó fillo de Isaura, para cerciorarse de que chegara san e salvo. Para darlle un abrazo na distancia.

Foran dous anos de desesperanza e angustia para António Gonçalves, unha angustia que o estaba a chuchar por dentro. A súa relación con Isaura atravesaba quizais un dos mellores momentos da súa vida. Morto o frenesí da infancia e mocidade do amor, quedaran os sedimentos profundos e lamacentos dun sentimento que o enchoupaba todo. Ana Barbosa, a súa dona, parecía indiferente ás súas tardanzas e desculpas torpes e seguíao acochando cada noite nunha cama matrimonial. Fóra, á intemperie da metereoloxía e das circunstancias, agardaba Isaura nun leito de arume do Pinhal do Rei. O tempo fixo que, neles, as mentiras e ausencias se convertesen na única realidade palpable. Lonxe, en África, os seus fillos loitaban na guerra colonial.

Na estrada de San Pedro de Moel, Dinís agardou máis dunha hora a que alguén se apiadase del e empezou a andar polo piñeiral. A imaxe de Filipa resultaba cada vez máis nítida ó percorrer os lugares dos seus encontros. Reconfortouno sentir o rumor xordo dos piñeiros sobre a súa cabeza, o cheiro do salitre atlántico e a area nos ollos... E aquela morriña salgada da casa que o invadira en Mozambique foise atenuando. Alegrábase de volver e, malia que a crera perdida, necesitou a Filipa. Necesitouna.

Hai quen di que a guerra dá máis do que rouba, que a guerra aprende a vivir. A Dinís ensinárالle a morrer cada instante de desacougo e recordos.

—¡Meu Deus! ¡Pero non é o fillo de Isauriña! Sube rapaz, ¡ai que alegría vai levar túa nai!

O André da señora Carme aparecera coma sempre para salvalo do lume cando a cabeza estaba a remexer de máis. Non parou de falarlle en todo o camiño cara a San Pedro de Moel. Faloulle dos casamentos e defuncións, dos lercheos e dos seus últimos inventos: un secador de roupa cun sofisticado sistema de aireación. Dinís deixoulle contar ledo de escoitar outra vez aquela voz familiar con acento torpe e rabudo.

Era xa de noite cando chegou á casa. A súa nai non parou de chorar nas dúas horas que o tivo perante si, antes de que Dinís caese rendido polo sono. Palpáballe o corpo todo na procura de feridas ou cicatrices e case morre de felicidade ó non achar ningunha. Pero as peores eran as invisibles. As que ela non viu aquela noite e que descubriría día a día na tristura do fillo. Sentiuse estraño ó espertar na súa cama aquela mañá de febreiro. Foran máis de dous anos de campaña, abondo como para esquecer o benestar do fogar. Isaura marchara xa levar o peixe ó mercado da Marinha Grande e deixáralle unha cunca de leite e pasteis acabados de facer pola señora Carme, que soubera da súa chegada polo fillo. Saíu Dinís á rúa e topou cun San Pedro de Moel polo que non pasara o tempo. Logo do cárcere, máis dunha década despois, pensaría algo diferente malia que na súa cabeza aquel mundo íntimo non viraba.

A primeira visita foi a dona Carme para lle agradecer os doces. A segunda, a dona Leonor. Encontrou á señora máis vital que nunca e, por primeira vez, deulle unha aperta garimosa de benvida. Penduraban do aire unha pregunta e unha resposta que un non formulaba e a outra non respondía. Pero, como se coñecían demasiado xa, sobraron as palabras e dona Leonor entregoulle un sobre que Dinís recolleu compracido. Marchaba xa cando a dona advertiuno.

—Chega nunha semana. Vén o Rui tamén.

O rapaz volvía para a casa paseando pola ribeira cando o sorprendeu a inquedanza. Había algo en dona Leonor raro, unha felicidade apurada á que non topou explicación. Sentou nunha pena cara ó mar de San Pedro de Moel que tanto botara en falta e abriu a carta última de Filipa nunca enviada a Mozambique. Soubo Dinís dos seus adiantos nos estudios. A rapaza quería ser avogada, doutora en leis pola Universidade de Coímbra. Sexa por influencias do Rui ou pola propia disciplina da namorada, o mozo comprendeu que non tardaría en rematar a carreira. Soubo do tempo frío do inverno na cidade, dos movementos estudiantís contrarios á guerra nos que ela participaba ás agachadas e tamén dun confeso amor trémulo, feble como a lapa dunha candea. Entre as liñas intuíu Dinís o medo e a inseguridade de dous anos de ausencia que tanto a mudaran... Tamén el tiña medo de si mesmo, dos propios estragos das batallas que África perdera no seu peito. Pero o que máis o asustou foi a certeza, esa sensación absoluta de que xa nada o pararía na protesta contra a barbarie e no amor de Filipa. A certeza de que a vida era escasa coma unha presa de centeo e el tiña demasiadas ganas de vivila. Como Miguel, Miguel da Silva. Empezou alí unha carta que lle levaría días escribir. Nela contou todos os seus pesares, anceios e frustracións. Faloulle a Filipa, aquela muller na memoria das palabras, de Mozambique, de Miguel da Silva e de Aaial pero, sobre todo, faloulle do futuro e da imposibilidade de vivir sen ela.

Catorce follas limpísimas de letra clara e contundente nas que pechaba toda sospeita de dúbida. El só se ela. A proximidade da súa chegada aconselláballe non enviala por correo, pero fíxoo a pesar de todo. Tal vez porque lle queimaba nas mans.

O reencontro coa fábrica foi todo o infeliz que era de imaxinar. Todas as inxustizas que Dinís topara en Mozambique nos rostros cansos de negros escravos dos «aldeamentos» ou das minas de pedras semipreciosas, propiedade de colonos, atopounas, de socato, vivas en si mesmo. De novo na forxa, coa cara suorenta, case incandescente e as voces ameazantes de Caetano, o capataz, pola suposta lentitude dos operarios nas tarefas amosáronlle a escravitude máis pesarosa: a que non se percibía como tal.

O vello Caetano Gomes, o encargado que o acollera máis dunha década antes, adquiriu ante os seus ollos un matiz acusado de odio. Os anos, no canto de abrandalo, tornárano máis dictatorial ca nunca. Como o seu vello amigo, o doutor Oliveira Salazar. Dinís sumáballe, ademais, outro motivo de odio se cabe máis acentuado: fora o seu neto, o Antoninho, quen se erixira na guarnición como líder indiscutible, responsable das máis absurdas e terribles atrocidades nas que a violación de Aaial era só a punta de iceberg no listado infernal de delictos da súa autoría. E gabábase diso.

A rivalidade entrambos os dous púxose de manifesto xa dende o primeiro día de incorporación ás quendas da fábrica ante a ollada entre incrédula e aterrada dun home: o António Gonçalves. Dinís topou non unha nin dúas veces coa mediación daquel personaxe, saído de quén sabe onde, que miraba por el sen que o fillo lexítimo se dese de conta. Había algo nel extraordinariamente familiar, algo que intranquilizaba a Dinís. Coma se na argumentación absoluta dun sentimento de odio aberto a un capataz cruel e ó seu neto asasino e violador en África, houbese un chanzo intermedio que non cadrase e lle producise mesmo certo remorso. E a semente da dúbida quedou afincada no rego aberto co arado das inquedanzas que o perseguirían ata a mesma morte.

O paso diario pola fábrica comezou a facérselle insufrible e sentíase renacer cada vez que remataba a quenda diaria e volvía a San Pedro de Moel onda o mar e onda os libros. Porque se algo lle aprendera Mozambique fora cómo espertar sobresaltado na metade da noite logo dun soño perseguido por catanas e a ánima de Miguel pero, sobre todo, tatuáralle a necesidade de aprender. Para ser máis el, para ser máis Filipa. Nos libros topou Dinís fuxida a unha realidade miserable que se repetía circularmente como a da súa nai, e a da nai de súa nai e a de moitas xeracións antes amarradas a San Pedro de Moel. Eses antepasados sen apelido dos que descoñecía todo agás as privacións e o traballo arreo. Quixo Dinís ser distinto porque no peito lle latexaba a liberdade, esa pola que pagaría ben caro. Nun réxime onde o prohibido era pensar en voz alta, as súas arengas revolucionarias de anos despois darían irremediablemente cos seus ósos na prisión. Pero iso sería despois, cando todos os sentimentos, reproches, odios e amores esculpidos durante toda unha e mil vidas estourasen de socato nunha confluencia de circunstancias azarosas.

Namentres, Dinís pedaleaba, moldeaba vidro e lía en longas noites abaneadas polo vento de San Pedro de Moel, alleo ó destino que o agardaba nas palabras escritas.

Ás súas mans chegaban libros de todo tipo. Devorou poesía e romances, credos e compilatorios dunha historia patria tan victoriosa como incrible que non cadraba de ningún xeito coas miserias que el vivía a cotío na factoría e na memoria da guerra. A certeza de que algo non encaixaba medraba día a día e axiña alguén, bo coñecedor das súas enchentas literarias, meteu un libro no seu peto do uniforme azul da fábrica. O *Manifesto Comunista* de Marx formigaríalle na perna ata a chegada á casa. Nunha noite devorouno ata case sabelo de memoria. Qué sabía el da Revolución francesa, da igualdade dos traballadores ou da explotación capitalista. O que tiña ben claro é que esa lectura estaba bastante lonxe da legalidade vixente e escondeuno ben. Iso sería só o inicio dunha serie de lecturas incitadas por unha man da que axiña coñecería o nome: o Raúl Guimarães.

13

Efervescencia

Escintilaba a primeira primavera de 1966 cando avistou o corpo sinuoso de Filipa polo camiño da ribeira. Tiña Dinís vinteseis anos. Non a recoñeceu, coñeceuna de novo con curvas de muller feita, acenos educados dos que só vira os primeiros indicios dous anos antes. Alegrouse de sentir aquel formigo no corpo e reconciliouse consigo mesmo porque entendeu que volvería namorarse dela unha e mil veces. Soubo entón que era ela porque a presentira días antes. A pousada animista de Aaial topara un pequeno oco no racionalismo máis absoluto de Dinís. Os deuses da terra e do lume provocáranlle tal euforia súbita que resultaría imposible facer oídos xordos á súa mensaxe aturuxante depositada no vento e na salmoira atlántica. Por iso, ó enxergala, soubo que non podía ser outra.

—Rapariga, ¿quererá vostede un robalo? Mire vostede qué cor ten, acábollo de pescar. Aínda sangra polas galadas.

Dinís achegáraselle de súpeto e unha sorprendidísima Filipa non foi quen de reaccionar ó velo. Simplemente detivo a ollada nas súas meniñas e deixou que dos ollos lle abrollasen bágoas incontrolables. Eran lágrimas gordas, brillantes e pesadas, con todo o peso que pode ter o alivio de mirar ó amor que cría morto. Non recibira a carta de retorno e un nó na gorxa impediulle palabras que explicasen a emoción que a embargaba. Dinís entendeu entón por qué continuaba vivo e alegrouse do regreso. Filipa estivo catro días escasos en San Padro de Moel antes de volver ás obrigas de Coímbra. A penas se separaron nese tempo. A moza fixera xa vinteún anos e a Universidade estaba a espertar nela unha forte identidade e independencia que Dinís non coñecera, pero que axiña admirou. Así, o medo atroz á reacción paternal ante a súa relación cun operario de fábrica, fillo de nai peixeira e pai descoñecido, deixou paso a unha indiferencia que, se non absoluta, si lles daba bastante marxe de manobra. Fixeron o amor ducias de veces en todos os sitios que se lles ocorreu apremados pola necesidade de se sentiren un dentro do outro. O piñeiral, a praia e mesmo unha cabana pequerrecha de Isaura foron testemuñas dos seus aloumiños, das caricias, das chiscadelas e das gargalladas tanto tempo silenciadas pola guerra. Testemuñas de que precisaban tocarse para aceptar que era certo: que os dous seguían queréndose por riba de todo. Sen embargo, e malia a unión dos corpos, os dous, cada un pola súa conta sentiu que a guerra marcara un antes e mais un despois e os dous eran completamente distintos ós adolescentes que se amaran no Penedo da Saudade. Establecérase unha distancia íntima, tan feble como férrea que ningún dos dous se atrevía a romper, non fora ser o demo que aquilo lles estourase na man. E ningún deles tivo valor como para dicir querote, malia que cada unha das sete letras lles ardía por dentro.

Dúas semanas despois, Dinís recibiu aviso de dona Leonor de que fose buscar unha carta á súa casa. Topou a resposta de Filipa á súa extensa misiva de catorce follas, unha resposta que, de certo, non agardaba. Pretendía lela rápido, procurar frases que se lle gravasen no peito e desbotar esoutras que lle desaqueloutrasen o pensamento. Mais tivo que reducir o frenético ritmo de lectura. Non o fixo porque houbese algo distinto, senón porque a propia alma de Filipa estaba pintada con tinta miúda naqueles folios brancos. Era ela, máis ela ca nunca, tan ela que se sentiu un home grande por posuír, aínda que fose durante uns minutos, o pensamento dunha muller así. Daquela muller.

Por primeira vez na súa vida, Dinís non soubo qué facer. Se fuxir ou se ir por ela; se pedirlle nunca máis separarse dela ou escapar para sempre. Sentiu que querela era unha responsabilidade para con ela e para consigo mesmo. E pesoulle ter algo tan grande, un tesouro que calquera cousa ou persoa lle podía roubar. Por iso sentiu compaixón de ambos os dous, porque intuíu que o mundo envexoso e cruel que coñecera nos últimos anos non soportaría unha historia para Dinís incomparable no universo enteiro. Sabía que ían ir por eles como tamén sabía que estaban por riba diso. Aínda que lles custase a vida. E custaríallela.

Sen embargo, e naqueles días nos que o seu corazón andaba tan afagado, a vida na fábrica complicouse infinitamente. Filipa coa carreira a medio facer e todas aquelas intrincadas loitas nas forxas acabaron por disuadir a Dinís de iniciar unha nova etapa lonxe de San Pedro de Moel, do

Portugal da ribeira que fora todo o seu mundo. Decidiu que debía quedar. Non sabía ben para qué. Por valor ou por vergoña. Pero quedar.

14

Inés e Ana Barbosa, esas mulleres silenciosas

O Raúl Guimarães encargouse de irlle deixando as pezas á man, aquelas que compuxeron o quebracabezas da súa decisión e rápida incorporación ó movemento obreiro. O seu era terreo fértil con arelas de ser traballado. A guerra, que o espertaba aínda polas noites, buscaba unha vinganza a tanta tortura inútil. E nas lecturas guiadas polo Raúl encontrou, se non consolo, si xeito de vingar a morte de Miguel da Silva e a miseria de Aaial. Foi especialmente o encontro con *Avante!*, a revista clandestina do Partido Comunista Portugués e con outros pasquíns da oposición salazarista, o que sementou na súa cabeza a dúbida da xustiza e o porqué de demasiados abusos. Os seus textos, inzados de denuncias e propostas e loita irreversible, arengaron o corazón do Dinís nun tempo no que necesitaba, máis que nada, crer. Isto levaríao a pagar o alto prezo impagable da inconformidade.

Filipa foi consciente dende o comezo do longo periplo que Dinís viña de iniciar. Sabía ben dos seus riscos nun estado dictatorial caracterizado pola unidade de pensamento oficial pero, no canto de persuadilo, animouno. As súas cartas reproduciron fielmente as teimas que os preocupaban, o gozo de descubertas compartidas e a clandestinidade resultou, unha vez máis, acubillo da súa liberdade. Filipa amosaba un coñecemento demasiado experto para ser unha principiante e Dinís aprendeu pouco a pouco do seu pasado. Namentres o rapaz se debatía entre a vida e a morte en Mozambique, Filipa ocupaba as horas de angustia continuada en actividades fóra das aulas que escandalizarían ó seu pai. A súa era unha participación, máis que activa, simpatizante e teórica, unha especie de necesidade de protestar sen erguer moito a voz para non exporse ó perigo de ser descuberta.

Non lles foi complicado conxeniar ideas e proxectos. Abondábanlles azos para cambiar o mundo e as epístolas deixaron patente a vontade de formar parte activa da revolución que se lles antollaba inminente. A súa afiliación ó PCP, un en Coímbra e outro na Marinha Grande, significou a súa abnegación conxunta á loita. Descoñecían as dimensións da súa decisión.

Voou canda a brisa mareira 1966 coa alegría do reencontro trala chegada das terras coloniais. Ese ano debullara as súas gargalladas máis maduras e dores profundas espetadas pola necesaria separación na súa entón xa entrega consumada á causa. A causa, que alén de grandes condicionamentos políticos, económicos ou relixiosos, permitiríalles expresar o seu amor con total liberdade. No imperio católico de Oliveira Salazar non tiñan cabida os sentimentos puros alleos ás normas sociais imperantes. Rui Rodrigues, pensaban, preferiría velos mortos antes de renunciar á súa honra.

O pai de Filipa calou durante anos semi-inconsciente pola enfermidade cada vez máis complicada e dramática da súa muller. Dona Inés, que nunca abandonara a súa infección vaxinal, viu como o andazo se complicaba e non logrou superalo tampouco coa razón. A dor case omnipresente conduciuna inevitablemente a unha demencia paulatina. Filipa gozou dunha liberdade escandalosa naqueles anos en que súa nai deixaba atrás a cordura para mergullar na felicidade da ignorancia. Doíalle a súa enfermidade como á que máis, pero foi abondo forte como para sobrepoñer a súa vida á da súa nai. Ou demasiado covarde.

O seu pai tornou un home doce e completamente entregado as necesidades de Inés. Bebía por ela das fontes de mil realidades que ela relataba coma se fosen verídicas para alimentar un desatino crecente. E, por primeira vez trala morte da súa irmá Filipa cando nenos, soubo do que era loitar por vivir ó límite. Non sería a última. Retirouse voluntariamente da vida pública e pechouse coa súa dona na mansión de Coímbra para vivila antes de que a tolemia lla roubase para sempre. Asiuse coma a un pao ardendo porque foi consciente, no abrente do camiño sen volta atrás, de que sen ela toda a súa vida perdería gran parte do seu sentido. Pensaba o Rui Rodrigues durante as longas horas sentado no diván ó seu carón no moito que amara aqueles ollos que perdían o brillo. Sentiu non terllo repetido centos de veces máis cando ela aínda podía darlle as gracias cun sorriso inacabable. Pero era xa tarde e Rui conformábase con pegarse ó seu corpo para non ver a profunda distancia que o afastaba da súa alma.

Namentres os seus pais agoniaban nun amor que se lles escapaba das mans e do peito, Filipa gozaba do anonimato que nunca antes posuíra. Sentiuse culpable por recoñecer que era feliz, malditamente feliz. Por un lado estaba a lenta pena sen dor da súa nai e, pola outra, a súa liberdade. Chegou 1967 e foi marchando tamén coma se o tempo quedase atrancado nun muíño de auga cíclico e repetitivo sen ir nin para adiante nin para atrás. Os mozos preparaban o seu gran salto cara ó futuro, un futuro que degoiraban porque fose de seu. Nese tempo, a outra xeración agarrábase á mocidade con ansiedade e verdadeiros anceios de non envellecer nunca. As poucas fendas que da xuventude quedaban resultaban vitais para non renunciar ó que tanta suor lles custara conseguir. E loitaban afervoadamente. Rui Rodrigues e Inés. Isaura e António Gonçalves.

O fatídico 1967 deixou xa no seu alpendre invernal un gran susto que tronzaría a vida do António Gonçalves. Non acabara xaneiro. António viña de volta de San Pedro de Moel de facer uns pedidos de leña e, de paso, visitar Isaura no monte cando, de socato, caeu da bicicleta e rompeu a cadeira. Con ela fendeu algo moito máis fondo: o pacto coa mocidade. A lesión mantívoo recluído na casa familiar da Marinha Grande durante semanas que lle resultaron infinitamente duras. Non por non poder traballar. Non por non poder erguer da cama. Non por non ver a Isaura. Foi algo intanxible, innomeable e sen volta atrás. António Gonçalves foi por primeira vez consciente de que envellecía e os encontros con Isaura ós que consagrara toda unha vida tocaban á súa fin. Entendeu entón que a súa morte sería cos ollos abertos nunha longa agonía na distancia, lonxe da súa namorada e arredado do universo de verde agulla que o envolvera dende mozo.

A dor sería máis profunda aínda ó se decatar de que a súa tristura era compartida en silencio incandescente por outra persoa. Unha persoa tan achegada como afastada que nunca dixera nin chío en máis dun cuarto de século de convivencia: Ana Barbosa, a súa esposa segundo o rexistro eclesiástico. Esa dona que a Igrexa e o Estado recoñecían como lexítima, a nai do seu primoxénito fillo Antoninho, permaneceu durante toda a súa convalecencia sen se afastar del agás o imprescindible. António admirou a súa coidada abnegación, a súa atención constante sen unha soa queixa, nin un só reproche. Viu o home a Ana Barbosa por primeira vez en case trinta anos, un tempo no que a obcecación pola fábrica de vidro e o piñeiral de Isaura lle impediran ver máis alá.

E pensou no amor, qué cousa cruel, como a fixera invisible ós seus ollos cegos por outra namorada. Fitouna con pena e melancolía, sabedor de que a esposa perdera unha vida atada ó seu servicio doméstico consciente de que el nunca podería ofrecerlle máis cariño que o dun fogar sen privacións materiais.

Ana Barbosa sabía dende había máis de dúas décadas da infidelidade do marido. Era imposible non sabelo. Non lle doeron os comentarios das veciñas, nin as mentiras, nin o temor a quedar soa cun fillo. Sabía que António nunca se enfrontaría ó seu pai, o Caetano, quen sería capaz de calquera cousa con tal de non permitir unha arroutada amatoria do fillo. E Ana Barbosa refugou loitas absurdas con outra muller porque o único que lle doía, en realidade, era que António non a quixese. Nos remendos do mandilón da fábrica coseu todos os *quérote* que non lle puido dicir e continuou ó seu lado, en silencio, recollendo as esmolas do amor que o seu home prodigaba a outra. Unha outra da que Ana Barbosa descoñecía o nome e o rostro pero que a acompañaba en cada pensamento da mañá á noite dende había máis de vintecinco anos.

Cando António Gonçalves caeu da bicicleta entendeu isto e centos de cousas máis que o prostraron no leito máis tempo do que el quixera. Porque, por máis que a compaixón por Ana Barbosa lle anegase o pensamento ata producirlle certo remorso, o sentimento que o unía a Isaura podía moito máis no seu peito. Sería absurdo negalo. Pensou António entón, unha vez máis e por enésima vez naquelas semanas, qué cousa cruel o amor que converte ós homes en escravos.

En marzo, António Gonçalves reincorporouse á quenda da tarde na fábrica de vidro dos Irmãos Stephen. Parecíalle que transcorreran décadas dende a súa baixa por enfermidade. Viu ó seu fillo Antoninho forte e arroutado cunha fachenda herdada do avó e perceptible liderado do grupo de obreiros. Viu ó seu pai, envellecido e máis intransixente que nunca, porfiado en non se retirar ata a morte, malia que había xa anos que gañara a pensión. Viu a Dinís cun firme propósito espetado nas meniñas dos ollos e tívolle medo porque entendeu que o rapaz sería quen de calquera cousa. Demasiado turrón, matinaba ás veces o António, ten demasiado de Isaura. Conseguira manter o segredo da súa paternidade durante case trinta anos e por primeira vez quixo dicir a verdade. Sentíase vello e sentía tamén que o facho estaba a piques de se apagar. Pero Isaura fíxolle xurar como tres décadas antes que non diría nada. Sobreviviran á mentira e iso resultáballes suficiente para avellar. Sen consecuencias. Ou iso crían.

A chegada de 1968 colleunos por sorpresa. Europa fervía coma unha ola a presión con ganas de estourar e botar polos aires tanta hipocrisia e turbadores réximes absolutistas que afogaban a millóns de persoas. Dinís escribiullo a Filipa nunha das últimas cartas que ela recibiría:

«Filipa, as cousas na fábrica están collendo o camiño axeitado. Axiña terás novas miñas. Cada día somos máis e non habemos tardar moito en facer algo, ti xa sabes. Pensarei en ti ata o final. Ata a liberdade.»

A dona Leonor pesábanlle aquelas misivas. Sen saber do seu contido intuía que falaban de cousas importantes, tan importantes como prohibidas. A avoa continuaba co seu labor calado e submiso de intercesora entrambos os dous amantes. Pero cada vez custaballe máis mentir ó seu Rui. Víao sufrir ó carón de Inés e optou por calar para non enredar máis as cousas, que xa o tempo faría o seu traballo. Inés morreu o dezasete de marzo de 1968 acubillada nun cuarto da súa mansión de Coímbra. Onda ela, Rui Rodrigues acariñáballe a cabeza como a un bebé e tentaba tranquilizala nos fortes ataques de ansiedade que a moribunda sufría. Inés deliraba por momentos e dicíalle:

—Señor, léveme á miña casa, señor, que eu teño unha filliña pequena, señor, chámase Filipa e ten dous aniños. E un home, teño un home tamén, señor. El é Rui, si señor, o mellor marido que Deus me puido dar, pero agora eu non sei, non sei señor ónde está, a ver se vostede me sabe levar onda el. E se non o encontro dígalle que o quero, non se lle esqueza dicirllo. Que o quero e o quixen dende antes de o coñecer. ¿Hallo dicir, señor, acordarase?

Rui Rodrigues agarroulle a man e deixou que marchase pracidamente camiño doutros lugares. El ficou só, aferrado a unha táboa que lle escapaba pensando que tal vez houbese outra vida onde volver empezar.

Ninguén soubo nunca con certeza de qué morrera Inés. Houbo quen dixo que o amor por Rui fora moito máis forte ca ela. Que non está feito para todos ese sentimento.

Filipa perdeu coa morte de Inés unha nai e unha perfecta descoñecida. A finada entregara tanto a súa vida en Rui que a súa filla medrara e se fixera muller sen ela se decatar. E non tivo oportunidade de admirar a súa fortaleza. Por iso, no enterro celebrado con toda fastosidade en Coímbra, un home choraba á súa amada e á súa filla aquilo que non puidera amar. Para os que quedaron a vida seguiu proendo coma o salitre nos beizos a pleno sol.

Dinís non puido acudir ó sepelio e escribiulle a Filipa letras de consolo e ánimo. Non lle contou nada dos seus últimos proxectos para non sumar máis preocupacións ó seu desacougo. En Portugal comezaran a correr novas contradictorias de movementos revolucionarios en Europa. Seica París e Praga estaban a erguer proclamas libertarias cun ton estrañamente pacifista e daban azos ós opositores ó réxime salazarista para que nunha primavera puidese chegar tamén ás fábricas e campos lusos. Dinís a penas conseguía durmir coa emoción.

15

O silencio caloroso da espera

Entrementres Filipa quedaba en Coímbra amañando as pertenzas da súa nai, el organizaba xunto con outros obreiros, entre eles o Raúl Guimarães, un motín na fábrica de vidro da Marinha Grande. Crían que eles tamén tiñan dereito a erguer as lousas para atopar a area baixo o encistado lastrado da dictadura. Soñárono durante longos días sen noites. Ocupaban o abrigo da lúa para preparar armas e panfletos nun recuncho inhóspito do inmenso piñeiral. Pero o día marcado para iniciar a loita, un formidable despregamento da Garda Nacional Republicana disuadiunos da súa intención e convenceunos de aprazar o asalto. Había axentes da PIDE mesmo por debaixo das pedras. Sen dúbida alguén alertara das súas manobras e durante varios días os obreiros que artellaran a sublevación deixaron de verse co fin de aplacaren os ánimos. Ninguén soubo quén dera o aviso e as temidas repercusións nunca chegaron. Fose quen fose quixera darlles un susto nada máis sen verdadeira intención de acabar co seu movemento sindical. Ou tal vez se tratase dunha coincidencia. Nunca o saberían.

Xustamente naqueles días de ánimos frustrados reapareceu Filipa en San Pedro de Moel. Viña pasar uns días coa avoa nunha fuxida desesperada do loito omnipresente de Coímbra. Rui Rodrigues permaneceu na cidade nunha volta inevitable á empresa que dirixía. Mais nunca volvería ser aquel home alegre e emprendedor que fundara un negocio de comercio transatlántico. Filipa soubo da propia voz de Dinís do fracaso da súa tentativa revolucionaria. Maldita a gracia que lle fixo. Ata o de agora foran só retóricas e soños de liberdade alimentados por lecturas prohibidas. Tiñan a seducción do clandestino, tanto no seu último ano de Universidade en Coímbra como na súa relación persoal con Dinís, pero Filipa, no fondo de si, anceiaba que quedase niso: en palabras de mocidade namorada.

Mais Dinís dera xa ese paso sen volta atrás polos dous. Pegara o salto dos verbos á acción e Filipa calou malia o medo a perdelo, o medo a que todo polo que loitara tantos anos esmorecese por avatares políticos. Sentíase culpable unha vez máis. Culpable de querelo demasiado, tanto como para non querer compartilo con nada nin con ninguén, nin sequera coa súa ideoloxía. Por iso calou, bicouno e amouno en silencio. A forza dos anos, unha guerra colonial que non concluíra, a clandestinidade dos sentimentos, alleos á mirada do mundo, resultaran muralla suficiente como para choer os latexos que os xunguían. E unha complicidade incomprensible tirou do carro das necesidades mutuas cara adiante. Sen pensar.

Constanza soubo dende o primeiro día que aquilo non acabaría ben. A sabedoría fonda de tantos anos observando o mundo demostráralle que non hai felicidade que cen anos dure e moito menos para os desherdados da terra. Pero deixoulles facer pregando a Deus que lles estirase o máximo posible o pracer de querérense. Ela viviría para contalo. Desgraciadamente.

Dona Leonor asumira con sobrecolledora naturalidade a morte da nora. Tiña a convicción de que a sobreviviría e o corazón non quixo oporse ós designios do destino. Filipa abrazárase a ela consciente de que a súa verdadeira nai continuaba viva nela. A única muller que sentira como tal. A vella dona alegrouse de tela consigo. Como se preto de si puidese arredala dun futuro cada vez máis inminente. Trala desaparición de Inés a esperanza nunca recoñecida da inmortalidade fuxiu un pouco do interior de todos. O temor a perder apoderouse deles. De cada un deles.

Aquel verán de 1968 transcorreu con morna impaciencia, cun escabroso aire tépedo que o enchía todo. Palpábase no vento e ulíase na terra seca a chegada dun tempo de dor sen coordenadas. Ía unha calor insoportable. Dinís ocupouse unha tempada máis dos chapeos do sol na praia de San Pedro de Moel, unha vez deixaba a fábrica a iso das catro e media da tarde. Antes de marchar á guerra fixérao por estar máis minutos canda Filipa, desta volta facíao por estar máis tempo consigo mesmo. Os acontecementos en África e Europa afectaran a todos, tamén ós veraneantes, ese ano menos numerosos e máis discretos nos seus divertimentos. De novo sentado na area co Atlántico de fronte e a señora Carme vendendo pasteis de nata á súa beira, o rapaz soñou que non pasaran os anos. Soñou que non existira Mozambique, nin Miguel da Silva, nin Aaial, nin febres, nin mosquitos, nada. As raiolas que lle facían debuxos nos ollos pechados déronlle azos para crer que nunca marchara de alí, que podía construír un pasado de novo sen recordos de sangue e selva, que nunca se separara de Filipa, que nunca houbera unha guerra.

Unha rara melancolía apoderouse del, e de Isaura, e de António Gonçalves, e de dona Leonor, de todos os que algunha vez sentiran como o maldito órgano que latexa no peito de cadaquén bulía e se paraba con a penas un sentimento froito dun segundo de amor ou odio.

Aquel verán fíxose incriblemente longo. As tardes de praia, solpores no Penedo da Saudade e quendas na fábrica conformaron unha cómoda monotonía que a piques estivo de amainar os seus ánimos revolucionarios. Unha noite, a lenta sucesión de actividades nun horario claramente establecido rachouse por completo. Foi canda o incendio do Pinhal do Rei.

16

Lapas incendiarias

As campás da fábrica de vidro e da igrexa da Marinha Grande botaron ós operarios das forxas e ós labregos dos campos de labranza. O aviso de perigo correu de boca en boca e quen máis quen menos preparouse para unha batalla na que lles ía a supervivencia. O corpo de bombeiros voluntarios sacou todas as súas dotacións materiais e humanas para evitar que o lume queimase o pan de cada día de centos de persoas da zona de Leiría. Sen que ninguén soubese cómo, un foco de lume prendera á altura da Praia Velha, no camiño que conducía a Pedrogão e estendíase a gran velocidade por mor do forte vento daquela tarde. A histeria espallouse máis rápido cás lapas e o espectáculo fíxose dantesco. Patrullas de homes e mulleres botaban area e batían con matos e xestas naquel lume que lles engulía o monte. Resultaba unha paisaxe descorazonadora.

Durante dous días ardeu o Pinhal do Rei. Centos das súas máis de cen mil hectáreas de piñeiro bravo e mato baixo quedaron reducidas a cinzas que voaban no vento convertendo as longas horas de sol en claroscuros sinistros. Eran auténticas bandadas de aves negras as que sobrevoaban as cabezas de homes e mulleres que axiña caeron presos do pánico ó ver perigar as súas posesións e mesmo as súas vidas naquel inferno de lapas e fume. Cando o lume parecía devoralo todo sen barreiras posibles, deu en chover. Había máis dunha década que en agosto non caía unha pinga de auga, nin tan sequera de poalla, na Marinha Grande. Algúns interpretárono coma un milagre, outros como pura coincidencia. A máis escéptica, a Constanza, tomouno como agoiro de algo moito peor a piques de chegar. Calou e deixou ás circunstancias escorregaren por si mesmas.

Dinís traballou arreo na extinción do lume. Non podía dicir que estivese contrariado, nin tampouco que se alegrase pero o certo é que a desgracia deulle a oportunidade de falar canto quixo cos compañeiros da célula sindical da fábrica sen espertar ningún tipo de sospeita. A reorganización do grupúsculo de acción acubillou entre fume, gueldo e cheiro a resina queimada. Desta volta crían que non había fisuras e a revolta iría adiante. Dinís fixo partícipe a Filipa dos seus proxectos. Tiña que contarllo.

Non foi boa idea. A rapaza preocupouse tanto que perdeu o sono no resto do verán. Nunca os soños volverían ser os mesmos despois de que a revolución entrase na súa vida de cheo. Escribiu ela mesma as arengas e bordou unha fouce e un martelo no interior da camisa de Dinís. Pensou entón no que sentirían aquelas miles de namoradas do MNF que despedían ós mozos camiño de África convencidas da necesidade da súa loita. Ela non o fixera daquela, tal vez porque entón degoiraba porque regresase dunha batalla absurda e ilexítima. Pero agora si sentía a necesidade de facelo, consciente de que era imprescindible enfrontarse ó terror imposto por Salazar para respiraren libremente. Cría na súa guerra aínda que iso lle partise o corazón. Filipa marchou para Coímbra coa angustiosa sensación de que tal vez non vería a Dinís en moito, moito tempo.

Os preparativos estaban rematados en agardando o momento idóneo, e ese intre chegou en setembro. António de Oliveira Salazar sufriu unha trombose coronaria e cando Portugal quería crer que acabara o seu pesadelo particular, Marcelo Caetano foi elixido como substituto no Consello de Presidencia. O balbordo ocasionado polos cambios políticos permitiulles moverse con certa tranquilidade.

O trinta de setembro de 1968, cando a penas espertara a mañá na Marinha Grande, un grupo de obreiros, non máis de sete, rebentaban a suposta tranquilidade da fábrica de vidro dos Irmãos Stephen. Perfectamente organizados, posicionáronse nos puntos estratéxicos armados con metais e coitelos. Houbo unha tensa calma favorecida pola sorpresa. Quén ía sospeitar do miñaxoia de Dinís, de Henrique Pires, de Raúl Guimarães, de Domingos Correia, de Afonso Godinho, de Pedro Cardoso e de José Gomes. Ninguén adiviñara que aqueles homes aparentemente grises que cada día traballaban sen descanso nas forxas algún día erguerían ferros incandescentes de xeito ameazador. Resultoulles doado de máis. Tomaron os obradoiros en minutos sen a penas atoparen resistencia. Confiáronse na covardía ou calado apoio dos demais obreiros e baixaron axiña a garda. Un tras outro subiu ás tarimas improvisadas ó carón dos fornos para berrar e arengar todo o que levaban silenciando durante anos. Chamáronlles fillos de puta ós encargados, falaban de vinganza, da chegada de tempos novos, de eliminar ós poderosos para liberar ós oprimidos, dunha nova orde social que facilitase a igualdade entre os homes... Cada unha da media ducia de persoas que artellaran o motín tivo o seu minuto de gloria. Todos agás Dinís.

Agardou ata o final cun sorriso pequeno baixo o fociño. Tiña todos os nervios anoados no pescozo. Non se fiaba daquela calma tensa e espreitaba ó seu redor con desconfianza. Sen embargo, embebedado pola euforia, non o agardaba. En realidade, ninguén esperaba que cando el subise a falar a aquel altar pagán un home se lle abalanzase e batese nel con contundencia cun ferro aínda quente. Ninguén o imaxinou e todos se arrepentiron de non o anticipar. O Antoninho, que permanecía agochado tras dunha columna, non tivo acougo e antes que ver ó seu inimigo vivir un segundo de grandeza preferiu xogar o pelexo. O caso é que namentres o Antoninho montaba un balbordo considerable, alguén conseguira burlar unha atordoada garda revolucionaria e avisara á PIDE e ó cuartel da GNR. Demasiado tarde para arrepentimentos. A chegada da policía abortou calquera posible adhesión de novos obreiros á loita e a pelexa non durou dúas horas.

Moitos danos materiais e máis dunha vida perdida que chorar no bando libertario para escarnio da familia foron o balance inicial da súa tentativa revolucionaria. Caeron Afonso Godinho e Henrique Pires. Domingos Correia, José Gomes e Pedro Cardoso conseguiron fuxir e desapareceron da Marinha Grande durante duros anos de clandestinidade. Dinís e Raul Guimarães ficaron presos polas forzas de seguridade. O vello capataz Caetano Gomes, falto de forzas físicas pero enaltecido pola coraxe, zoupou en canto corpo puido. O orgullo pola reacción do seu neto confirmáralle que tiña nel, nun do seu sangue, un firme candidato a sucesor, algo que non puidera nunca ser o miñaxoia de seu pai. Un pai, o António, que aquel día se ausentara por mor dunha revisión ordinaria da lesión de cadeira provocada meses antes pola caída da bicicleta. «¡Que valor! –pensaba o Caetano mentres refregaba o fociño e contemplaba ó neto afouto ceibar toda a súa violencia física naqueles homes– que ben lle fixo a guerra». O capataz estaba xa a mastigar con satisfacción a redacción do informe sobre o intento de asalto frustrado, afortunadamente gracias ó valor do seu neto.

António, o pai, daría gracias a Deus nos poucos días que lle restarían de vida por non asistir aquel día á sublevación da fábrica. Soubérao na casa de casualidade, por comentarios das veciñas chegadas do mercado. Seica houbera revoltas, seica a policía detivera e mallara nos responsables, falaban dalgúns mortos e cristal, moito cristal esnaquizado. Ninguén lle quixera dar datos máis concretos pero, ante o temor fundado por non sabía qué agoiro funesto, ergueu da cama e renqueou, como puido, rúa adiante. Naquel outono de vidros escachados e choiva inacabable, António emprendeu o camiño da fábrica coñecedor de que o trallazo da desgracia acababa de bater de cheo no cristal translúcido da súa vida. Recordou entón o home aquel dezaoito de xaneiro de 1934 cando se producira unha folga xeral con atentados de bomba, tiros e sabotaxes en varias localidades portuguesas. O terror apoderárase da factoría de vidro ante a dura represión das forzas de seguridade que detiveran a ducias de persoas e deportaran ós principais responsables a Angola. O Goberno considerara a folga un movemento revolucionario e ordenara xuízos sumarísimos e envíos inmediatos a campos de concentración. As forzas da orde recibiron gabanzas pola súa actuación, exceptuando o comandante do local da GNR, deposto porque non disparara un tiro. Os operarios agradeceríanlle eternamente que evitase un baño de sangue. Sen embargo, a partir daquel dezaoito de xaneiro de 1934, dous anos antes da guerra en España, nunca o movemento obreiro volvería ser igual na Marinha Grande. Agora, trinta e catro anos despois, un feixe de obreiros volvérano intentar. Outra vez, perderían a xogada.

Compañeiros da fábrica volvían derrotados con feridas na cara e nas mans; rostros cansos e asustados de veren sobrevoar a sombra da morte por riba das súas cabezas e máis cansos aínda por mor dos desexos esvaídos co fume das forxas. Moitos vitoreaban o fracaso. A maior parte deles choraba do peito para dentro un cambio polo que non se atreveran a dar a cara nin os brazos, aínda que había tempo que lle regalaran o corazón. As olladas esquivaban as preguntas dun António coxo e desvalido que quería correr e sacudir a uns e outros para saber qué demo acontecera, quén fora o responsable e porqué. Máis que por saber, por confirmar unha sospeita que lle aniñaba no peito. Pero o azar quixo que a resposta estivese fronte ós seus ollos onda os portalóns da fábrica de vidro.

No momento de el se achegar e facerse sitio entre as ducias de persoas amoreadas alí, un pide mallaba no lombo dun home, case un neno, baixo a ollada entre compracida e benevolente do seu propio pai e, tamén, do seu propio fillo. Un calafrío percorreulle o lombo ó velos tan ben avidos. Temeu as causas e consecuencias de tal pacto amigable entre elementos tan achegados nas súas ambicións e, á vez, tan sumamente alleos. A perspectiva deles ocultoulle durante uns minutos a dimensión exacta da súa desgracia persoal. Ata que os ollos lle bateron de cheo co corpo desfeito e sangrante de Dinís. Mallaban nel coma en centeo verde entre o escarnio e burlas doutros obreiros.

A máquina de precisión lóxica do seu cerebro apurou máis cós propios acontecementos e conseguiu atar todos os cabos daquela rede que estaba a choer o seu mar. Maldiciuse a si mesmo por non o prever, por non ser capaz de adiviñar a arroutada libertaria do Dinís e disuadilo da súa aventura mortal. E chorou o António Gonçalves no medio e medio da Marinha Grande namentres a PIDE, os obreiros, os seus fillos se debatían entre a vida e a morte das ideas naquel outono no que na Marinha Grande deu en chover. Choveu ata fartar os ceos con enteireza e delicada tenrura, coma se quixese borrar dun suspiro dos ceos tanta traxedia anunciada e velozmente cumprida.

Aquela mañá de vidros rotos houbo unha ducia de derrotas. Perdeu Isaura a súa batalla contra a infelicidade escrita dende antes de nacer. Perdeu António Gonçalves o soño de vivir ó fillo da súa amada. Perderon Afonso Godinho, Pedro Cardoso, Henrique Pires, José Gomes, Raúl Guimarães, Dinís e Domingos Correia a inocencia da mocidade. Perdeu dona Leonor o sono polas noites. Perdeu Filipa o sorriso e mais a esperanza de amar libremente. Perdeu o Antoninho a vergoña e respecto ás persoas e perdeu Caetano a lene calma da boa conciencia por mor dun arreguizo que o perseguiría ata a mesma morte. Foi cando coñeceu o de Isaura.

Dinís quedou recluído xunto con Raul Guimarães, o outro dirixente insurxente no calabozo da Marinha Grande. Viran caer mortos a Henriques e Afonso coa angustia da impotencia espetada no peito e xamais esquecerían a súa imaxe de reis destronados pola fe na causa. Outros vinte obreiros liberáranos xa durante a primeira noite acusados de falta leve e un pequeno borrancho na súa ficha policial. Eles non. Eles debían afrontar unha condena sen xuízo previo. Ninguén dubidaría da súa culpabilidade nos feitos e as autoridades decidiron obviar a presunción de inocencia. O Estado Novo non entendía tal e decidiu sacar de diante aqueles energúmenos que pretenderan boicotear o sistema. Impúxose a lei do silencio naquel outubro en que na Marinha Grande choveu e Dinís desapareceu, coidaron, para sempre.

17

O pasado tatúa a súa vinganza

O refacho dos díxome-díxome chegou como lapa abrasadora a través do Pinhal do Rei. Non deran as sete cando xa Isaura lamentaba, cun calafrío lombo arriba lombo abaixo, a tardanza do seu fillo. Durante horas quixo negar a evidencia que lle amosaban os feitos e só acertou a entrar no seu cuarto para agachar todo canto libro ou panfleto atopou. Gardou no faiado as letras impresas en prelos clandestinos e mais as outras, as manuscritas que se sumaban por centos e que Isaura escondeu tamén nunha artesa vella. Non podía distinguir as perigosas das dóciles ó réxime. Isaura nunca soubo ler nin escribir e para ela todo eran tinturas do demo. Tampouco a noite devolveu a Dinís da boca do lobo na que caera involuntaria e conscientemente. Pero Isaura logrou durmir. Topeneou a penas uns minutos diante da cunca de leite, a candea e os santos e abandonouse a un sono inquedo. Estaba baldada, coma se zoupasen nela milleiros de homes mortos e vivos e quixo pechar os ollos. Para sobrevivir á súa propia angustia. Esa que se lle encistara no peito para non deixala máis.

Era pola mañá cedo cando tres homes petaron na porta. A desgracia coouse polo furado da ferradura na voz severa e áspera dos homes de uniforme. Aínda durmida, Isaura abriu o peche e topou cara a cara coa confirmación macabra das súas sospeitas. Non dixeron nada. Simplemente, entraron e revisaron todo polo que puidesen encontrar. A aqueles dous funcionarios do Estado tanto lles tiña porque o cárcere recluíra xa ós acusados pero ó terceiro home, non. Caetano, o capataz, seguiu o rastro da PIDE ata os fogares dos insurxentes.

El quería cuspirlle á familia a merda que tiñan na casa e mais que lle desen as gracias por libralos dese estigma, aínda que, molestábase en dicirlles, non habería nada que lles borrase a vergoña pública de seren pais, irmáns ou sobriños de traidores á República portuguesa, ó Estado Novo e a Marcelo Caetano. Gozaba o Caetano con ese sentimento de superioridade absoluta, de poder humillar a aqueles homes e mulleres pobres que posporían a súa dignidade para rogarlle un perdón que el nunca lles daría. Aínda por riba, suplicaríanlle un posto de traballo na fábrica para outro da familia co que poder seguir levando o pan á boca. Engulían aqueles o orgullo, a frustración e ata a mesma alma por non morrer de fame, porque os seus fillos non quedasen na miseria económica. E aquel era o mesmísimo capataz da fábrica, o único con poder para bendicilos ou roubarlles o xornal de cada día. Aquel, o Caetano, un señor de mirada cruel e lume nos beizos, sentiu desta volta cómo unha breve brisa lle lambía friamente o lombo da memoria.

Cando aqueles dous membros da PIDE encarreiraron polo camiño pequeno de San Pedro de Moel e se detiveron naquela porta azul, o pasado precipitouse cara á fiestra do presente e aquela muller de melena negra avisouno de que o tempo, qué miseria, garda na faltriqueira das vinganzas o nome de cada odio e cada ira. Como lle acontecera ó seu fillo António vintecatro horas antes, as imaxes e as asociacións fulminantes enguedelláronse nos seus miolos producíndolle un sabor agridoce na boca. Os recordos xogáronlle unha mala pasada ata retrotraelo corenta anos antes e presentárselle perante si unha muller violada e víctima da loita a morte entre dous estraños. Caetano creu ver a Remédios. Sen embargo, no lugar estaba a filla Isaura, aquela meniña que sorría no leito allea ás ameazas e burlas que a súa nai moribunda recibía. Isaura non o recoñeceu de boas a primeiras. Ninguén lle contara nunca da visita do capataz da fábrica á súa nai, nin de por qué esta finara ou qué relación tivera aquilo co suceso sanguento dos obreiros do vidro da Marinha Grande.

—¿Que é o que querían?

Isaura viuse na obriga de espertalo do seu desconcerto. Parecía vello o Caetano e pouco a pouco os remorsos máis cás doenzas físicas estábanselle a estender coma andazo polo corpo todo. A muller, cunha serenidade abraiante, mantiña a ollada ergueita sen apartala nin un intre. Era un desafío e a Caetano mancouno máis que calquera insulto. Pero non deixou que aquel tremor o afastase da súa intención. Os policías entraron precipitadamente e comezaron a rexistrar a casa.

—O seu fillo quedou baixo arresto por unha revolta na fábrica. É probable que nunca máis o vexa. Afágase á idea e déalle gracias a Deus todopoderoso porque lle quitamos de diante a ese malpocado –Caetano cuspiu no chan.

Isaura non chorou, non mudou a falsa tranquilidade do rostro, non torceu o bico e non afastou os ollos daquel home que destilaba un odio demasiado grande para ser malgastado nun descoñecido. Ou ela consideraba descoñecido.

—¿Onde está, onde mo teñen?

—Camiño de Peniche. É suficiente con que saiba iso. Suficiente.

Os policías non quixeron encontrar nada e en dez minutos volveron á porta onde Isaura e o vello Caetano loitaban sen palabras con olladas arrepiantes. Deron a volta e fixeron ademán de marchar.

—Mire, ¿e vostede quen é? ¿Quen se cre para entrar así na miña casa e falarme así do meu propio fillo? –Isaura notaba como o sangue lle fervía no corpo. Tentara controlarse pero finalmente estoupáralle a rabia contida.

Caetano virouse consternado ante a afouteza daquela muller que ficaba, de repente, soa no mundo. Outra vez, soa no mundo. Soa, no mundo. En circunstancias normais o capataz cruzaríalle a cara dunha labazada por tal ousadía, pero desta vez algo o detivo. Non sabía qué, pero algo lle impediu pegar a aquela muller de melena intensamente negra.

—Eu son Caetano Gomes, capataz da fábrica. Métete dentro, muller, e non sexas a vergoña dos teus veciños.

Isaura meteuse efectivamente dentro da casa, pero non por seguir o seu consello, senón porque, coma se dunha cadea de terror se tratase, acababa de comprendelo todo. Era a terceira persoa en a penas un día que sentía cómo as débedas contraídas co tempo sempre se pagan. O corazón bombeoulle nervios e medo durante horas. Isaura non sabía se chorar polo seu António, por cómo se lle revirara a vidiña ou por Dinís, polo seu Dinís, que cada vez presentía menos seu e máis do mundo. En todo caso, non puido derramar nin unha soa bágoa porque o desacougo que a envolvía era un sentimento moito maior. Sabía que a fervenza de desgracias non acababa senón de comezar. Irremediablemente, a caída precipitada na cachoeira dos acontecementos non cesaría ata arrastralos a todos consigo.

Isaura tentou falar con António non unha nin dúas nin tres veces nos vindeiros días. Non paraba de chover e aquela muller espilidiña agardaba no piñeiral completamente mollada a que un home ó que lle brindara os mellores sentimentos da súa vida aparecese trala curva de area. Pero António Gonçalves non veu neses días e Isaura esperouno baixo a choiva tarde tras tarde ata que, sorprendentemente, regresou.

18

O Pinhal do Rei: frouma de amor eterno

A vida para todos foi diferente a partir daquel trinta de setembro de 1968. En Europa polos aires revolucionarios e na Marinha Grande, nun recuncho centroccidental de Portugal, polas paixóns que cativaron o sentido dunha presa de corazóns terriblemente cansos de loitar contra si mesmos. En menos de trinta días tres persoas viran esfarelar os seus castelos de xabre coa ondada apurada das lagarteiras de setembro. Lagarteiras tardías para vidas que levaban séculos de mentiras e febles compromisos contraídos cos mortos da súa desesperación por amaren. António, o namorado de Isaura, viu ó seu pai mallar no seu fillo; viu as olladas de odio e viu a lagoa de frustración no sitio onde sempre soñara un encontro conciliador. Inocente. Nunca sería posible ningún tipo de cara a cara, ningún tipo de perdón. E a realidade estaláralle coma un trallazo no espello do desacougo.

Isaura non sentiu dor por ela. Nin tan sequera foi dor acusada por Dinís. Sabía que iso podería acontecer calquera día: sabíao polos lercheos, as visitas nocturnas dos obreiros da fábrica, as palabras baixiñas, as vietnamitas e os silencios, sobre todo os silencios cando xa as desculpas resultaban demasiado evidentes. Isaura non tiña outra obsesión có seu namorado. Coñecía polgada a polgada cada un dos centímetros da xeografía do seu medo e, tamén, o nome das pantasmas dos seus remorsos. Para un ser feble coma el, atopar a Isaura fora a súa perdición. A muller parecía consciente de que a súa historia xa durara moito tempo, moitos latexos e bágoas perdidas. Supuxo Isaura que a fin estaba preto e que lle ía tocar apeitalo como puidese. Con brazos, pernas, unllas e dentes. Apeitalo. Como fose. Para poder sobrevivir. Asumiu conscientemente que sería capaz. Levaba vinteoito anos preparándose para iso.

Caetano enfermou despois daquela visita fugaz a San Pedro de Moel. O encontro con Isaura, aquela nena chorona que un día o espreitara dende un berce misérrimo, danáralle o corazón, ou a pedra que tiña no seu lugar. Non sabía nada de paternidades nin de por qué a vida o levara a aquela choupana tantos anos despois. Pero proeulle na ferida aberta. Curiosamente, xamais se recuperou. Dun amencer para outro comezou a ser vello e a agardar, sen sabelo, a chegada da morte. O propio corpo rebelóuselle a un espírito maldicido. Aquel setembro no que na Marinha Grande deu en chover afogaron sentimentos e abrollaron outros. Tal vez máis acedos. Tal vez máis ruíns. Tal vez.

António Gonçalves apareceu pendurado unha mañá do piñeiro que fora testemuña dos seus amores prohibidos con Isaura. Afogara no único momento en que a choiva dera unhas horas de tregua. Ningúen soubo cómo chegara alí, pero chegou e puxo punto e final a unha desesperación que o levaba martirizando dende había semanas, quén sabe, quizais meses, quizais anos.

Aquela tarde Isaura regresaba caduca do mercado. Dinís levaba quince días desaparecido e ninguén sabía darlle conta del. Tampouco sabía do António, de quen agardaba unha rápida recuperación da súa cadeira para encontralo pedaleando cara ó seu niño de amor no medio do mato. Como cada serán, ó saír da Marinha Grande, Isaura acendeu o facho da ilusión para comprobar se ese día resultaba o escolleito, se ese día o António volvía ó piñeiral. Había horas en que o ceo escampara tortuosamente. Custáralle traballo ó azul facerse un sitio na cunca celeste e, nun arrouto de bondade, os ventos do sur botaran as nubes negras cara ó norte do país. Foi unha loita incruenta que sabía a victoria de alto prezo.

Era a mesma batalla que en António botaba a sortes o seu destino. Cara, morte; cruz, vida. A moeda das paixóns esparexidas optou pola morte inmediata, por un suicidio que lle evitase a dor de perder de novo.

Todos miraron ó ceo con inquietude aquela tarde. Levaba vintecatro días coas súas vintecatro noites chovendo e, de socato, aquel claro trouxo a esperanza dunha nova luz para o futuro. Constanza estaba, sen embargo, inqueda. Saíu á rúa e paseou sixilosamente pola ribeira tentando atopar unha resposta axeitada ó seu desacougo. Entón viuna. Estaba pendurada do ceo por riba da liña do horizonte. Non quixo dicirllo a ninguén pero sóuboo. Meteuse na casa e calou agardando o nome que a morte escollera.

Isaura pedaleaba freneticamente cara ó mar. Brillaba o sol e as sombras da súa cabeza parecían menos grandes. Deu a curva con soltura e tomou o desvío da esquerda que a levaba ó seu refuxio na estrada de Vieira. Había un silencio pasmoso que sobrecollía o corazón. Mastigábase a ausencia de sons cando descubriu a bicicleta do António apoiada nun mato. Algo se lle acelerou no peito e un amago de sorriso quixo debuxárselle no rostro pero quedou convertido en aceno tráxico dun desencontro. O corpo de António Gonçalves abaneábase ó xeito da brisa. Non había ruído e a súa cara inchada fornecía mil sentimentos atropelados na gorxa de Isaura. Ela non correu onda el, nin o abrazou desesperadamente. Quedou petrificada agardando algo que nunca aconteceu. Que António baixase e lle dese unha aperta. Non sabería dicir cánto tempo estivo alí ollando para el porque durante eses minutos corréronlle por diante as palabras, as imaxes e os soños, sobre todo os soños. Todo foi aparecendo por entre os matos e os piñeiros, bulindo por aquí e por alá, perdéndose entre os rumorosos querendo topar un acubillo onde permanecer para sempre.

—Ai, meu Antoninho, a ver cómo agora te baixo de aí.

Serenamente, deu media volta cara ó camiño de San Pedro de Moel e esperou a que alguén pasase por alí. Viu ó André, o fillo da señora Carme, aquel que por primeira vez a recollera cando chovía no día en que coñecera ó António. O azar xogou as súas cartas como quixo e fixo que case tres décadas despois fose o mesmo André quen viñese botarlle unha man. Cun aceno indicoulle que se detivese e sen un só tremor na voz anuncioulle que un obreiro da fábrica de vidro acababa de se aforcar no piñeiral. A André mudoulle a expresión do rostro. Baixou precipitadamente e sen mediar palabra deulle unha forte aperta a Isaura. Sabía demasiado. Catro viaxes diarias da Marinha Grande a San

Pedro de Moel durante máis de corenta anos aprendían máis que dúas mil escolas e, a quen non ve máis que arume e area a cotío, bérranlle os pasos apurados e as olladas que tentan disimular unha paixón sobrecolledora.

O André viviu, coma tantos outros, fondeado nos acontecementos que tecían a vida dos demais. O medo a perder afastárao de calquera intento de afrontar, por si mesmo, o reto dunha experiencia que, fóra dos seus inventos, rachase a monotonía dos latexos pausados. Como nas sesións do cinema na Marinha Grande ás que acudía presto todas as vacacións, deixou que todos aqueles que se cruzaban no seu camiño sufrisen, amasen e morresen, quedando el sempre á marxe, coma simple testemuña. A historia de António e Isaura conmovérao de veras e cada un dos seus encontros quedáralle impreso no celuloide da retina. Implicárase co paso do tempo nos propios personaxes e chegou a sentir, malia o seu pesar, todo o peso dunha magna e tráxica derrota. Seguiu á muller por entre os matos ata o lugar en que o amante marcaba, co péndulo do propio corpo, a fin do reloxo das súas horas. Baixárono como puideron. Estaba frío e inchado. Inchado e moi frío. André fitou compasivamente a Isaura e indicoulle cun fío de voz que non admitía réplica.

—Vaite, Isaura, vaite, non queiras estar aquí cando cheguen.

Daquela, Isaura, sen perder a serenidade que amosara ata ese entón, pediulle ó carreteiro cinco minutos para se despedir del. André foi preparar o carro para transportar o finado á Marinha Grande namentres Isaura abrazaba por última vez ó que xa lle marchara. Estivo alí deitada na area ó seu carón durante inacabables segundos. Dixolle alí todo o que lle esquecera confesar en tantos anos de encontros apresurados; todo o que Dinís lle amitaba, todas as palabras que a abordaran nada máis coller a bicicleta e tomar roteiros separados; todos os soños e bágoas da súa almofada en soidade; e mais todos os pensamentos que alimentaban unha cabeciña doente por seguir queréndoo. Murmuroulle «António, que te vas, António que non sei sen ti, António, canto te quero, António...». Contoullo absolutamente todo nun tempo que se fixo eterno. Non deixou nada que puidese levedarlle no peito coa súa ausencia. Anuncioullo todo só coa intención, coa cabeza fría ante as circunstancias, mais o corazón non acertaba a crer aínda que el non volvería máis. Nunca o asimilaría de todo. E moito menos trala carta.

Isaura tomou o camiño de San Pedro de Moel sen mirar atrás. Sentía que as pernas lle fallaban e na caixa do peito había algo que batía tan fortemente que quixera botalo fóra. Para non sufrir máis. Non volveu á casa. Entrou na casa da señora Carme sen chamar e deitou o seu corpo baldado nos únicos brazos maternais que a acompañaran durante toda a vida. Era o único colo no que se permitía chorar. Non levaba alí nin unha hora cando empezou a chover de novo, esta vez con máis contundencia que nas pasadas semanas. Isaura deu en cismar se o corpo do António se enchouparía ou non polo carreiro de volta naquel carro de cabalos cansos. Trabucouse. A esas alturas da tarde o António permanecía xa nun velorio con bágoas sentidas dunha viúva dende había xa moitos anos; un fillo que nunca sentira un pai e un pai que nunca sentira un fillo.

Sós na casa os tres e aquel que fora iniciaron cadanseu monólogo de acusacións mutuas, lamentos e moita rabia contida. Para unha familia de fortes conviccións relixiosas un suicidio resultaba a peor burla, a peor vinganza, ademais, sen posibilidade de resposta agás os insultos proferidos a un defunto. Antoninho cuspiu no cadaleito namentras se laiaba do seu desatino e da súa covardía e Caetano, o capataz, preguntábase quén era aquel descoñecido do seu sangue que durante corenta anos vivira baixo o teito da súa ollada. Refugou calquera xesto de culpabilidade e maldiciuno para sempre co único remedio posible ante tal afronta: o esquecemento. Sen embargo, e malia que a cabeza o anulase, o corpo laiouse con tal ferida. Puntada a puntada estábase a ganduxar a rede da derrota como unha metástase fulminante. Mala herba nunca morre e Caetano tivo que soportar vivo o inferno dos remorsos que non o habían abandonar nunca máis. Tivo que soportar toda a vinganza que a vida lle lategaría no lombo.

Ana Barbosa, a viúva, choraba de fiestras dos ollos para dentro. Levaba décadas botando de menos ó António tímido e cariñoso que coñecera naquelas ferias de verán e co que casara poucos meses despois nos anos da guerra en España. Mais desta volta sabía que nin sequera tería o consolo da súa presencia, unha presencia física tan ausente como os mortos, pero presencia á fin e ó cabo. Agora António non regresaría xamais da fábrica e ela non lograba imaxinar cómo podería sobrevivir cada día sen pasarlle o ferro á súa roupa, sen facerlle o xantar, sen remendarlle o mandilón, sen apagarlle a luz ó se deitar, sen el. Cos anos e a falta de cariño, o esposo converteuse nun hábito que Ana Barbosa non estaba moi segura de poder eliminar da súa monótona vida. O peor para ela foi chegar á cruel conclusión de que non só o botaría de menos a el, senón a ela, a aquela sombra que bailaba en cada xesto do António, aquel brillo provocado por outra muller co que Ana Barbosa convivira durante máis de vintecinco anos. Así, non só lle faltaría o bafo canso do esposo e o hábito das súas demandas domésticas, senón que tamén lle faltaría ela, aquela muller da que non coñecía o rostro, a penas si lle coñeceu aquel día o nome... Isaura.

Ana Barbosa sabía que non había consolo para o seu desamor pero durante aquelas oito horas de velorio íntimo díxolle ó António todo o que calara durante toda unha vida, a súa vida. Contoulle entón por qué non o abandonara nunca malia coñecer de preto a súa infidelidade, as súas desculpas e os seus cheiros estraños; por qué seguiu a convivir co seu corpo ausente durante tantos anos; por qué lle serviu a cea cada noite e lle deu un bico ó espertar cada amencer. Díxollo todo Ana Barbosa coa alma esparexida no cuarto que un día fora dos dous. Berroulle de beizos para dentro que preferira unha vida acompañada dun amor non compartido á vida sen el, unha vida, repetíalle Ana Barbosa, que non era vida pero que nunca se atrevera a imaxinar sen telo ó seu carón. «António, lamentou a viúva, mil veces estiven a piques de marchar para non verte, para non sentirte, para non sufrirte, pero non fun quen de ser libre..., e non sabería a onde fuxir do teu recordo. Perdoa, António, non permitín que foses feliz...» Ana Barbosa expulsou naquelas oito horas toda a culpabilidade autodestructiva de amantes sen correspondencia, aquela que levaba mastigando durante tantos, tantos anos. «António, sei que che resultará absurdo, pero prefiro consumirme un pouco a odiarte como te odiaría por non terme amado. António, António, cómo te eu amei, cómo a envexei a ela. Alomenos esa muller conseguiu o que eu non logrei nin cociñando, nin dándoche un fillo, nin remendando todos os calcetíns dunha existencia, ela..., a que che deu todo e eu non puiden darche..., a felicidade.»

Ana Barbosa encadeou unha a unha as doas do seu rosario de autocompaixón. Cómo reprocharlle que non a quixera, cómo botarlle en cara que non a amase cando era o único polo que devecería: que el amase con toda a paixón e devoción coa que amaba a outra muller. Pensou no cruel da vida e na traizón dos sentimentos. Cómo asumira a infidelidade ata facela parte do cotián, cómo aprendera a querelo así, á súa maneira; cómo respectara a aqueloutra que dera a súa vida por encontros ás agachadas con aquel que durmía canda si. Chegou a sentir mágoa por ela, por Isaura, unha sorte de compaixón pola que o vivira á intemperie da vida. Ana Barbosa aceptou a crueldade do destino e agarrou fortemente o papeliño que gardaba no peito, as últimas palabras dun corazón consumido pola desgracia.

Pasaron as oito horas do velorio nun suspiro. Caetano bebera a botella de augardente e botaba xuramentos polo baixo. O fillo do finado saíra chorar fóra. Colleu un fato de leña verde e fendeu, machada a machada, cada toro tentando expulsar o desacougo e a frustración que o afogaban. Logo dunha hora logrou que a dor dunha estela cravada nunha man lle fixese esquecer a dor da alma, aquela que nunca sangraba.

Soterrárono a media mañá sen que ninguén máis ca eles aparecese a rentes do muro do camposanto, naquel recunchiño de portas para fóra destinado ós que morreran en pecado mortal. Chovía coma se os anxos mexasen por riba dos habitantes da Marinha Grande nunha sorte de burla ou maldición divina. Aquelas tres ánimas en pena asistiron en silencio á procesión dos seus propios remorsos. Viron cómo lles pasaban por diante cada un deles e aturaron mal que ben a dor de conciencia ó tempo que un *noso pai* recitado de memoria pretendía minguar a pena eterna do morto. Alguén os observaba dende a distancia coa ollada tan enchoupada como o propio día. Alguén dixo adeus a António Gonçalves cun brazado de angustia atado ós seus cadrís. Alguén quixo que aquelas pas de terra caesen sobre o seu propio corpo inerte. Quixo, pero non sucedeu.

Ana Barbosa viuna. Máis ben intuíuna oculta nalgunha engurra da paisaxe e por iso quixo agardar soa ata o final. Ata que a última presa de terra cubriu o cadaleito de piñeiro, Ana Barbosa agardou. O piñeiro de bruma e resina que adobiara a vida de António habíao acubillar tamén na morte. Estaba tranquila Ana Barbosa e á vez impaciente porque chegase ese intre que agardaba dende había case trinta anos. Ía coñecela. A ela. Á muller coa que compartira a António durante case trinta anos. A Isaura.

Caetano e o Antoninho foron indo para que a Ana Barbosa dixese ó home as últimas palabras. Ela mirou ó seu arredor para tentar descubrila. Isaura non se agachou. Sabía que ese momento tiña que chegar inevitablemente e non quixo refugalo. Achegouse ó seu carón sen mirala de fite e ficou estática. Agardaba unha labazada, un insulto ou unha aperta. A dor era tan grande que calquera reacción resultaba imprevisible. Sen embargo, Ana Barbosa tampouco se moveu. Sen dicírense nada ambas as dúas mulleres consoláronse en silencio. Cada unha delas sabía mellor ca ninguén no mundo da dor da outra. E reconfortáronse no seu sentimento. Entón Ana Barbosa sacou un papel dobrado do peto e deullo a Isaura. A amante colleuno intrigada e mirou de reollo as letras manuscritas no seu exterior.

—Sei que non é para min –indicou Ana Barbosa.

Isaura notou cómo o corazón se lle encollía un pouco máis. Á dor pola morte do António sumaba a compaixón sincera por aquela muller escrava dos seus sentimentos. Non puido mirala ós ollos para non se derrubar, deu media volta e foise soñando que ninguén a buscase nunca máis. Agarrou o papel e perdeuse no medio do trebón. Pedaleou a través do Pinhal do Rei coma toda unha vida e non puido evitar a tentación de se deter no lugar acostumado. Chovía a cachón, pero Isaura só sentía as bágoas que lle escorregaban pola alma. Sentou ó pé dun piñeiro e abriu mal que ben aquel recado do máis alá que lle rillaba no peto. Os dedos engoumados a penas lograban acariñar as letras case borrosas polas pingas. Non podía entender nada naquela caligrafía firme e o peito esgazado enchéuselle de impotencia. Isaura non sabía ler, nunca soubo ler. As últimas palabras do seu António tiveron que chegar a ela polo alento e mais a misericordia doutra voz. Non tiña máis remedio que pedirllo. Abandonou aquel lugar co xuramento de non regresar nunca ó santuario do amor. E cumpriuno.

Cando chegou a San Pedro de Moel a noite ía ben entrada. Dinís non volvera e no seu lugar deixaran por baixo da porta unha nota. Sen pensalo dúas veces saíu da casa e petou na porta de dona Leonor. A súa ollada era unha súplica desesperada. Entregoulle os dous papeis e agardou o seu veredicto. A señora botou unha breve mirada ás letras e tragou saliva ben fondo. Sabía perfectamente da vergoña e do sufrimento daquela muller que tiña fronte a si. A nota aclaratoria da PIDE indicaba o destino de Dinís e causas de reclusión. Culpable de atentado contra o Estado Novo e altercados públicos varios. Non houbera xuízo e a sentencia era irrevogable: prisión indefinida no cárcere militar de alta seguridade de Peniche. Isaura non coñecía a transcendencia exacta daquela notificación oficial pero intuíu que debía ser algo abondo grave. Escoitara falar algunha vez no mercado de Peniche, pero non recordaba qué oíra sobre aquela cadea. Houbo un silencio mesto ata que a señora Leonor deu en lerlle a carta do seu amante morto. «Á miña amada.» Iniciaba así António a súa máis sentida despedida da muller da súa vida. Isaura abrazou a lectura lentamente anoándose a todas e cada unha das palabras, tentando memorizalas para non perdelas xamais. Cando rematou, ambas as dúas mulleres choraban; unha de dor aguda e outra de rabia. Dona Leonor comprendeu máis do que quixera e maldiciuse porque, outra vez, as letras de amor perdidas tatuaran o seu vello corazón.

Isaura marchou sen dicir adeus. Estaba cansa, tan cansa que se permitiu a licencia de durmir sen pensar en nada máis. Aquel día de palabras en tinta derrotáraa e o futuro antollábaselle unha loita demasiado cruel como para afrontala sen descanso. Isaura decidiu durmir. Con sorte, ó abrir os ollos descubriría que todo fora só un soño e António e máis Dinís estarían aínda canda ela. Tal vez fose só iso: un mal pesadelo.

19

O silencio de Dinís

Filipa soubo do fracaso da revolta de setembro dous días despois. Dixérallo o silencio de Dinís. A falta de comunicación do namorado contoulle á rapaza máis do que quixera saber. Argallou como puido na casa para visitar á avoa dona Leonor en San Pedro de Moel xa que, seica, necesitaba unha información para un traballo na Universidade, algo que só dona Leonor podería ofrecerlle con exactitude. Tomou o comboio na estación de Coímbra. As preguntas sobre o destino, os homes da PIDE/DGS (como se dera en chamar trala chegada de Marcelo Caetano ó poder) na plataforma e os comentarios polo baixo dos viaxeiros inquedárona máis aínda. A vila da Marinha Grande estaba espertando e a policía tiña controladas todas e cada unha das vías de comunicación por temor a unha volta á violencia. Tamén as fábricas seguían pechadas ante a falta de seguridade sobre os ánimos e verdadeiras intencións dos alborotadores. Sospeitaban que aquel fato de tolos adolescentes só cumpriran un papel de globo sonda e un verdadeiro erguemento estaba a piques de se producir. A PIDE/DGS non encontraba outra resposta á acción suicida daqueles mozos. «Non hai ninguén tan estúpido –pensaban nas altas instancias– como para cometer unha tolemia así se non hai un grupo forte atrás». Pero trabucábanse: había alguén tan parvo como para tentar cambiar o mundo. Filipa sabía todas as letras do nome dese alguén: Dinís. Por iso tiña tanto medo.

Na Marinha Grande soubo todo o ocorrido e nada porque todo eran especulacións sobre feitos que a ela lle custaba crer que así sucederan. Alomenos o das minas agochadas na fábrica sabía que era mentira porque o grupo carecía practicamente de explosivos. E das minas nin oíran falar agás na guerra de Mozambique. O único certo que Filipa escoitou foi o nome dos mortos e o destino dos insurxentes ós que a xente engadía un listado de improperios cunha facilidade e insolencia pasmosa. Faltáballe Dinís.

Dona Leonor asustouse ó ver a neta en San Pedro de Moel. Non eran días oportunos para que unha moza, e menos universitaria, andase soa por aqueles lugares. Calquera podía ser cómplice e de todos resultaba coñecida a súa relación cun dos detidos como cabeza da revolta.

Coséronse con antepunto aqueles días de silencio consternado ata que, nunha mesma bategada de vento e auga, chegaron as novas da morte dun operario do vidro, un tal António Gonçalves, e mais a reclusión de Dinís en Peniche. Sorprendeulle o suicidio dun home no Pinhal do Rei, sobre todo nun lugar tan no medio de ningún sitio. Sorprendeulle tanta choiva xunta e mais o encontro fortuíto con Isaura cando esta regresaba da casa da señora Carme desfigurada pola dor. Cismou Filipa qué estraños cabos unirían tales circunstancias aciagas porque, non lle cabía ninguna dúbida, non todo poderían ser simples coincidencias. Demasiado tráxico, intuíu. Non se enganaba.

Case afogada polo peso da auga do ceo e as bágoas do corazón, a rapaza decidiu regresar a Coímbra tan solitariamente como fixera varios días antes. Mantiña a esperanza de que alomenos dende o grupo da facultade puidese saber un pouco máis sobre as causas polas que estaba detido Dinís e ónde estaba aquilo de Peniche. Por moito que ela quixese negalo, a súa condición pequeno burguesa impedíralle por comodidade e unha sorte de respecto familiar, entregarse con toda vontade á causa revolucionaria. Lera ducias, centos de libros sobre filosofía e historia, a maior parte deles prohibidos polo réxime, pero aquela fora sempre unha loita paralela á que vivía de portas do corazón para dentro. De socato, confluíran as circunstancias e Filipa viuse imbuída no medio do movemento sen querelo nin proxectalo.

Durante aquela eterna viaxe de retorno a Coímbra, Filipa asumiu con dor a súa responsabilidade na decisión última de Dinís: el tivera o valor, os azos e, principalmente, a percepción nítida das súas condicións de proletario maltratado por unha dictadura. Pero fora ela, Filipa, quen lle dera as armas para enfrontarse a esa situación a través dos libros e da información sobre o movememento comunista clandestino. Ela ofrecéralle o lume para acender o facho da súa guerra particular e a moza enguliu con ansiedade a súa entrada forzosa no movemento activo. Tiña que facer algo para sacalo de alí. Como fose. Non había retorno posible ás prácidas augas estivais de San Pedro de Moel, a placenta cómoda do seu amor xuvenil, alí onde xogaran a amarse de nenos.

Agora era tempo de pelexar contra o propio tempo que lles tocara vivir. Filipa, nunha sorte de sentimento de culpabilidade absurdo, decidiu arriscarse ela tamén nunha loita que nunca sentira tan preto. E introduciuse de cheo. Trala fiestra do vagón corrían sangrantes as Beiras portuguesas naquel outono de 1968. Na Marinha Grande seguía a chover con insistencia.

Filipa sentira ó seu pai, Rui Rodrigues, sempre coma un cacho de si. Amábao en silencio como só se pode amar ó que se admira profundamente e a moza respectaba o seu valor como se respectaba a si mesma. Vírao esborrallar ante a enfermidade e morte de Inés e sentíao erguerse cada mañá con azos sacados de quén sabe onde. Se non lle contara o de Dinís era porque cría que non o comprendería nunca e o cariño que lle profesaba impedíalle decepcionalo desa maneira. Envellecera Rui en cinco anos tanto que estaba descoñecido ata para os máis achegados. Tal era a súa desmellora física que houbo quen o confundiu cun irmán de dona Leonor. Os desgustos trabárano no pelo e no rostro ata botarlle anos e anos enriba, nun declive imparable cara á senectude. Filipa era consciente de que só ela podería proporcionarlle algunha alegría no seu incerto e escuro futuro. Só ficaba ela de todo un mundo que o arrodeara nalgún momento e do que, sen Inés e a súa propia irmá, se vira desposuído. A súa filla non quixo romperlle o corazón e ocultoulle, como levaba facendo dende moitos anos atrás, a faciana da súa loita verdadeira.

Converteuse Filipa nunha conspiradora na súa propia casa. Non só agochaba os seus movementos ante a GNR e a PIDE/DGS, senón tamén ante seu pai. Aquel pavor adolescente cara á intransixente figura paterna vírase transformado nunha compaixón absoluta. Sabía que lle podía perdoar que non a comprendese, pero iso non resultaba extrapolable a ninguén máis. Nin Salazar nin Marcelo Caetano merecían o seu perdón por tanta dor inxustificada e tanta violencia agochada tralo silencio e a aparente normalidade. Por iso a loita embebedouna ata facer daquela rapaza, antes silenciosa e simple testemuña pasiva, unha importante baza no movemento estudiantil. Fíxose con tantos documentos como puido, aproveitando mesmo os contactos de Rui Rodrigues, e pasounos á resistencia. Nin ela mesma sabía a importancia das xogadas que estaba a facer no taboleiro de xadrez contra a dictadura. Ninguén sospeitou daquela fermosa rapaza da pequena burguesía coimbrá e iso forneceulle azos para se mover con máis liberdade. As semanas deron pulo á súa confianza e chegou a baixar tanto a garda como para agochar cartas comprometidas na súa propia casa. Escondeunas onde ninguén buscara nunca, alí onde conservaba ducias, centos de palabras de amor de Dinís.

Filipa fixera as súas propias indagacións sobre o destino do namorado. Sabía xa que Peniche era unha vila mariñeira do sur situada nunha antiga illa unida á terra por unha lingua de area. De notable valía defensiva dado o seu carácter peninsular, Peniche daba acubillo a unha prisión militar de alta seguridade ben afamada pola súa inaccesibilidade. Equidistante a oitenta quilómetros de Lisboa polo sur e á Marinha Grande polo norte, poucas persoas conseguiran fuxir de alí, entre eles o camarada Álvaro Cunhal, contábanlle a Filipa entusiasmados membros da resistencia. Dicían que aquilo era un labirinto de pedra rodeado de auga embravecida. Dicían que a vida entre os seus muros era un inferno de sol, salmoira e humidade. Dicían que as visitas estaban absolutamente controladas. Dicían que os compañeiros presos sufrían todo tipo de atrocidades e longos días de illamento no Baluarte redondo, na *Casa da água* e nas propias celas claustrofóbicas onde comían, durmían, respiraban e defecaban durante meses e meses sen ter contacto con ninguén. Dicían que había casamatas por debaixo do nivel do mar onde maltrataban os reclusos con prácticas propias da Idade Media como a tortura da roldana. Dicían que alguén conseguira fuxir..., e Filipa xa non escoitaba bébeda polo medo á dor de Dinís.

Non sabía se el aturaría e o terror a perdelo fíxoa saír precipitadamente da reunión clandestina e intentar tomar aire á beira do Mondego. Alguén saíu velozmente tras dela e agarrouna fortemente ó paso dun grupo de militares. Tapoulle a boca con forza ata que se perderon na noite e arrastrouna de novo ó sotarrego onde celebraban a xuntanza prohibida. Tivo que aturar Filipa duras recriminacións pola súa actitude. Alí había fillos, irmáns e nais de presos desaparecidos ou mortos. Non se podía tolerar unha arroutada infantil coma aquela que podería pór en perigo a outras moitas persoas. Filipa comprendeu o moito que lle quedaba para ser capaz de sobrevivir a aquela nova realidade: a súa. E a nena mequeira que fora quedou definitivamente morta naquel soto dunha rúa perdida enriba do rosmar agridoce do Mondego, na Coímbra que a vira nacer e ata entón lle resultara tan diapositiva de si mesma.

Despois daquela noite de outubro de 1968 que pasaría ó andel dos malos recordos no decimoterceiro andar da súa memoria, Filipa amosou unha disciplina e tesón exemplares durante meses. Tanto foi así que Rosa, a muller de Lois, preso en Peniche dende 1950 por acusacións de conspiración contra o réxime, ofreceuse a levala consigo na próxima visita á cadea. Habería que extremar as precaucións pero o seu traballo ben merecía unha compensación.

Filipa case perde o sentido coa emoción. Escabezaba novembro e non tivera nin unha soa nova de Dinís dende o día da súa detención. Cada dúas semanas visitaba a dona Leonor para comprobar se chegara algunha correspondencia, pero todas as viaxes a San Pedro de Moel resultaran infructuosas. Nin unha palabra de Dinís. Coma se o engulise o mundo. A noticia do desprazamento a Peniche chegou nun momento no que Filipa estaba a perder a esperanza, como tamén perdeu a noción da súa propia loita. Se Dinís fora o único motivo inicial da súa adhesión abnegada á causa, a traxedia persoal de todas as persoas coas que traballaba a cotío estaba a convertela nunha militante implacable contra a dictadura. Pero necesitaba saber do seu namorado, algo, calquera cousa, pero saber del. Como as follas necesitan do sol e a terra da choiva. Como necesitaba respirar. Así Filipa necesitaba a Dinís. Argallou unha minuciosa estratexia de mentiras e falsas pistas que axudasen a perder as súas pegadas durante os dous días que durase a viaxe. Dixéralle ó seu pai que ía ver a dona Leonor e este parecera convencido, de feito non lle prestara atención inmerso como estaba na lectura duns documentos.

Escolleran como data de saída un dezasete de novembro. Rosa ía cun permiso de visita xa expedido, Filipa tería que lidar cos policías porque os requisitos necesarios para poder ver a un preso, sempre a través dun cristal, resultaban exhaustivos. O visitante debía presentar unha documentación minuciosa que Rosa e Filipa querían evitar a toda custa para non comprometer á rapaza. Quedar fichada pola policía militar do cárcere significaba expoñela innecesariamente a un control perigoso. Podía ser a fin se Rui Rodrigues o sabía. Por iso as dúas mulleres fixéronse con papeis falsos que identificarían a unha suposta Isabel M.V. e ocultarían a verdadeira identidade de Filipa. Tratábase de chegar como tía e sobriña e que, ó cruzaren a mesma porta, a rapaza dixese que quería ver a un antigo amigo da infancia. O proxecto parecería convincente se non fose porque os seus nervios as delataban e a emoción na mirada desmentía calquera intento de facer crer nas simples coincidencias. Durante moitas noites Filipa perdeu o sono e deambulaba como unha somnámbula pola casa paterna de Coímbra. As sospeitas que aguilloaban durante aqueles dous longos días a Rui Rodrigues terían aí bo fundamento.

20

Imaxes borrosas no parladoiro e exilio

Dinís Cardoso, fillo natural de Isaura e descoñecido. Veciño de San Pedro de Moel, Cámara Municipal da Marinha Grande. Vinteoito anos. Obreiro da fábrica de vidro Irmãos Stephen dende neno. Acusado de revolta con violencia e agresión á nación portuguesa. Sen antecedentes. Reclusión indefinida no cárcere de alta seguridade de Peniche xunto cos outros presos perigosos contrarios ó réxime. Vixilancia absoluta e medidas estrictas de seguridade por orde expresa de Marcelo Caetano. Por seguridade, impídese calquera contacto exterior, sexa por visitas ou correspondencia, nun intervalo preventivo de tres meses. Illamento total.

Dinís non tiña concepción de cánto tempo transcorrera. Sen reloxos nin almanaques custáballe ser consciente dos minutos que fuxiran naquel estadio do sen tempo. Das ducias de horas que empregaran para proxectar o asalto á fábrica nunca previran un fracaso tan estrepitoso. Só tomaron conciencia da súa franca inviabilidade cando nos calabozos na propia Marinha Grande mallaron neles ata a alma para que descubrisen os verdadeiros cerebros da sublevación que, insistía a PIDE/DGS, estaba por vir. Ningún deles falou porque non había nada que falar, non porque os golpes non fosen abondo fortes. Sangraban por todos e cada un dos poros da súa pel e as feridas nos ollos impedíanlles saber se era día ou noite. Dinís non podería xurar cánto tempo estivo no cuartel da policía da Marinha Grande. Se foran horas ou días quén sabe: o único que realmente percibía era aquela dor que o destripaba. Non había recanto do corpo que non lle laiase. Non había lugar que non quixese que lle arrincasen con tal de evitar aquel sufrimento.

Nun momento daquela atemporalidade mandáronos saír. A pesar de iren escoltados por xendarmes sentiu os insultos doutros obreiros que se amoreaban ás portas do cuartel. Dinís non quixo gardarlles rancor, malia os berros e os cuspes. Sabía o rapaz que aquilo si sucedería. Sabía que se perdían, os que nalgún momento os apoiaran ou tiveran intención de facelo, deixaríanos sos ante a súa sorte. Os antigos amigos esforzáronse en deixarse ver nos improperios para que nunca os relacionasen cos sublevados.

Metéronos a paos nun coche militar e arrincaron a toda velocidade sen que lles dese tempo a preguntar a ónde se dirixían. Só ían dous, Raúl Guimarães e mais el, outros dous caeran na batalla e ninguén se atrevería a dicir o seu nome en alto ata que a ondada das sen horas borrase a súa pegada. Afonso e Henriques permanecerían na memoria dos perdedores en agardando a que as cicatrices lles devolvesen a honra perdida. Os outros tres fuxiran. Dinís sentía que tiña xa demasiados epitafios no peto dos derrubados pola causa, no primeiro andel da memoria á esquerda de

Filipa. Ó primeiro, Miguel da Silva caído na guerra colonial, seguiran os outros pero, coma el, quedaran afogados na agonía sen límite dos que non teñen nada que perder e moito que gañar. O presente demostroulle unha vez máis que non había cabida para os soñadores e Dinís, por vez primeira, dubidou.

Un golpe cun fusil esnaquizoulle as divagacións contra o chan e devolveuno á realidade. Acertou a ver entre a choiva que golpeaba os cristais que collían ruta cara ó sur antes de caer derrotado polo sono, a fame e a incertidume. Todo formaba parte do mesmo pesadelo angustioso. Dinís durmiu unhas horas antes de que a realidade lle dese unha labazada violenta coa man aberta ó espertar. Soñou con Filipa correndo pola Praia da Cuncha e coas súas gargalladas peitando as ondas. Pareceulle que había anos que non a vía e sentiu o moito que a botaba de menos. O vehículo que os levaba detívose despois dun tempo indefinido de viaxe. Obrigáronos a baixar sen faceren preguntas. Dinís abriu os ollos de par en par tentando identificar dalgunha maneira o lugar no que se encontraban. Unha forte lambida de néboa e salitre humedeceulle o corpo de arriba abaixo. A densidade da auga condensada no aire era tal que non lograba distinguir nada máis alá dos catro metros diante de si. Escoitou os ouveos do mar batendo moi de preto, tan preto como baixo os seus pés e viuno choromicar como un can alí ó lado.

Fixéronos pasar por unha pasarela ata unha fortaleza de pedra que Dinís non vira na vida. Pensou no lonxe que estaría da casa, no lonxe que estaría de Isaura, no lonxe que estaría de Filipa. Por primeira vez cismou nas dimensións exactas da súa acción que, probablemente, serían máis graves do que cría capaz de asumir. Tal vez Mozambique resultase só un pequeno golpe ante a actual sucesión de torturas. Pensou Dinís en Miguel, Miguel da Silva, que non podería loitar xa abrazado como ficara a terras africanas. Botouno de menos unha vez máis e abalou ritmicamente no seu recordo para afrontar aquilo tan descoñecido e tan doloroso. Decidiu aforrar esforzos polo que puidese vir e deixouse levar como un monicreque ás dependencias do que sería o seu fogar obrigado durante moito máis tempo do que ousase crer. Apuntaron os seus datos, sometérono a un novo interrogatorio máis cruento que os anteriores no que se reafirmou en todas e cada unha das súas palabras e zorregaron finalmente o seu corpo mutilado nunha cela illada.

Non sabería dicir cánto tempo permaneceu alí. Se foron días, horas ou meses, o tempo correu polo río da desmemoria nunha carreira de meandros lenta e pausada sen trazas de rematar nunca. Ata que aquel estraño desencontro que non podería xurar se tivo ou non lugar. Daquela aínda non sabía ónde estaba ou cómo se chamaba aquela prisión onde as gaivotas berraban en cada recanto e a escuma empapaba os pulmóns e os miolos. Daquela Dinís aínda confiaba en que todo fose un mal pesadelo do que espertaría no momento máis imprevisto. Espertar, espertou pero resultou abondo peor do que agardaba. Quixo volver pechar os ollos por ver de soñar un anaco máis e que aquela miraxe de Filipa se convertese en muller.

Filipa saíu pola mañá cedo da casa cun pequeno fardo ás costas. Ó chegar ó lugar onde quedara con Rosa tremeu por primeira vez ante a aventura incerta que a agardaba. Un Renault vermello estartalado apareceu coma un raio batendo no lastrado con xenreira e parou á súa beira. Custoulle recoñecer a Rosa. Estaba guapísima con aquel chapeo gris como os seus ollos e un profundo brillo abrollándolle da mirada e mais dos beizos.

—¿Que miras, muller? Vou ver ó meu home e hai que pórse á altura das circunstancias. Sei tamén ser unha muller e non unha vella murcha que carreta verduras ó mercado. Na clandestinidade, a nosa liberdade é tan ampla como o número de identidades que sexamos capaces de adquirir, así que xa sabes, fóra esa cariña de colexiala anxelical. Tes aí algunha roupa. Veña, axiña, é para hoxe.

Rosa non paraba de dar indicacións sobre o vestiario á vez que insultaba a canto conductor incauto se cruzaba no seu camiño. Non perdía ollo de todo o que acontecía ó seu redor e entre calada e calada de cigarro apuntaba novos datos sobre a visita que ían realizar.

—Vai moi segura de ti mesma, Filipa, non te contradigas e mantén sempre que es a miña sobriña. Non podemos xogar con andrómenas. Téñenme controlada e, de descubrir que non é certo, poderíanme impedir as visitas. Cáesme ben pero non arrisco a Lois por ti. Síntoo nena. Dirás que es filla do seu irmán João. Non teñas perda, morreu hai seis anos, non o poderán comprobar.

Tomaran camiño de Lisboa, en dirección oposta a Coímbra. Ó pasar á altura da Marinha Grande algo lle moeu na roda de muíño do peito a Filipa.

—Rosa, aí foi a revolta na que detiveron a Dinís.

—Xa o sei, muller, ¿pensas que te había traer comigo se non soubese a quen vas ver? Na clandestinidade coñecémonos todos.

Unha lucidez atravesou como estrela fugaz a mente de Filipa. Pensou entón que quizais non coñecía tanto os contactos de Dinís como cría e habería moitas sorpresas por descubrir sobre a verdadeira dimensión da súa actividade na resistencia. Nunca lle preguntara pola guerra colonial en África, como tampouco lle preguntara pola célula sindical da fábrica. En realidade, nunca lle preguntara por nada. Filipa decatouse entón de que amaba ata o máis fondo do seu corazón a alguén que tiña moito de descoñecido. Comprendeu tamén que o receo e as sospeitas eran tan fortes nun coma noutro bando e que non había sitio para a confianza plena. Xogábanse demasiado como para marear o lume do facho que lles servía de guía.

O resto do camiño resultou un monólogo trepidante de Rosa e unha incursión melancólica nas engurras da paisaxe do Portugal das Beiras e do Alto Texo. Percorreron campos e vilas naquela mañá de inquietude. Atravesaron Caldas da Rainha co seu balbordo alegre de mercado e beirearon a magna serenidade de Óbidos encumiada no outeiro da súa propia beleza medieval. Rosa seguía falando. De por qué nunca deixara ós seus fillos xa adolescentes ir ver ó seu pai; de por qué Lois caera nunha das trampas da policía cando repartía follas voandeiras; de por qué continuaba escribindo panfletos libertarios nun trasteiro da casa; de por qué o quería aínda e soñaba todas as noites telo consigo nun Portugal libre. Filipa oía e calaba, calaba e oía... Qué sabía ela de por qué tantas cousas.

Ata os últimos meses só se deixara levar polos seus sentimentos sen máis transcendencia que o amor que se profesaban o un ó outro. As causas e consecuencias estaban aínda por determinar. Filipa admirou o valor de Rosa e a súa submisión consciente a algo que ía alén do amor de Lois: a liberdade. Dubidou se ela sería capaz, sen asumir que levaba toda unha vida facéndoo. Rosa, en realidade, sabía que estaba a relatar a propia historia da moza esgazada por disparos e anonimatos. Tentou darlle ánimos sen dicirllo abertamente, pero a humildade de Filipa impediulle recoñecerse na heroína de tal batalla incruenta: a da supervivencia dos sentimentos. Por iso dubidou unha vez máis e tivo a tentación de abandonar a viaxe. Mais non o fixo. Continuou ollando pola fiestra ó Portugal de campos lánguidos que escorregaba baixo os seus pneumáticos co discurso de Rosa como banda sonora. Ata chegaren a Peniche.

Esmorecía a primeira tarde naquela xornada tan seca como a gorxa de Rosa tras non parar de falar durante horas. De socato, deixaron de ver o que tiñan perante o cristal e caeron nun nobelo de brétema densa, practicamente tanxible. Escoitábase o mar preto pero non conseguían enxergalo. Rosa conducía tranquilamente. Ó atravesaren as portas dunha muralla militar, a muller indicou:

—Benvida a Peniche, Filipa, terra de resistencia contra os ataques foráneos e actual fortaleza onde Marcelo Caetano, e antes Salazar, confina os disidentes ó seu réxime fascista. Bo paradoxo, ¿non cres? Peniche significou durante séculos o símbolo da independencia do noso pobo, bastión inaccesible para corsarios e barcos ingleses e punto de partida para terras americanas durante o descubrimento e, hoxe, mira Peniche hoxe, símbolo da vergoña do Estado Novo. O moi cabrón de Caetano non sabe nin chío do que che conto, senón polo carallo ía ter membros da resistencia aí metidos. O fillo de puta ese... Pero Peniche ha recuperar a honra, a nosa honra, aínda que nos custe a vida...

Tensáranselle a Rosa todos os músculos da cara e as veas parecían querer estoupar. Rosa non se andaba con lerias e Filipa sabía que falaba moi en serio. Estremeceuna aquel lugar. A presencia da GNR denotaba unha calma tensa á que os habitantes do lugar non parecían afacerse. Das poucas casas que Filipa puido ver todas tiñan portas e fiestras pechadas malia ser cedo. De súpeto, Rosa efectuou un xiro violento co volante e virou no sentido contrario á vila.

—Imos ir polo outro lado. Canto menos nos vexan mellor. Todo o que fagamos a partir de agora: onde comemos, con quen falamos e onde imos quedará rexistrado pola PIDE/DGS. Canto menos apunten, mellor. Isto é unha península, Filipa, por moitas voltas que deamos acabaremos no punto de partida. Voltas sobre nós mesmas –Rosa suspirou–. Sobre nós mesmas.

Encamiñaron por unha estrada estreita ó pé de altos cantís. A néboa envolvíao todo e Filipa empezou a sentir como un nó afogante se cinguía ó seu colo. Pero non protestou. Rosa percibiu a súa consternación.

—Filipa, imos parar de camiño nunha ermida que hai acolá enriba. Vas poder tomar o aire e comer un pouco. Anima esa cariña.

Cinco minutos despois estaban nun lugar impreciso ó pé dunha curva e Rosa detivo o vehículo. Figuras fantasmagóricas de pedra veteada choían un Atlántico fanfurriñeiro e insolente. Formas abstractas, con similitudes con obxectos e paxaros, deidades de area envoltas en brétema que non conseguiron redimir a Filipa da súa turbación. Entraron na ermida da Nosa Señora dos Remédios, unha construcción diminuta de cemento e azulexo azul e branco. Ante o altar comeron un par de bocadillos ó abrigo da penumbra. Os templos eran sen dúbida os lugares máis seguros para pasaren desapercibidas aínda que elas odiasen as igrexas, ese silencio tosco e falso de velas e adoracións divinas. Repasaron o proxectado unha vez máis. Filipa a penas se recoñecía con aquelas roupas vellas e desleixadas e custáballe asumir a súa nova identidade. Reiniciaron a viaxe. Pasaron ó pé do farol do cabo Carvoeiro que lanzaba mensaxes de luz intermitentes e un profundo asubío enxordecedor e continuaron abrazadas pola néboa ata que unha fortaleza de pedra apareceu como saída da nada.

—Silencio, Filipa, non fales sen que che pregunten e responde só con monosílabos.

Aparcaron o Renault e atravesaron a pé a ponte de madeira que separaba o edificio da terra. Ó chegar ó portalón pedíronlles de inmediato as identificacións. Olladas inquisitivas que lograron amedrentalas pero non as disuadiron da súa intención. Rosa non tivo problema e fixérona pasar cara ó parladoiro sen máis preámbulo. Colléronlle o saco de roupa limpa e víveres que levaba para o preso e depositárono na entrada. Quén sabe o que de alí chegaría ás mans de Lois despois da rapina dos pides. Cando Filipa amosou a súa intención de ver a un tal Dinís houbo miradas de reprobación e comentarios polo baixiño ante os gardas.

—Non ten vostede permiso para iso.

Ante a insistencia da moza fixérona pasar tamén ó parladoiro e sentar nunha banqueta. Era unha estancia branca dividida en dúas partes por un cristal. A un lado puñan ós condenados en cabinas individuais e, no outro lado, xusto en fronte, ós visitantes. Rosa chiscoulle un ollo dende unha esquina e convidouna a achegarse a saudar ó seu home. Filipa agardaba un home forte, alto e de rostro duro, pero no seu lugar topou un corpo espelido, demacrado e absolutamente gris. Saudouno tentando disimular a súa decepción e cruzou un par de palabras corteses antes de se sentar no lugar que un policía de aceno severo lle indicaba. Seguiu a mirar de esguello a Rosa mentres os minutos pasaban e ninguén aparecía na súa cabina. Caéralle a armadura de muller de chumbo e dinamita para amosar unha amante tan fervorosa como fráxil. Todo eran palabras de ánimo e aloumiños a aquela sombra cincenta do que debeu ser no seu día e a prisión lle roubara.

Filipa nunca estivera nunha cadea e certamente a experiencia resultou peor do que imaxinara. Ninguén lle explicara que as visitas se celebraban nun parladoiro de paredes caleadas no que os presos entraban por un corredor interior e situábanse ó outro lado dos cristais de vidro dobre nunha cadeira ancorada ó chan. Ó pé de cada familiar e cada recluso colocábase un policía para evitar calquera confidencia secreta. Escoitábanse a través dun altofalante que non eliminaba os tremores de voz, nin os silencios, nin a saliva que se lles atragantaba no medio e medio da gorxa.

Filipa agardou sen abrir a boca durante dez minutos. Cando se dispuña a preguntar ó garda viu un militar que empurraba a un mozo cara á súa cabina. De primeiras non o recoñeceu. Era un rapaz delgadísimo coa cara cuberta de mazaduras e feridas abertas, tanto que a penas lle deixaban abrir os ollos. Quedou petrificada polo susto, non podía ser el, non podía ser certo. Logrou reaccionar a tempo e pór unha man no cristal para chamar a súa atención.

—Dinís, Dinís, son eu. Dinís...

O home que tiña do outro lado do cristal a penas acertou a erguer a ollada e debuxar un sorriso frustrado.

Non intercambiaran media palabra cando un policía entrou bruscamente e botou a Dinís da cabina. Filipa só chegou a oír que el estaba nun réxime especial que impedía as visitas durante varios meses e aquel encontro non estaba permitido. Así que Filipa ficou coa boca aberta e o corazón preso na cerna do peito. Rosa, que observaba a escena dende varias banquetas máis adiante mandoulle un bico a Lois a través do vidro e ergueuse cinco minutos antes de que concluíse o tempo estipulado.

—Filipa, non digas nin chío. Ímonos de contado.

—Pero Rosa... Dinís.

—Nin peros nin farrapos de gaita. Isto pódese complicar.

Saudaron o máis amablemente que puideron ós gardas da porta e metéronse no coche sen pestanexar.

—Non hai tempo, hai que saír de aquí canto antes.

—¿Que ocorre, Rosa? ¿Por que non me deixaron falar con el? Tiñas que velo, estaba feito un miñaxoia. Quén sabe cánto o torturarían...

—Foi unha imprudencia traerte, nena, unha imprudencia. Debín supoñelo. Dinís está aínda no réxime especial de vixilancia, o cal implica que non só non pode ver a ninguén, senón que calquera que amose o seu interese por el é examinado concienciudamente. Merda, merda e mil veces merda. Por qué me deixaría eu levar por sentimentalismos.

Desta vez Rosa optou por non dar a volta por toda a península, senón atravesar directamente polo centro da vila. As casas de pescadores coas súas redes, lanchas e nasas á porta foron testemuñas da carreira aloucada dun Renault vermello. Debían saír de alí antes de que caese a noite, cando os controis serían máis estrictos. Rosa suspirou ó pasar a patrulla das portas de Peniche e perdérense polas estradas do continente.

As dúas mulleres estiveron caladas durante inacabables minutos. Rosa maldicíase pola súa imprudencia e Filipa non podía esquecer o rostro macabro daquel home ó que un día chamou Dinís e que agora se convertera nun recordo mazado de si mesmo. E canto máis se laiaba do seu mal estado físico máis amaba o seu valor. Só desexaba unha cousa, que el a recoñecese. Filipa, que nunca nada lle pedira a ningún tipo de deus coñecido ou descoñecido, que sempre amosara o seu ateísmo radical sorprendeuse a si mesma pregando pola saúde de Dinís. «Non teño idea nin creo que haxa nada superior ó home nesta ou en calquera outra realidade pero se así fose que maldiga a miña falta de fe pero que salve a Dinís. Que salve a Dinís, por favor, que o salve desta». Sentiu Filipa a febleza do seu propio espírito ante circunstancias tan adversas, e ela, a que nunca nada pedira, rogou ó aire para sentir o consolo de que facía algo por el.

Rosa non estaba moi segura de que non as seguisen, así que decidiu facer noite en Óbidos para despistar á GNR e mais ós pides. Filipa coidou que o seu pai non se preocuparía pola súa demora e pensaría que pasaba a noite en San Pedro de Moel con dona Leonor. Nunca Filipa visitara Óbidos e marabillouna a súa arquitectura medieval, o seu castelo e as súas murallas, auténtica metáfora da súa claustrofobia emocional. Desexaba a rapaza dar un paseo arredor da vila para tomar o aire pero Rosa impediullo.

—A durmir, Filipa, quedaremos na pensión duns camaradas de confianza. Convén que non saiban nada de nós, así que regresamos de Lisboa dun intercambio comercial. Nada máis. Non sabes nada máis. Lembra que hai oídos en todas as partes.

A noite transcorreu pracidamente. Rosa durmiu nada máis coller a cama. Ou iso fixo crer. Filipa, sen embargo, atacada polo insomnio, ergueuse e asomou á fiestra. Sentiuse núa na metade da nada, como un monicreque movido por fíos imaxinarios dos que descoñecía o manipulador.

A escuridade devolveulle a súa sombra máis soa ca nunca. Quixo chorar e non puido. A chegada do día buliu como nunca e antes de que o galo cantase estaban xa camiño de Coímbra. As emocións vividas derrotáranas e só desexaban chegar á casa. Rosa deixouna nun lugar abondo afastado e deulle a última recomendación.

—Non digas nada a ninguén, Filipa, a ninguén. Non te fíes de nada. Adeus.

O vehículo desapareceu velozmente e a moza viuse como vintecatro horas antes: soa no medio da cidade. Sen embargo, os acontecementos acugulábanse na súa cabeza sen orde nin concerto. Quería pecharse no seu cuarto e respirar tranquila. Cando finalmente abriu a porta topou algo que non agardaba: catro maletas na entrada e o seu pai fumando un cigarro na sala.

Rui Rodrigues non volvera prender un pito dende a morte de Inés e Filipa soubo de inmediato que algo grave acontecera na súa ausencia. Así foi. O día anterior, o home tivera unha arroutada de devoción paternal e decidira tomar a tarde libre para pasar a xornada de descanso en San Pedro de Moel coa súa nai e a súa filla. Nada máis aparcar o coche na eira da casa natal e ver o rostro de sorpresa de dona Leonor soubo que tal vez estaba a descubrir algo que non lle gustase en absoluto. A súa nai confirmoulle que, efectivamente, Filipa non pasara por alí. A medida que as horas pasaban e a noite entraba, a anciá viuse na obriga de tranquilizar dalgunha maneira ó seu fillo. Pero o que lle dixo non fixo máis que preocupalo. Contoulle unha historia incompleta dun encontro de verán cun rapaz e, xa se sabe, apuntaba dona Leonor, estas cousas de cativos... Malia que suavizou o relato como puido, só acrecentou o seu malestar. Rui Rodrigues sentiuse absolutamente traizoado e decidiu volver a Coímbra por ver se a rapaza regresaba. Por riba do seu enfado estaba a preocupación polo paradoiro de Filipa.

Ó chegar á cidade e descubrir que aínda faltaba decidiu facer algunhas chamadas telefónicas. Marcou os números de antigos coñecidos da súa filla pero todo o que puido oír foron evasivas e silencios rotos. Só un, un vello pretendente da pequena, se atreveu a contestar, con máis vinganza que afán informativo, que «seguro que está onde non a chaman nin a chamaron nunca. A súa filla debe estar metida nunha boa lea. Víaselle vir».

Rui comezou a remexer polas cousas de Filipa con intención de topar unha pista que confirmase tantas palabras especuladoras que non agoiraban nada bo. Entón chamou o Veloso, un dos seus máis fieis socios, para advertilo de que a PIDE/DGS estaba a facer preguntas sobre os seus negocios e contactos da filla. Rui non necesitou saber máis e preparou as maletas. Había que saír de Portugal. Escoitara falar de persecucións, torturas, confesións e interrogatorios crueis. Nunca lle preocuparan porque nunca sentira que fose algo que lle puidese afectar. Non podía crer que daquela un dos seus fose o sospeitoso.

A tarefa levoulle un par de horas. Malia o que puidese prever resultoulle un traballo máis aliviante ca doloroso. Rui non sabía ben as ganas que tiña de abandonar aquela casa, aquela cidade, aquel país, ata que a oportunidade lle veu servida en bandexa.

—Inesiña –suspirou Rui Rodrigues fitando unha fotografía enmarcada da súa muller morta–, supoño que tería que marchar antes da sombra dos teus recordos. Espero que non sexa demasiado tarde.

Para Rui, Inés seguía a ser o primeiro e o derradeiro pensamento de cada día. A ela dedicáballe antes de se deitar un diario falado con todas as súas cavilacións das horas de sol e, cada amencer, ó abrir os ollos, regalàballe todos os soños da noite. O exilio físico que iniciaba non había borrar as pegadas do exilio espiritual que o anegaba dende que ela marchara.

—Cómo puidemos estar tan cegos, Inés, tan cegos. En qué se nos converteu a nena...

O home non deixaba de cismar nas mentiras e medias verdades nas que vivira enganado durante os últimos anos namentres rachaba, con cada caixa que almacenaba, un pouquiño máis a presencia de Inés que impregnaba todos os recunchos da casa e da súa existencia. Cando Filipa volvese habían estar preparados para a fuxida. Asumiuno con tanta naturalidade que parecía estar sometido ós efectos dalgunha droga alucinóxena.

As horas peneiráronse unhas ás outras zarrapicando a borralla da desesperación do Rui polas lousas. Chegou a pensar que a súa filla decidira abandonalo para sempre e non se sentiu con azos para sobrevivir a esa noticia. Mais Filipa regresou. A porta renxeu a modiño e ela apareceu no medio e medio da penumbra como unha santa nun altar. Rui Rodrigues viuna delgada e o negro das cuncas dos ollos deixaba entrever as inquedanzas das horas sen sono. Filipa quedou calada uns minutos observando aterrorizada ó seu redor. Todas as súas cousas estaban empaquetadas polo corredor. As súas cartas, os seus libros, a sua roupa, as súas bonecas... Todo o que se mantiña como recordos dun pasado fitábaa dende as caixas amosándolle que acababan de sentenciar un punto e final.

O rostro amoucado e á vez tranquilo do seu pai tronzoulle o corazón. O silencio deu paso a unha ducia de desculpas atropeladas de ónde estivera e qué fixera durante a súa ausencia. Ninguén llo preguntara. Rui ergueuse da cadeira, achegouse á filla e deulle unha aperta que a obrigou a calar. Sóubose descuberta e sentiu a humillación absoluta de quen se recoñece collida de cheo dunha mentira. Calou nun intento inútil de restarlle importancia, coma se dunha falcatruada infantil se tratase. Pero os dous sabían que as xogadelas inocentes estaban ben lonxe dos feitos que os ocupaban.

—Filipa, marchamos. Mira no teu cuarto e escolle nas caixas aquilo que queiras levar.

—Pero papá...

—Filipa, tes dez minutos. Fai o que che digo. O resto queimarémolo.

A rapaza buscou a caixa das cartas de Dinís e respirou aliviada ó saber que o seu pai non as revisara. Fora o único. Sentiuse totalmente espida e tivo un desexo fondo de chorar. Pero aturou. Subiron ó coche e tomaron camiño do sur. Ó chegaren a Leiría, o seu pai colleu a estrada nacional para Marinha Grande e Filipa suspirou. Ían a San Pedro de Moel, onda dona Leonor. A avoa saíulles ó encontro. Tentou advertir á neta coa mirada de que algo se cocía, pero non foi quen de darllo a entender. Entraron á cociña e Rui chamou tamén a Constanza.

—Mamá, vímonos despedir. Marchamos ó Brasil.

Dona Leonor sentiu que o corazón lle bailaba unha samba esguizada no medio do peito. Tívose que apoiar en Constanza para non caer co susto. Brasil, outra vez Brasil lle arrincaba un cacho da súa vida. Non entendía nada, ou pretendía non entender porque, no fondo de si, agardaba un desenlace fatal dende había tempo. A rebeldía da neta non podía ficar impune ós ollos do réxime e, finalmente, descubriríase a verdade.

—Mamá –repetiu Rui ante a mirada atónita de Filipa–, debemos saír de Portugal. Os pides preguntaron por Filipa. Estana buscando.

Dona Leonor non chegou a escoitar a explicación. Brasil..., soáballe coma un pesadelo, sabía que era fábula de ida sen volta, sentencia dramática dunha despedida definitiva. As engurras e as bágoas sacharon aínda máis a súa cara octoxenaria ata convertela nunha meniña de berce desconsolada. Filipa permanecía abraiada á súa beira sen saber se escapar correndo ou morrer ou qué facer. Brasil, a PIDE/DGS... Aquilo tiña que ser unha chanza do pai, unha vinganza pola súa fuxida..., sinxelamente, non podía ser. Ó momento arrepentiuse do último pensamento: o seu pai non sería nunca capaz de inventar algo así só por danala... Tiña que haber outra explicación. Transcorreron minutos de silencio tráxico. Cadaquén tecía as consecuencias propias daquela decisión abismal ata que Rui indicou que había que marchar xa. Caía a tarde.

—Mamá, perda coidado. Isto será só ata que todo se aclare. Volveremos pronto a Portugal. Xúrollo, mamá, habemos volver.

Rui xurou, aínda que sabía que non era certo, pero pareceulle unha mentira piadosa que aliviaría o sufrimento da despedida. Sabía que non a volvería ver, por iso lle deu un bico profundo, unha aperta na que deixou un cacho da alma e saíu. Necesitaba tomar o aire mareiro de San Pedro de Moel por, presentía, derradeira vez.

Filipa chorou e besbelloulle un cento de cousas á avoa. Díxolle avoa, que me levan, avoa que marcho, aténdeme a Dinís, dille que volverei, prométeme que vivirás ata que volva, prométemo Leonor, prométeme que vivirás. Dona Leonor enfermou aquela tarde de pena, unha pena fonda e de cor amarela estridente pola ausencia da única familia que tivera. Sentiu que, con golpes pequenos pero persistentes, a morte chamaba ás portas do seu corpo. Sorriu e quitoulle importancia ante a neta.

—Vaites, vaites, Filipa, que non é para tanto. Din que te buscan pero non ha ser máis que para asustar. En menos que cante un galo estarás aquí.

Dona Leonor pechou a porta e deixounos marchar. Foi entón cando Constanza a viu chorar por primeira vez en oitenta anos. Tamén Constanza morreu un pouco con ela aquel día.

Para sorpresa de Filipa, saíron da Marinha Grande camiño do norte. A moza pensaba que tomarían un barco en Lisboa para deixaren o país.

—¿Vasme contar algo, papá? –As palabras de Filipa soaron como un trallazo e ó propio Rui collérono por sorpresa. Os camións non cesaban de cruzarse violentamente pola estrada. El reaccionou serenamente.

—Supoño que es ti a que máis ten que contarme.

—É unha historia ben longa. Quero saber a ónde imos e por qué.

—Filipa, descubríronte, tanto as actividades clandestinas na Universidade, como a pertenza ó partido comunista, como esa visita tola a Peniche. Sábeno todo, tanto que nin os meus contactos poden salvarnos desta. A quén se lle ocorre, Peniche, Filipa, Peniche... Hai que saír de aquí. Imos ó Brasil onde eu atenderei ós negocios da compañía alá ata que as augas do río retornen ó seu leito natural. Corres perigo acó, miña filla. Non queda máis remedio ca fuxir. En Santiago de Compostela tomaremos un avión. Non te aflixas. Axiña conseguiremos regresar a Portugal, á nosa patria –Rui Rodrigues enguliu saliva con dor– Portugal.

Filipa sentiu que un nó lle rodeaba a caluga. Non podía ser verdade. Pensou en Dinís, en Rosa, en Alberte, en Lois, en todos os compañeiros da resistencia... ¿Que sería deles? Sobre todo, pensou en Dinís, no moito que o quería e cómo sobreviviría sen el. Por diante da cristaleira do coche, polo retrovisor e pola fiestra viu imaxes poliédricas dunha patria que se lle escapaba. Viu Coímbra, Figueira da Foz, Porto, Valença e viuse a si mesma, o seu propio rostro lívido reflectido nos vidros.

Pasaron a alfándega sorprendentemente sen problemas. A presencia dun posto da GNR quitoulle por un momento a respiración pero as artes oratorias do seu pai conseguiron que o seu camiño continuase sen interrupción. Xa en Galicia, Filipa non soubo se respirar aliviada ou chorar. Sabía cándo saía pero non cándo volvería e a saudade formigoulle xa no corazón a só un quilómetro da fronteira. Era a primeira vez que abandonaba Portugal. Sentiu que, de veras, acababan de lle secuestrar o país, a razón de vivir, a si mesma. Ela, Filipa, quedaba ancorada ó fondo dos mares de San Pedro de Moel.

Rui conducía sen afastar a mirada do volante imbuído nos seus propios pensamentos e despedidas. As autoridades franquistas non lles puxeran, por sorte, ningún problema. Poallaba en Galicia e o frenético compás do limpaparabrisas abaneáballe a imaxe de coches que se cruzaban e fuxían polo retrovisor camiño de ningures. Tamén el temía non regresar. Filipa rachou entón o silencio e non pararía de falar ata pisar xa Río de Xaneiro.

—Papá, namorei de Dinís. Nunca che dixen nin expliquei, pero non sei se poderei vivir sen el. Alomenos, sobrevivir.

Relatoulle polo miúdo todo, ou case todo, canto vivira e sentira. Levoulle horas, durante as que Rui non dixo nin chío. Ó rematar, logo dunha intensa viaxe transatlántica, Filipa sentiu un inmenso alivio no peito. Rui, malia os sentimentos encontrados sentiu que a quería máis que nunca.O valor da súa filla deixárao abraiado, a pesar de que non podía compartilo. Río de Xaneiro estoupoulles coa súa humidade cálida no fociño como benvida e o balbordo de chegada fíxolles esquecer durante un tempo de qué fuxían.

21

A tortura, o desconcerto

Dinís estaba canso, terriblemente canso. Non sabía cánto tempo levaba alí, nin ónde estaba nin por qué. A imaxe borrosa de Filipa a través do cristal do parladoiro non axudaba nada. Dubidaba se estaba a perder o xuízo ou se a dor lle provocara alucinacións pero, con todo, quixo gardar a súa visión na faltriqueira dos sentimentos máis profundos, no sotarrego do seu hipocampo. Por se fose certa e realmente ela conseguira chegar ata alí para velo. Angustiábao pensar ónde estaría ela en cada instante que pasaba. Por momentos pasou como unha estadea por riba da súa cabeza o terror a que aquilo non acabase nunca. Sen embargo, o peor, o peor éralle a sementeira de dúbidas esparexida polo morteiro da súa desesperación. Pensou nos compañeiros da revolta. Pensou na súa nai. Pensou en Miguel da Silva. Pensou en Filipa. Pensou en si mesmo. Mirouse o corpo cheo de lamentacións que lle aturuxaban dende as pernas, as mans, os pés, o peito. Hematomas de sangue coagulado que o espreitaban como ollos abertos no medio da noite do seu pesar. Proíalle cada centímetro de carne e alomenos media ducia de ósos rotos craváballe as súas estelas nos dedos das mans e dos pés. Preguntábase Dinís se existía límite para a dor. De habelo –cismaba– el sobrepasárao. Co paso do tempo aprendería que, antes do estadio da morte permanecen outros limbos e outros infernos que non teñen nada que envexar ós agoirados para as cavernas de Lucifer. Contaría por ducias, centos, as veces que desexou estar morto e non se atreveu a pór un punto e final a aquela tortura. Por se acaso. A ver qué acontecería mañá. É probable que o seu mañá chegase demasiado tarde porque o verdadeiro Dinís finara xa no abismo incomensurable da tortura.

Cántos andamios demoníacos pode un pisar facendo malabares co propio siso. Cántas incertezas é un capaz de superar sen perder a dimensión de si mesmo. Cánto silencio resulta posible aturar sen enxordecer os miolos coa súa monótona cadencia ó ritmo da respiración. Cánta nada –matinaba Dinís– pode enchoupar as horas sen levar a razón por diante e converter a un home en espantallo inútil. Os pensamentos que nos primeiros días se cruzaran fugaces na súa cabeza, contradictorios, atropelados, farturentos e efémeros deixaron paso a unha branca nada. O rapaz descubriu que é posible non ter nada no cerebro durante longos minutos, incluso horas. Chegou a tal grao de concentración que perdeu a noción de si mesmo. Non era el, Dinís: era un paxaro, unha onda, un chicharro, calquera cousa, vento, auga, lume, aire... A penas unha faísca no medio dun deserto de xabre; era palla e centeo a mancheas nunha leira sen horizonte; era trebón, unha cadea de nubes anoada por riba do cumio do tempo; era liño e algodón; era caza maior nas colonias e moucho do Gerês; era algo choroso e sorrinte... Era morralla dunha persoa reducida a po naquel tugurio inchado de hematomas. Non sabía qué cavilar, nin cómo sentar, nin qué ollar para acalar aquel desacougo crecente. Procuraba non mirar o corpo para non se asustar ante tanta mazadura e pensou que, probablemente, aquilo non curase nunca. O calabozo illado medía escasos metros nos que cabía un catre, unha mesa, unha cadeira, un lavabo e un caldeiro para defecar. Naqueles metros que se facían centímetros, Dinís, preso número vinteún, permaneceu soterrado en vida durante case cen días.

A xornada noventa e nove o recluso xurouse por Filipa que ata aí chegara. Decidiu morrer coa primeira luzada do sol, unha sentencia irrevogable que pretendía deter aquel rosario de doas sangrantes. Malia pasar tantos días a soas, aquela noite non pegou ollo. Precisaba despedirse de si mesmo, daquel que un día respirara no seu corpo entón a piques de ser convertido en xantar de vermes. Díxose Dinís un cento de cousas, riu e chorou cos seus propios recordos, con aquelas lerias e ilusións que nalgún momento aniñaran na súa cabeza. Durante a velada da noite número noventa e nove en Peniche amouse Dinís e odiouse a partes iguais, gabouse e arrepentiuse de todo a medias e sorriu sen querer por tanta fantasía que envolvese os seus arroutos xuvenís. Pasaron por diante da súa conciencia todos os personaxes que adobiaran os seus vinteoito anos de existencia. Isaura dende o berce á posguerra colonial; a señora Carme e a memoria dos pasteis de nata no padal; André e o seu afán inventor; Raúl Guimarães arengando na fábrica e no Pinhal do Rei no medio do incendio; os centos de sargos e robalos que lle comeran no anzol; Miguel da Silva caendo morto en Mozambique e o sorriso de Aaial; o pai que non coñecera; dona Leonor e as clases de escrita e Filipa, sempre Filipa. De todos eles se despediu Dinís aquela noite, con eles riu e choromicou nas horas previas á execución inminente da súa propia sentencia. O recordo de cada un encadeouse ó outro como elos fantásticos e todos foron desaparecendo agás un que se negaba a marchar. A cara e o corpo de Filipa repetíanse unha e outra vez, unha e outra vez coa cadencia do péndulo martelándolle a cabeza. Dubidou apostolicamente tres veces e as tres veces se ratificou na súa decisión. Parecía que quería romper o día e as súas lembranzas llo impedían. Esgotado pola lideira coas pantasmas da mente, Dinís ficou durmido xusto antes de que o sol despuntase no horizonte.

Espertou desconcertado varias horas máis tarde cun oficial ó seu carón. Non sabía ben ónde estaba. Dubidaba se chegara a se matar e aquel home formaba parte do persoal do limbo dos finados, encargado da admisión de novos inquilinos ó alpendre do reino dos orcos. Pero estaba vivo e ben vivo, alomenos a auga que lle botaron enriba estaba xeada e mollárao de pé e perna. Con indicacións confusas ordenáronlle saír da cela e, por primeira vez en meses, Dinís viu de cheo a luz do día.

Foi o inicio dunha nova vida na prisión, un punto e seguido a unha reclusión que distaba moito do que el proxectara naquela longa noite de pedra acompañado pola tea de araña traizoeira da súa memoria. Co tempo el, que non era crente nin nada que se lle amitase, chegaría a pensar que o que o salvara aquel amencer non fora nin o sono nin os recordos, senón un milagre, un auténtico milagre. Nun penal como aquel era necesario crer niso –xustificábase Dinís ante a súa condescendencia ó divino– para poder sobrevivir. Rematara o seu período de illamento e a convivencia cos outros presos devolveulle a noción da súa reclusión, e tamén as ganas de seguir e superar aquela pena que lle zugaba o sangue.

Levárono aquel día por corredores que non recordaba, unha sorte de labirinto branco que había saber repetir centímetro a centímetro logo de moitos anos. Os dous carcereiros atárono ben forte polos pulsos e, con empurróns, fóronlle indicando o camiño a seguir. Todo para Dinís era novo e estaba cheo de brillos luminosos que o cegaban. Acabaron o seu roteiro perante unha porta branca. Un dos homes fracos e de bigote xelatinoso petou coidadosamente e, ante un abrupto «¡vai!» asomou o nariz. A continuación, ordenoulle pasar. Un home gordo e suorento de ricto severo a penas ergueu a ollada do informe que estaba a ler por riba duns lentes máis pequenos cás cuncas dos seus ollos.

—Dinís.

Unha man sentouno bruscamente nunha cadeira fixa ó chan.

—Non haberá xuízo, debes sabelo. A túa implicación nos feitos dos que se te acusa é sobradamente demostrada, así que permanecerás recluído tanto tempo como consideremos necesario. As normas da prisión iralas aprendendo e o resto non che importa.

A mesma man que o sentara, ergueuno e moveuno de novo cara á porta. Daquela, Dinís espabilou e virouse de novo contra o seu interlocutor.

—Señor, desculpe o atrevemento, ¿pódeme dicir onde estou?

O rostro do home gordo exaltouse de repente. Parecía indignado.

—¡Que onde estás! ¡Na cadea, fillo de puta, na cadea! ¿Onde pensabas que estabas? ¿Que pasa? ¿Que os subversivos só entendedes de revolución e non sabedes ónde ides dar cando, inevitablemente, fracasades? Levádeo de aquí. Rápido, antes de que me amole máis este fillo de puta.

Dinís saíu de alí practicamente polo aire e guiárono de novo polos corredores brancos. Un dos carcereiros besbelloulle á orella:

—¡Pero como se che ocorre rirte do director o primeiro día, cabrón! –Dinís non sabía se o seu ton era familiar ou aleccionador.

Ante a estupefacción dos homes, o rapaz reiterou:

—É que non sei ónde estou.

Un dos gardas, o máis novo, mirouno con escepticismo pero, ó ver o seu desconcerto, tal vez se convenceu de que era certo o que dicía e respondeulle polo baixiño:

—Estás en Peniche, recluso, un dos cárceres de alta seguridade para presos políticos.

—Pero, ¿onde queda isto? ¿Estou moi lonxe da casa? ¿Estou moi lonxe de San Pedro de Moel, da Marinha Grande..., da casa?

Os soldados miráronse abraiados.

—¿Como é posible que non saibas...? Estás, a uns oitenta quilómetros da Marinha Grande.

Dinís sobresaltouse:

—Demasiado lonxe –suspirou–, demasiado lonxe.

Os homes devolvérono á cela e Dinís sentiu un forte ataque de ansiedade.

—Por favor, non me pechen aí de novo, por favor, pídanme o que queiran, pero non me deixen só outra vez. Non aturarei tantos días illado, por favor, por misericordia, non me deixen.

O máis novo volveu ser o primeiro en contestar.

—Pois non che queda nada, rapaz, non che queda nada. E pechou a porta deixando tras si un tinguileo de chaves pendurado na ingravidez do silencio.

Dinís sentiuse só de novo e temeu non ser capaz de sobrevivir. O episodio co director turbárao e a súa imaxe cruel quedaríalle gravada. A última vez que o vería sería namentres o insultaba unha multitude enfurecida anos despois como vinganza do pobo por tanta violencia. En dúas horas, Dinís volveu escoitar ruídos no corredor. O garda mociño sacouno de alí.

—Anda, sae, hoxe comerás cos outros presos. Non podo permitir que fagas ningunha burrada e véxote moi capaz. Anda, e non me metas en lideiras.

Algúns, só algúns, dos traballadores da prisión habían valer polos presos en circunstancias ben adversas e serían mesmo cómplices das súas folgas, as súas demandas e as súas fuxidas. Saberíao Dinís moito tempo despois pero aquel día, cando o soldado mociño lle abriu as portas, xa intuíu que tamén dentro do cárcere había persoas e persoas.

O rapaz sentiu a chamada dunha campá e ruído de cubertos metálicos non moi lonxe. Ó abrirse a porta do comedor viu unha ducia de clónicos de si mesmo sentados arredor da mesa. Levaban o mesmo uniforme, as mesmas botas e o mesmo rostro cadavérico como vestimenta de toda a súa desesperación. Un rexoubeo acompañou a súa entrada na estancia e o Raúl Guimarães botóuselle enriba sen máis preámbulo nin protocolo. A punto estivo de lles custar o illamento de novo.

—Camarada, estás ben, camarada...

Dinís non sabía se era Raúl Guimarães ou alguén que se lle amitaba moito.

—Dinís...

A aquel home chucháranlle a carne e o sangue todo. Parecía un esqueleto cuberto de pelexos pálidos e morados.

—Dinís, son eu, Raúl. Dinís son eu... Dinís...

A emoción de ver a un amigo naquel inferno derrubárao nos primeiros instantes. Deulle unha aperta durísima e ficou desconsolado nos seus brazos. Sentaron a xantar. Dinís sentíase o centro de atención daquel grupúsculo de presos grises que logo non o serían tanto. Raúl faloulle baixiño a un ritmo desorbitado.

—Dinís ¿que tes? Tes que aturar, Dinís, tes que aturar. Fracasamos, pero a loita continúa, non te deixes matar, Dinís, non te deixes matar.

O rapaz sentía cómo as bagullas goteaban no guiso fumegante do prato metálico.

—Raúl, ti non me dixeches, non me dixeches...

—Dinís, non fagas iso, Dinís non chores. Hai xente que leva aquí moito máis tempo ca ti e mais eu estaremos nunca. Tes que ser forte, Dinís, tes que ser forte. Pensa na túa nai, Dinís, pensa nela... Resiste.

O rapaz sentiuse azorado ó verse caer coma un neniño. A vergoña turbouno ante aqueles homes que a ben seguro estaban a se rir del. Pero ó erguer os ollos só atopou rostros de conforto e compaixón. Un home ó que non coñecía entón ergueuse, púxolle a man no ombro e díxolle.

—Chora todo o que teñas que chorar, camarada. Todos fixemos o mesmo cando caemos. Non chores só por ti, faino tamén por Portugal. Desafoga agora pero érguete, a loita continúa.

Dinís pensaba entón quén sería aquel desequilibrado que lle viña con arengas cando el era un fracasado, preso e sen ánimos de nada. Logo comprendería.

22

O universo pechado da prisión

Primeiro foi a dor pola tortura física. Primeiro, o sufrimento, segundo foi o desconcerto. Primeiro os hematomas, segundo a inquedanza, terceiro a ansiedade. Primeiro os golpes, segundo o desasosego, terceiro o nerviosismo, cuarto a incertidume. Primeiro os negróns, segundo a sorpresa, terceiro a hiperventilación, cuarto a dúbida, quinto a autocompaixón.

Os estados de ánimo cosíanse con antepunto fino os uns ós outros. Complementarios e ás veces contradictorios, eran sentimentos á fin e ó cabo que o asaltaban nas horas de reclusión e lle lembraban que seguía a ser un home. Nos anos que permanecería confinado entre catros muros bordaría un tecido de ducias, mesmo centos de latexos amargos e ilusionantes. Dinís tecería o pano cruel da súa mocidade castigada con agulla de remorsos e fío de bágoas. Só en ocasións empregou a alferga da indiferencia para evitar sufrir cos ganduxos.

O contacto cos outros presos salvouno da morte en vida. Tal vez por iso no tempo que duraría encadeado nunca vulnerou, que se soubese, ningunha das estrictas regras de comportamento. Sabía que non podería soportar de novo o silencio branco da cela illada. Os días que nun primeiro tempo se debullaran dolorosamente empezaron a escapar do calendario. E as vintecatro horas comezaron a ser tales e non un montón de minutos amoreados onde a noite se confundía co día. Dinís sobrepúxose ó seu propio terror.

A prisión adiviñábase ben grande aínda que non soubese dos seus límites. As conversas axudárono a construír as dimensións do receptáculo de pedra. A fortaleza de Peniche, disque, era un istmo de terra pegado ó continente por un regueiro de xabre. Vila de pescadores e cativos dende antano, no recinto amurallado houbera disidentes da monarquía, pretendidos sabotadores da coroa, defensores acérrimos dos reis lusos e, daquela, presos políticos do réxime autárquico. Daquela, a finais dos anos sesenta, contaba con tres pavillóns de alta seguridade entre os que repartían o cento de presos. O pavillón A dispuña de dous pisos de salas colectivas; o B de tres pisos de catro celas individuais cada un e o C, un primeiro e segundo andar de salas colectivas e o terceiro de celas individuais. Dinís permanecera recluído os primeiros tres meses do que denominaban réxime de observación nunha cela illada e pechada por unha porta de chapa cun «ollo de xudas» no que era espreitado polo garda. Pasado ese período transitorio, levárono a unha cela individual do pavillón C cun frontal de barras metálicas tras das que se colocaba o garda impedindo así toda privacidade.

Os monólogos dos outros reclusos servíanlle a Dinís para comprender a súa situación. Sempre eran anacos de palabras, pintiñas de aquí e de aló, sílabas soltas e frases non acabadas que el reconstruía no seu maxín. Os presos tiñan permiso para falaren o mínimo posible. O xusto para saúdos corteses e pouco máis, xa que calquera podía ser sospeitoso de intento de rebelión. Xa o fixeran antes e os carcereiros non estaban dispostos a que pasase de novo.

As normas abrandáranse nos últimos anos na cadea. Contáranlle a Dinís de cando os presos dos tres pavillóns estaban incomunicados entre si; da carne podre servida no rancho; dos castigos sen visitas de familiares; das ratas; das torturas da *Casa da água*..., do inferno daquel lugar afastado do mundo. As melloras parecían só unha maquillaxe externa a unha vixilancia constante pero, para os homes que levaban alí décadas, a situación actual era un alivio á dor que antes fora. Todos os logros tiveran o alto prezo do traballo arreo e o sufrimento de moitos deles. As sucesivas folgas de fame, a *greve da vassoura* do 35 pola falta de limpeza da prisión e, sobre todo, as coñecidas *gritarias* do ano 64 fixeran que Caetano forzase certos mínimos para os presos a fin de calar as denuncias. Ese ano de 1964, e por mor de revoltas noutras prisións do país, os encarcerados viviran un período de dous meses de castigo que incluía o recorte das visitas e da recepción de comida e roupa lavada. Acumulábanse os alimentos podres e os sacos de roupa sucia dentro dos muros sen que ninguén quixese pór punto e fin a aquela situación. Esta veu da man dos propios presos. Durante a noite, de catro en catro horas a partir das nove todos os reclusos gritaban ó unísono «¡Temos fame, queremos comer, queremos visitas!» Daquela eran máis de cen homes e a acción tiña moita forza moral. Ó pouco tempo uníraselles moita da poboación de Peniche e as *gritarias* colectivas escoitáranse mesmo na vila veciña de Atouguia da Balea. As represalias fóra e dentro, con familiares detidos e presos torturados, non evitaran que, efectivamente, as condicións de vida en Peniche melloraran un pouquichiño.

Dinís oía aterrado as historias da cadea. Os reclusos non baixaban a garda. Non facía falta explicarlles que non había que demostrar nada para confinalos no baluarte redondo e outras células de castigo onde a soa idea do silencio asustaba a Dinís máis que calquera outra tortura. Pero a todo se aprende e os xestos cómplices axiña substituíron ás verbas acusadoras.

O tempo en compaña medrou substancialmente nos seguintes meses para alivio de Dinís. O carcereiro novo apiadárase definitivamente del e afrouxara a piola da pena que Dinís sentía permanentemente anoada no gañoto. Durante escasos minutos ó día o rapaz estendía a súa alma nas baldosas do comedor e enchía o peito de azos anovados. Abondáballe con velos. Soubo entón, entre sopas e peixe do rancho nauseabundo, que as dúas ducias de homes encarcerados cumprían penas eternas e todos eles respondían a unha acusación tan etérea como consistente: atentado contra a patria portuguesa. Excepto dous mozos que asasinaran a catro oficiais da GNR nun asalto ó banco central en Lisboa, os demais foran castigados por delictos sen sangue: redacción de panfletos, participación en xuntanzas clandestinas ou, como Raúl e Dinís, por argallaren tentativas de sublevación que quedaran en nada. Nada –pensaba Dinís– que xustificase aquela violación dos dereitos fundamentais da persoa.

Había no ano 1968 en Peniche mozos afiliados á Federação das Juventudes Comunistas Portugesas, anarquistas, republicanos, socialistas e simples disidentes do réxime fascista. Eran obreiros de fábrica, ferroviarios, traballadores agrícolas do sur, estudiantes, empregados de servicios, algúns militares e intelectuais. Homes de distintas idades confinados naquel lugar lonxe de Lisboa e do Porto, lonxe do Alentejo e Ribatejo, lonxe dos focos operarios da marxe sur do Texo, de modo que os sufrimentos dos condenados, orixinais destas rexións na súa maior parte, non podían ser aliviados con visitas de familiares. Peniche: a fin do mundo estaba naquel punto, o máis occidental do desangrado país lusitano.

Naquela lenta sucesión de monotonías, Dinís aprendeu a valorar as escasas emocións de cada día. Unha das súas mellores descubertas dos primeiros tempos foi a visita ó patio da cisterna.

Aprendeu de memoria o camiño entre labirínticos corredores que levaba da súa célula do piso tres no pavillón C ó patio exterior. Era pequeno, con pavimento estirado como branquias asfixiantes cara ó ceo e esquinas trapezoides que facilitaban os pasos asimétricos. O regulamento da prisión impedía aquí as conversas entre os presos que, durante escasos minutos ó día, daban paseos en círculos concéntricos con intención de desenferruxaren as articulacións. Dinís aproveitaba o tempo ó aire libre para observalos con detemento e deixarse embebedar polo cheiro a algas e polos raios do primeiro sol do ano. Escorregaba xaneiro, segundo lle dixeran, pola congostra do almanaque anual e as nubes deixaban coar algunha raiola por entre as súas tebras omnipresentes.

As primeiras semanas que Dinís visitou o patio sentiuse renacer. Oía as gaivotas palicando por riba das súas cabezas e mais o ruído do océano que os abrazaba nos trescentos sesenta graos ó redor. Mesmo se afixo axiña ó rosmar húmido da auga doce da cisterna que abastecía a fortaleza e se refregaba coma unha besta sarnosa nas columnas e murallas de pedra de abaixo dos seus pés. Unha vez á semana, os oficiais dábanlles un caldeiro de auga para se lavar á intemperie do inverno. Dinís non sentía as mans nin os pés. Ía tanto frío que pensaba que non sobreviviría a aqueles minutos espido. Con todo, o que máis o aterecía era o inhumano daquela situación na que uns carcereiros de ollada lasciva observaban minuciosamente como os presos máis novos se lavaban tentando eliminar toda a porcallada da súa condición escrava de enriba.

Dinís sobreviviu ó frío daquel inverno de 1969 cheo de angustia e contradiccións. Tal vez a súa descuberta máis impactante fose a das propias necesidades físicas, cómo o corpo lle pedía contacto con outro corpo. Como desafogo, como frustración, como fuxida. A primeira vez que mirou olladas e movementos sospeitosos nos baños comúns trasladou a súa inquedanza ó Raúl G. Este respondeulle cun encontro que quixo desconcertalo pero non logrou máis que acalar un desexo oculto baixo a sutil ramaxe do seu decoro. Primeiro, o desconcerto. Primeiro, sorpresa; segundo, culpabilidade. Primeiro confusión, segundo repulsa, terceiro liberación. Nunca xamais levaron ás palabras o desafogo que escapaba cos seus líquidos máis íntimos e os corpo a corpo sucederíanse ó longo de toda a súa estadía na prisión. Raúl G. e Dinís serían cómplices ata a morte nas súas máis consistentes miserias.

Na primavera, a chegada da caloriña e o medre paulatino dos días animaron a Dinís se cabe máis do que sería oportuno. Soñou que a súa liberdade crecía tamén e, sen embargo, a situación non lle pareceu senón empeorar. En realidade, nada foi a peor naquel estado monótono pero as súas expectativas non se cumpriron e tal vez ese constituíse o máis cruel fracaso. O seu estado de ánimo seguía a oscilar como un péndulo amargo do optimismo ó máis absoluto desánimo. Dinís soñaba que sería capaz, pero cada día resultaba unha confirmación máis da súa derrota particular. Enchía horas con pensamentos abrazados á intención de crer en algo: no futuro, en si mesmo, en que alguén o sacase de alí..., e ese momento non daba chegado. A partir de marzo permitíronlle escribir cartas e velaquí un novo movemento da agulla sentimental cara ó abeiro positivo. Dinís pensou por enésima vez se se estaría a volver tolo.

A primeira carta foi para Isaura. A segunda carta foi para Filipa. As dúas misivas levaban o enderezo de dona Leonor, viúva de Rodrigues en San Pedro de Moel. O fillo díxolle á súa nai que estaba ben, tranquilo e xuroulle que sairía axiña. O mozo díxolle á namorada que non a esquecía e que aturase o que fixese falta porque sairía, non sabía cándo, pero sairía axiña. Evidentemente, ningunha das dúas cartas chegou ó seu destino. Oficiais da PIDE/DGS encargáronse de examinar concienciudamente todas e cada unha das letras na procura de mensaxes codificadas. Non había nada diso pero, a pesar de todo, quedaron comisadas co fin de investigar a identidade dos destinatarios. Dinís non o soubo daquela e seguiu escribindo cartas ata que a prisión lle abriu as portas. Isto non sería ata moitos anos despois.

Antes, e por sucesivas e intermitentes ocasións, forzárono a visitar o local que os presos coñecían por Casa de

Campo, en memoria dos patriotas da Guerra Civil en España. Era un dos calabozos onde se executaban as torturas. Nun deles, no que había por debaixo das escaleiras, alguén escribira a frase «*não confesses hoje, confessa amanhã*» que, como non tiña data, quería dicir ¡non fales! Dinís espetara a ollada naquela sentencia nas ducias de veces que foi recluído alí ó longo da súa estadía no penal. Non sabería dicir cántos minutos permaneceu sometido ás máis humillantes torturas. Déronlle azoutes, rompéronlle varios dedos dos pés e das mans, cruzáronlle a cara a labazadas, fixéronlle cortes na cara e nas extremidades cun cristal, impedíronlle durmir durante varios días consecutivos... El non confesou nada durante os cruentos interrogatorios. Non o fixo por salvar a ninguén, senón porque non había realmente nada que contar. O silencio custoulle hematomas que, como os ocasionados na guerra en Mozambique, habían desaparecer co tempo do atlas da pel, pero nunca da alma.

23

Cartas de alenmar

Isaura recibiu a primeira carta en abril de 1969. Era a terceira escrita por Dinís. Aquela mañá petaran na porta ben cedo. Cando abriu, topou a Constanza cos ollos enormemente abertos.

—Bos días, Constanza, ¿quería algo?

—Isaura, vente á casa. Dona Leonor ten unha cousa para ti.

Isaura había tempo que perdera a esperanza e limitábase a agardar, sen emoción ningunha, a que o tempo decidise devolverlle o seu fillo. Por iso non se alterou o máis mínimo e foi trala ama de compaña ata a casa de dona Leonor. Os encontros coa vella señora foran ben frecuentes nos últimos meses, especialmente dende a marcha do fillo e mais a neta ó Brasil. A vella sentíase soa, moi soa. De cando en vez chamaba a Isaura para ir xantar con ela, para coser nos manteis ou encargarlle peixe. Era a súa maneira de dicirlle que a necesitaba, que non aturaba aquela soidade, que, coma ela, as circunstancias políticas privárana de todo canto tiña no mundo. A lectura do testamento de António uníraas para sempre.

En silencio e a cabalo entre comentarios triviais sobre o tempo e as escasas novidades da aldea e a Marinha Grande, Isaura e dona Leonor mataban as horas en compaña. O máis importante non o dicían e navegaba por baixo dos remos da súa loita porque aquilo rematase: a saudade palpable polos que faltaban e o desexo de que regresasen. Ás veces, a marea dos terrores estivo a piques de sobrepasar a liña de flotación do seu siso e estragarlles a razón. Entrambas as dúas conseguiron sobrevivir ós primeiros meses de ausencias. Dona Leonor líalle as cartas esperanzadas de Filipa dende o Brasil, só aquelas dirixidas a ela. As que enviaba para Dinís remitíallas en cuestión de horas ó rapaz ó carcere de Peniche. Aquelas misivas queimábanlle as mans e dáballe mesmo medo telas consigo. «Demasiado amor –cismaba– como para que unha vella o teña no colo tanto tempo. Calquera segundo élles ouro nas súas vidas».

Filipa dicíalle que estaban moi ben. Contáballe que o exilio se facía mesmo agradable cos petos cheos de cartos. Relatáballe que ela e o seu pai viaxaban a cotío polo país e descubría con palabras abraiadas a fermosura de terras sudamericanas. «Saben a poesía», dicía dona Leonor, pero nunca foron capaces de agochar a morriña de quen pintaba a súa firma e se descubría na mentira. Dona Leonor quería facerlle crer a Isaura que ela tamén o cría pero tampouco o conseguiu. Todos fracasaron na súa tentativa de demostrar ós seus seres queridos que sobrevivían ós sucesos que os sorprenderan no xa afastado setembro de 1968. Cando eran máis ou menos felices, sen sabelo.

Dona Leonor chegou a querer a Isaura. Tíñalle certo receo inicial por todo o que dela se dicía, sobre a paternidade de Dinís e todo iso, pero sobrepúxose ós prexuízos e aceptouna na súa casa. Ben mirado, non tiña nada que perder e si moito que gañar. A señora viu unha muller demacrada e falta de cariño; viu unha moza avellentada e sen grandes expectativas; viu unha muller que non se deixaba seducir por falsas promesas e se limitaba a agardar. Isaura demostroulle xa de primeiras que tampouco ela tiña nada que perder. Da tensa encrucillada de saúdos e palabras corteses dos encontros iniciais pasaron á comodidade de sentírense aprezadas e respectadas. Entre elas dúas estableceuse un lazo tan firme como fino que só a morte había rachar. Atrevéronse, incluso, a sorrir polas cousas miúdas que lles fornecía a cotío unha aldea de non máis de dúas ducias de veciños.

Isaura deixouse querer sen maior dificultade. Non o pensou. Estaba tan carente de agarimo que tería abrazado a unha mesma serpe só pola calor momentánea dunha aperta. Aínda que esta a afogase ó primeiro descoido. A morte do António non lle acababa de cicatrizar. A ferida botaba fóra un líquido amargo e biloso que fluía desmesuradamente co desexo do inverno e rebordaba toda a capacidade da muller de se manter serena. O río da cordura rachaba os seus leitos sen misericordia para sumila na tristura calada de quen non pode chorar de portas para fóra. A pena estaba a consumila como a couza rilla na madeira. Nos últimos meses, ó igual que o resto das víctimas das súas paixóns desbocadas, Isaura cismaba día e noite, noite e día en absurdas e hipotéticas ficcións do que podía ser e non foi e do que foi e puido ser.

Entretíñase horas e horas en enguedelladas fantasías que non a levaban a ningures pero mataban a desidia. Os paseos a través do Pinhal do Rei don Dinís facíanselle máis ben longos dun tempo acó. Isaura notaba que lle fallaban os azos da mocidade en cada pedaleo e a máis mínima axada resultaba abondo forte como para derrubala da bicicleta. «Os anos non bolen en balde –roía Isaura– e as miserias pasan factura antes ou despois.» A muller loitaba contra o tempo coa afouteza dun cérbero. Xa non era Dinís, xa non era o António... Era ela mesma.

A angustia pola chegada da vellez fíxose patente no cansazo que a sorprendía en cada viaxe á Marinha Grande. E ela non quixo velo. A chegada da menopausa resultoulle absolutamente repentina. Non porque por idade non fose consciente das súas limitacións, senón porque Isaura pasara toda unha vida desvivida polos demais sen prestarlle atención a un corpo que se lle enchía de ferruxe. Agatañou con unllas e dentes pola necesidade forzada de vivir. «As preocupacións, Isauriña, as preocupacións –susurrábaIle dona Leonor cando a vía coa mirada abraiada e perdida polas calellas do espello– tes que descansar máis. O sono nunca máis se recupera. Nunca máis volve. Nunca máis.»

Dona Leonor aplicaba a Isaura o que non podía facer ela mesma. A vellez trouxéralle a señora non só engurras e unha marcada coxeira da perna esquerda senón un insomnio tolo que a baldaba nas horas do día e lle mantiña a conciencia lúcida durante as longas horas da noite. A escuridade dáballe corpo e vida ás pantasmas que a perseguían cando o sol alumaba dende o faiado do mundo. Daquela, ela podía refugalos abrindo moito os ollos e as orellas e deixando que os sentidos matasen as supersticións dunha mente enferma. Cando a aldea durmía, non. O son do mar que rompía na ribeira servíalle á señora de arrolo. Miraba dona Leonor pola xanela e fixaba a vista no horizonte. Brasil. Nunca ninguén odiou e envexou tanto unha terra descoñecida como aquela señora octoxenaria do occidente portugués que xamais da súa aldea saíra. Imaxinaba dona Leonor un país inmenso de longas praias batidas como a súa referencia próxima de Vieira. Soñaba mulleres exuberantes e riquezas en bruto dispostas a ser explotadas. Soñaba o leito eterno do home que amara nun cemiterio cunha lápida sen flores nin visitas. Soñaba ó fillo e á neta deambulando polas rúas e fitando as mesmas marabillas que o Rui vello aprezara medio século antes. Sentiu envexa de cada lousa, cada edificio e cada árbore por telos a todos consigo. Vivos e mortos. Lonxe de si.

A morriña éralles mala compaña para a vellez. Nada no que pensar sen sentir un nó na caluga. Nada que facer agás agardar a que o tempo os devolvese antes de que a morte lles petase na porta. Isaura e dona Leonor esgotaron as bágoas todas nun lento compás de espera. A pretendida temperanza foi a súa mellor aliada naqueles tempos de terra queimada.

O día en que Constanza levou recado a Isaura de que a súa señora quería vela, a muller non se inmutou. Peixe, leña, palillos ou, simplemente, compaña. Había tempo que non se enganaban con falsas desculpas e Isaura mergullara na desesperanza ó non ter novas do seu fillo. A pena ía e viña co vento do nordés e aquel día petáralle de cheo nos cantís do corazón. Sen embargo, cando cruzou a cancela da casa de dona Leonor e a viu sorrir do outro lado da varanda, un garañón galopoulle peito arriba.

—Chamou, dona Leonor.

—Vente Isaura, tes unha carta... É unha carta de Dinís.

A nai levaba tanto tempo esperando unha noticia así que reaccionou con extrema prudencia. O oco deixado no útero polo ser que acubillara aturuxaba aquela mañá máis forte ca nunca.

—¿Unha carta? ¿De Dinís?

—Vente, neniña, entra na casa.

En a penas uns minutos estaban na cociña ó abrigo do lume. Dona Leonor gorentaba cada palabra coa mesma emoción que se do seu fillo se tratase. Certamente, Dinís era tamén un pouco froito do seu ventre de confianza e paciencia. Ela aprendéralle as palabras e a alfabetización tiña nese caso un aquel de maternidade. Sen embargo, aquelas non parecían xa as letras redondiñas que ela lle ensinara. Aquela caligrafía estirada e infantil á vez tiña o selo irrefutable dunha madurez apresurada. Eran vocais e consoantes enleadas na présa por facérense ler e facérense sentir. Dicía Dinís que estaba ben, que aquilo non resultaba tan malo como a ben seguro se comentaba fóra e que non tardaría en acadar a liberdade. O rapaz puxera todo o seu empeño en que resultase crible. Dona Leonor amosou toda a súa intención de que parecese verdade. Ningún dos dous o conseguiu e Isaura conformouse con saber que o seu fillo seguía vivo. A dor fendeuna por dentro

Os días seguiron o seu desfiar da taraza da vida de ambas as dúas mulleres con desidia. A única emoción reduciuse á chegada de cartas de alén do seu pequeno universo cinguido a dez quilómetros ó redor.

No cárcere de Peniche, Dinís simplemente se resistía á frustración con maior ou menor éxito. Os outros, os que de primeiras foran homes clónicos, axiña tomaron voz, rostro e comportamento propio. Os demais presos deixaron de ser unha manchea de uniformes para se converter en camaradas, algúns amigables, outros respectables, pero camaradas á fin e ó cabo. A comunicación con eles podíase denominar mesmo fluída, dado que aproveitaban calquera descoido dos gardas para facérense acenos, besbellar cousas ó oído e mesmo pasarse notas escritas con caligrafía tortuosa e confusa. Eran conscientes de que os propios gardas lles permitían tratarse, aínda que só fose para preservar a súa cordura.

Xermolaba abril e con el lazos fortes con aqueles homes encadeados. A prisión estaba a descubrirlle a Dinís incluso facetas novas de si mesmo e unha delas residía na curiosidade por aquel universo choído no que se desenvolvía todo o seu mundo. Nunca se molestara demasiado o rapaz en relacionarse coa xente do seu arredor. Neno calado, adolescente teimudo, obreiro eficiente e soldado indiferente en África..., a penas tiña amigos que recordar. Un estaba baixo unha inmensa árbore nas chairas sudafricanas e a outra, quén sabe onde. Filipa non respondera a ningunha das súas ducias de cartas e Dinís empezaba a sospeitar se o esquecera. Sen embargo, eran demasiados anos de amor e confidencias e o rapaz seguiu a confiar cegamente nela coma se a tivese ó seu carón.

Cada noite escribíalle unhas palabras de esperanza e cariño na soidade da súa cela. As súas misivas tomaron corpo dun diario doloroso e á vez ilusionante da súa estadía entre aqueles catro muros. Dinís sentíase ben falando con ela nunha correspondencia que nunca topou resposta. El insistía e semanalmente enviáballe un sobre con todas as ilusións das que era capaz. Todas se dirixían a San Pedro de Moel. Dona Leonor non quixera contarlle que Filipa tivera que saír do país polo que a señora, unha vez recibía as cartas de Dinís para a súa neta, reenviáballas a Río de Xaneiro. Esta situación durou a penas uns meses.

Dinís cría que Filipa estaría amolada e entristecida polo seu fracaso. Chegou a pensar que o desprezara e por iso todas as cartas daqueles meses levaron un fío de perdón e unha súplica para que non o esquecese. E todas remataban igual: «Agárdame, Filipa, agárdame. Eu agardareite sempre.» Follas de caligrafía exquisita e sen ningún tipo de inquedanza ou saída de ton que puidese amolar de ningún xeito ós oficiais da PIDE que, sabía, revisaban a letra letra as cartas. Pola súa nai, tiña a certeza de que Filipa recibía as súas palabras. Non entendía por qué ela non daba sinais de vida pero perseverou no seu intento. Non tiña nada que perder e si moito que recuperar.

Había outro home na cadea absolutamente volcado na escritura. Era o Joaquim. Joaquim P. Pasaba longas horas pegado a un bolígrafo e catro follas de papel. Ninguén sabía qué escribía nin a quén, pero a tarefa producíalle risos e bágoas. Tal vez escribise as memorias da súa propia experiencia. Quizais fosen universos inventados polos que fuxir daquela miseria. Nunca xamais deixou que ninguén lese nin unha soa palabra e os outros presos respectaron a súa vontade. Joaquim P., o pequerrecho barrigudo e natural do Gerês, era o home máis calado e circunspecto de cantos Dinís coñeceu na prisión.

A Fernando Dias e Rogério Serra deberíalles Dinís a única educación de matemáticas e xeografía que recibiría na súa vida. Ligou o seu encontro a outro dos poucos momentos agradables da súa reclusión no cárcere: a biblioteca. Cando máis calor regalaba a primavera e o ruído do océano lle lembraba a sensación do mar bravo de San Pedro de Moel, levaron a Dinís polos corredores diáfanos e metérono nun cubículo pouco máis grande ca unha cela. O rapaz abriu moito os ollos para se asegurar de que non estaba a soñar. As paredes do cuarto estaban cheas de andeis de madeira e os andeis de madeira estaban cheos de libros manuscritos e os libros estaban cheos de palabras que desexaban ser bebidas. Había títulos de Camilo, Júlio Dinís, Ferreira de Castro, Torga, Redol, Víctor Hugo, Zola..., volumes mercados ou encadernados polos propios presos que se presentaban ante os seus ollos tan seductores como a mazá de Eva. Era a biblioteca autorizada da prisión, bautizada polos reclusos nos anos cincuenta como Biblioteca Soeiro Pereira Gomes.

Dinís aproximouse a eles e estendeu os dedos atraído como un imán ó ferro. O garda non o afastou e puido mesmo follealo. Sacudiuno unha emoción estraña. Había meses que non tiña un tomo nas mans. O garda indicoulle que se sentase nunha cadeira nun extremo da mesa. O silencio gustoulle por primera vez en meses e agradeceu aqueles cinco minutos a soas con algo que ler. Pasado ese tempo entraron máis presos. Un deles, robusto e loiro, indicoulles: «clase de álxebra». Aínda que lle custase crelo, ía recibir clases. Os presidiarios organizaban actividades culturais e pedagóxicas con cursos de portugués, de francés, historia, aritmética, xeometría, deseño, materias equivalentes á instrucción primaria e tamén tarefas artesanais como encadernador, corte e costura de alfaiate. Non descoidaron a lectura colectiva e mais a práctica de xogos. A Dinís pareceulle un agasallo que nin soñado podería imaxinar.

Fernando Dias aprendíalles matemáticas. Cálculos, ecuacións, aritmética e álxebra que habían valerlle a Dinís máis do que daquela crería. De feito, o rapaz acudía a aulas só para poder escoitar e sentirse acompañado, outra maneira de fuxir da soidade ademais dos minutos sempre escasos do refectorio, a limpeza común e o patio. Conxeniou especialmente Dinís co Rogério S., o encargado de xeografía. Esa materia causaba fonda expectación entre os presos. As puntadas de xastre que Rogério daba sobre o atlas mundial non deixaban a ninguén indiferente xa que non eran só explicacións físicas, senón miúdas pinceladas de relixión, ética e historia. Resultaban todas palabras demasiado complicadas para os analfabetos pides e deixábanas fluír diante do seu fociño sen detectar o perigo que levaban implícito.

Rogério viaxara por todo o mundo antes de ser detido e recluído no penal, primeiro de Caxias e logo de Peniche. Baixo a máscara aparente de comerciante de tecidos agochábase un comunista liberado polo partido para a consecución de material clandestino en América e África. A súa actividade fora especialmente valiosa para a organización nas colonias onde, disfrazado de misioneiro, convencera a moitos militares portugueses da inxustiza daquela guerra colonial. De volta a Lisboa apresárano cando repartía pasquíns a rentes da igrexa do Carmo. Rogério S. non perdera a ilusión de descubrir as que el denominaba extraordinarias marabillas do universo enteiro. Sen embargo, a pouco que o coñeceran, tras daquela expresión alegre e festeira agochábase un home taciturno, un xílgaro engaiolado entre barrotes. O mar chamaba por el cada segundo e a idea de escaparen da cadea sobrevoaba a súa cabeciña sen descanso. Mozambique uniu a Rogério e Dinís e converteunos en inseparables. A gabanza das terras do Niassa, das árbores de toro inconmensurable e copas frondosas fixo deles confidentes sen máis intención inicial ca un pouco de compaña.

Lois achegouse a Dinís só varios meses despois. Tan pouco se fiaba o home do resto dos presos que o tempo tivo que lle demostrar que podía falar con el. O día en que o coñecera resultara demasiado confuso e as sospeitas saltaran polos aires. A estraña reacción dos pides cando aquela moza que viaxara coa súa muller quixera velo non lle gustara. E moitísimo menos lle gustara a falta de visitas de Rosa durante dous meses por mor da desaparición da moza, Filipa, cría lembrar que se chamaba. O día en que a nai dos seus fillos lle enviara unha das súas mensaxes cifradas coa roupa lavada, Lois arrepentiuse do seu receo inicial. Con tinta simpática, a súa muller describira entre as liñas da carta a situación de fóra. Dicíalle Rosa que Filipa era buscada pola PIDE e tivera que fuxir para o Brasil. Ninguén sabía na célula da universidade se conseguira o seu obxectivo porque toda comunicación con ela resultara infructuosa. Só quedaba agardar e non perder a esperanza. Rosa explicoulle a Lois que tratara a Dinís con moito tino, que xa abondos azoutes levara na vidiña e corrían o risco de que fraquease na súa tenacidade. «Pódese confiar nel –indicáralle a muller–, leva unido a Filipa máis dunha ducia de anos ¿existe maior proba de fidelidade e amor á patria?» Lois non entendeu a comparación pero fiouse da súa compañeira. Daba igual que ela dixese que o ceo é amarelo como o sol, ou verde como a herba ou vermello como o sangue. Naquel momento Rosa érao todo: o fío que o mantiña unido ó mundo exterior, ós seus fillos e ó partido e, o máis importante, o fío que lle obrigaba a manter a cordura naquel inferno deshumanizado. Dixese o que dixese, Lois aceptaríao como verdade.

—Son o camarada Lois.

Dinís apertou sorprendido aquela man tendida amigablemente. Había tempo que dera por perdida a batalla con aquel home miúdo e escuro que lle evitaba a mirada onde for que se encontrasen. Non só iso, senón que Dinís notaba como o espiaba con, pensaba, intencións ocultas. Preguntáralle a Rogério S. por el e obtivera só palabras escorregadizas. «Déixao estar, é o máis veterano acó. Os anos na cadea hano volver tolo. Ten unha teima especial: cre que todo o mundo o persegue para acabar con el..., o que lle chaman manía persecutoria. Prodúcelle medo todo. Non lle tomes nada a mal. Quén sabe cómo estaremos nós dentro duns anos. Quén sabe.» Cando Lois lle tendeu a man naquela mañá de abril, Dinís tivo ben presentes as recomendacións do Rogério S.

—Eu son Dinís de San Pedro de Moel, na Marinha Grande.

—Ben sei, rapaz, ben sei, ¿como te encontras? –e mirou Lois con coidado todo o seu redor–. Anda e fala, acó hai oídos en todas as partes. Cando apareciches a primeira vez tiñas moi mal aspecto.

—Case me matan –tamén Dinís baixara o ton de voz– mallaron en min ata que fartaron. Non sei cómo algún non rompeu a man de tanto que golpeou. Lástima non se mancase ben, por fillo de puta.

Gustáronlle aquelas palabras a Lois, aquela afouteza e aquel odio implícito. Podíase contar con el. Dinís sabía ben o que facía e deixouse levar por aquelas ansias de vinganza que o rillaban dende que cruzara o portalón da fortaleza. Quería gañar a súa confianza. Os meses na prisión devolvéranlle a Dinís un rostro diferente de si, mesmo distinto do que lle outorgara o espello do Niassa ou da fábrica de vidro. Descubría o rapaz a súa febleza e o seu temor á tortura e á soidade. Tíñalles pánico, terror total e absoluto, especialmente á reclusión na cela de castigo. Case preferiría que lle desen unha malleira e o mandasen á enfermería antes de ficar só unha semana nada máis naquela cova lóbrega. Lois afastouse del tan axiña como viñera. Non quería erguer ningún tipo de sospeita. Pero antes de se ir pronunciou as palabras malditas.

—Sinto o de Filipa. A loita continúa.

Dinís non se puido conter e agarrouno, tal vez con demasiada violencia. Era a primera nova que tiña da namorada dende que entrara.

—¿Que lle pasa a Filipa? Dime, Lois, ¿que ten?

Lois asustouse tanto coma el pola súa reacción.

—Nada home, nada –non me agarres–. O de Brasil. Nada máis. So cho dicía polo do exilio ó Brasil.

Se a Dinís o pendurasen dos brazos na roldana durante horas non lle había facer tanto dano como aquelas palabras extraviadas que oíu. As pezas cadrábanlle entón: ningunha carta de Filipa en meses, ¿por que ninguén llo dixera? ¿dona Leonor calara? ¿Por que súa nai? ¿Por qué?

A inquedanza impediulle levar a estancia na prisión durante as seguintes semanas coa dignidade que amosara ata entón. A penas saía da cela o xusto que lle ordenaban os gardas para ir ó refectorio, limpar os baños, mexar e dar un breve paseo de dez minutos no patio da cisterna. Alí o sol petaba xa de cheo, non ía frío e o mar cheiraba menos. As gaivotas parolaban dende o faiado do ceo pero Dinís non lograba arredar as súas funestas cavilacións. Calado, as mans nos petos, barba de varias semanas e ollada perdida. Ese foi o rostro que Isaura viu do seu fillo por primeira vez dende a súa chegada á prisión. A nai sentiu como a compaixón primero e a carraxe despois empezaron a encherlle o corazón de veleno. Odiaba a quen lle fixera aquilo ó seu neno. Sentíase mesmo capaz de matar a calquera daqueles pide. Sen embargo, ante Dinís disimulou como puido e comportouse como unha nai correcta e garimosa. Como sempre fixera, deixando as súas paixóns a un lado para non danalo. A muller decatouse daquela de que non había maneira de protexelo do mundo e o rapaz tería que sufrir todas as vexacións que as vicisitudes políticas e a loita pola liberdade quixesen botarlle enriba.

A Isaura a visita a Peniche colléraa case con tanta sorpresa como a Dinís. Convencéraa dona Leonor para pórse en contacto coa Comissão Nacional de Socorro aos Presos Políticos, quen se dedicaba a axudar, física e materialmente, ós parentes dos presos. As súas accións centrábanse na atención ós familiares, as solicitudes ó goberno para a mellora das súas condicións de vida e, finalmente, a denuncia exterior, especialmente a Amnistía Internacional. A Isaura, facilitáronlle toda a información posible e algúns cartos para poder ver a Dinís. André, o fillo da señora Carme, ofrecérase a levala e durante varias semanas prepararon a viaxe con discreción e premura. Isaura coseu dúas camisas novas e a señora Carme preparou pasteis de nata para o preso. Sabían que non lle podían eliminar a dor pero alomenos tentaban facerlla o máis levadeira posible. Estaba emocionada Isaura. Era a primeira vez que ía subir ó comboio, a primeira vez que saía da Marinha Grande. A primeira vez que ía ver a Dinís.

O encontro resultou certamente decepcionante para os dous. Agardaba Isaura bicos, abrazos e confidencias. Dinís agardaba información que a súa nai non lle podía dar. Ambos os dous, nai e fillo, só valorarían o cara a cara cando a distancia botase terra e reflexión de por medio. O cristal de seguridade do parladoiro arrefriou a visita pero permitiulles suficiente separación como para que a dor non fose tan acentuada.

Isaura tivo que contestar algo a Dinís co que non contaba: o paradoiro real de Filipa. Ela consideraba que o fillo tiña que sabelo polas cartas chegadas do Brasil. A confesión de amor rotundo de Dinís chegáballe demasiado tarde á súa nai e perfectamente deturpado polo ambiente xélido da cadea. Isaura tivo que dicir a verdade ante a insistencia, provocadora ante o pide que os esculcaba, do Dinís.

—Filipa está en Río de Xaneiro, Dinís. Non entendo cómo non o sabías xa. A min xa me estrañaba que nos mandases as cartas a San Pedro de Moel. Mira ti qué parvada que pensei se sería por seguridade. Xa vexo que non. Non te preocupes, as túas cartas enviámosllas nós alá.

—Pero mamá, eu non recibo ningunha dela.

Isaura aprendeu entón que a falta de liberdade non atinxía só ó seu fillo, senón tamén á correspondencia e a si mesma. Sentiuse perseguida e un arrepío percorreulle o lombo. Non había límite para a crueldade. Sen embargo, cando recapacitou era demasiado tarde. Xa daquela soltara a súa sentencia de morte.

—Se cadra falla algo. Se queres envíallas directamente ti dende acó. Como sabía que podía pasar algo disto metinche o seu enderezo coa roupa limpa, que xa sabía eu que...

De repente déronse de conta da súa imprudencia, pero o garda que os custodiaba parecía non decatarse da información. O endiañado descoido habíano pagar a prezo de ouro.

—Fin da visita –espetou o pide ós vintecinco minutos estipulados.

—Saúdos do André, non lle deixaron parar por non ser familiar e tráioche uns pasteis da señora Carme e mais unha aperta de dona Leonor.

—Señora, dígolle que saia para fóra, veña, lisque diante de min. Xa. Lixeira, lixeira...

Non lles deu tempo a máis. Dinís quedou con mil ideas que lle dicir e coa sensación de que moitas cousiñas mudaran fóra durante a súa ausencia. Viu a Isaura fermosísima, malia que o cabalo desbocado do tempo galopase sen piedade polo seu rostro. Quíxoa, Dinís, máis ca nunca.

Rematara a visita e, outra vez, volvía a rutina da prisión. Outra vez as quendas da limpeza, o silencio, os minutos no refectorio, o silencio, as clases na biblioteca, o silencio, os interrogatorios, o silencio, a desesperación, o silencio. Sempre o silencio.

Unha mañá, o espilido Raúl Guimarães besbelloulle algo á orella que cambiou o rumbo e mais o sentido do seu encarceramento. Estaban no patio da cisterna. O verán de 1969 estalara con toda a súa calor sen compaixón e os presos bañábanse a caldeirazos no pavimento. Dinís recuperara un pouco as ganas de vivir trala labazada da nova de Filipa. Cambiou a tristura por un sentimento novo, a ira, unha ira que o Raúl intuíu axeitadamente, polo que quixo reconducir a súa furia por vieiros máis útiles, alomenos politicamente. Aquelas tres palabras servíronlle a Dinís de catapulta para novas teimas que, soñaba, o unirían de novo á súa amada.

24

A morte de Dinís no Brasil

Filipa cumpría os seus primeiros seis meses en Río de Xaneiro con humidade cálida no peito e nas máis profundas entrañas. Establecéranse nun piso diminuto na zona baixa con vistas ó mar, único requisito que esixira o Rui, e alí foi onde a rapaza recibiu a carta. A endiañada carta, aquela que lle cambiou a vida que xa por aquel entón virara ducias de veces sobre si mesma como unha buxaina tola. Ó regresar á casa despois dunha dura xornada de traballo na tenda de ultramarinos do mercado, atopou o sobre por debaixo da porta. Eran selos portugueses e emociounouse como todas as veces que recibía información da avoa dona Leonor. Sempre lle dicía algo de Dinís. Pero unha ollada ó remitente non lle produciu alegría, senón un temor profundo e inabranguible co pensamento. Era da policía militar do cárcere de Peniche. Dentro, unha concisa folla na que se lle notificaba o pasamento de Dinís «por causas descoñecidas» e pregábanlle, por esta razón, que deixase de enviar cartas á prisión. Filipa así o fixo namentres a pena roía nela como a procesionaria rillaba nas árbores do Pinhal do Rei en tempos de andazo. Non lle contou a ninguén a súa traxedia persoal. Bastantes desgracias tiñan no exilio como para compartir unha máis. E a namorada iniciou a lenta travesía cara á morte, a mesma que lle arrebatara o que máis quixera na vida..., levárase a Dinís. A saudade pola patria e o amor perdidos anegáronlle a alma. A Filipa pareceulle demasiado cedo para perder. Pero aceptouno. Qué remedio lle quedou.

25

De fugas e outras experiencias

—Preparamos fuga, ¿úneste?

Esas foron as palabras que Dinís escoitou da boca do Raúl G. unha tarde de xuño, aquelas que lle darían azos nun momento de crise e que non volvería escoitar ata moitos, moitos meses despois. Tiña a sensación Dinís de que fora só un globo sonda para calibrar a súa fidelidade e submisión á causa, unha causa que medraba e minguaba no seu peito, como o calendario das lúas.

Raúl G. coñecía ben as debilidades de Dinís. Eran a súa mellor virtude e o seu peor defecto, con elas xogaba para explotalas ó máximo e convertelo nun verdadeiro loitador na clandestinidade. Vírao nada máis chegar o rapaz de Mozambique. Aquellas olladas de esguello indignadas: aquela calor para non abrir a boca e comezar a labazadas; aquela inquedanza coas lecturas que lle proporcionaba; aquel tímido «¿que podo facer eu?» antes de se unir de cheo á célula sindical da empresa. Raúl G. coñecérao de neno na fábrica e asistiu abraiado á súa transformación tralo retorno da guerra colonial. El, encargado de recrutar homes e mulleres para o partido, non deixou pasar a oportunidade de labrar aquela pedra preciosa en bruto. Acertara de cheo. Malia a súa fraxilidade, as súas dúbidas e os seus temores había algo nel invulnerable: a fidelidade ás ideas. E no partido non buscaban mercenarios sen corazón senón verdadeiros comunistas de fe e obra. Buscaban homes coma Dinís.

O rapaz deixárase seducir ante a idea de tantos camaradas pelexando entre as sombras por unha liberdade ata entón inexistente. Quería Dinís menos horas na fábrica, unhas condicións laborais dignas e, sobre todo, poderse reunir e falar sen esculcar por riba do ombreiro por se había alguén a escoitar disposto a dar o aviso ós pides sobre posibles delictos contra o Estado Novo. Quería Dinís unha democracia coa que vivir, simplemente, vivir. Con Filipa, vivir.

Cadaquén buscaba o combustible da máquina que lle alimentaba os latexos onde máis o satisfixera. Uns na familia, outros na súa profesión, outros na arte. Dinís tiña en Filipa a súa fonte de inspiración e non o negaba. Era ela, e non el, a verdadeira comunista.

Raúl G. fixera unha aposta por el naquela revolta de setembro e volveu anovar os seus votos ó confiarlle o proxecto de fuxiren do cárcere. O certo é que cando llo besbellara aquela tarde calorosa de xullo tiña máis boa vontade ca idea real de levalo a cabo. Como Dinís temía, fora unha argallada súa para lle erguer a moral, daquela esmagada contra as lousas do patio da cisterna. Pero nunca o sabería. Cando quixo saber máis xa Raúl artellara cómo darlle información. Pasaron da ficción a unha idea sólida sen máis piar cás súas propias ganas de escapar de alí. Tempo ó tempo e con moita paciencia, a fantasía tomou corpo. Parecíalles mesmo factible.

Volveu o inverno e con el 1970 sen que nada cambiase nas súas vidas. A rutina calara ben fondo no seu día a día. Limpeza, biblioteca, xantar, pasear. Pasear, xantar, biblioteca, limpeza. E por riba de todo, o silencio torturante só roto polos berros das víctimas dalgún interrogatorio. O Nadal deu paso á Coresma e a Coresma ó verán. Dinís recibía periodicamente a visita de Isaura, quen o puña ó día das novidades da Marinha Grande, traíalle roupa limpa e mais algún doce polo medio. Dinís preguntáballe sempre por Filipa e sempre obtiña a mesma resposta.

—Dona Leonor díxome que estaba ben, ¿non che escribiu tampouco esta vez?

Dinís abaneaba negativamente a cabeza, un aceno adobiado cun pouco de orgullo e unha pouca decepción.

—Non. Non escribiu, non.

Entón Isaura daba en falar atropeladamente sobre as lerias da aldea. Enchía o oco deixado pola falta de noticias de Filipa con información banal dos veciños que a Dinís non lle interesaba en absoluto. Nin lle prestaba atención. Pero Isaura seguía a contarlle cousas polas que o rapaz xamais preguntara e persoas que nin coñecía coma se fosen fundamentais na súa vida. Non o facía por mal, era a súa maneira de atalo á realidade que deixara atrás cando o encarceraran tan lonxe da casa.

«Joaquim e María, a filla do Francisco Costa, casaron hai unhas semanas. Van vivir na casa vella da avoa, alí, ó carón de dona Leonor. É casa boa, que dúbida che ten.

O fillo do Carlos entrou a traballar na fábrica do vidro. Disque non se lle dá mal, aínda que co bulebule que é el non sei se lle aturará o corpo, ¿ti que dis? Amítalle ó seu avó, en paz descanse, non ten acougo tampouco. O Paulo anda amolado co Álvaro. Si. Andan a voltas por un lote de piñas que se un as carretou e se o outro as vendeu..., sabe Deus, o caso é que non sei se Paulo moito achedaría ó carro, coxo como está... Dona Leonor está feita unha cativa, mira ti que xa vai para oitenta e non ten ningún achaque. Non se queixa nadiña, éche de bo sangue. Constanza cada vez rosma máis, xa se sabe, os anos pasan para todos e a señora Carme, pois velliña e engurradiña como un figo paso. Vai ben, oh, vai ben, non ten queixa. Quen morreu foi o Caetano, ¿acórdaste del? Non o has acordar..., o capataz da fábrica. Pois morreu, si. Encontráronlle cancro de gorxa hai un ano e foino rillando lentamente. Disque tiña tanta dor que espertaba polas noites e berraba coma se estivese no mesmo inferno. Como non podía engulir ben, nos últimos tempos estaba eslamiado de todo. Daba peniña velo. Coidouno ata o final a nora, a muller do seu fillo António... –a estas alturas do monólogo a Isaura quebróuselle a voz, era a primeira vez que mencionaba a aquel home diante do seu fillo– o que aforcou no Pinhal do Rei cando ti entraches aquí. Agora o novo capataz é o neto, o Antoninho. Debeu de ir contigo ó servicio a África, vénche sendo do teu tempo».

Dinís cortou secamente á súa nai:

—Mala chispa leve ó vello e o confunda no inferno. E ó neto mala herba o mate tamén.

Coa rabia, Dinís non puido ver como Isaura choraba.

Ante aquel berro, o pide deu por rematada a conversa e castigouno con dez días na cela illada. Dinís non se puidera reprimir. O que máis lle doía da súa situación non era xa a tortura ou as vexacións senón saber que persoas como Antoninho, mercenario en África e violador de meniñas, gobernaba ó seu xeito no exterior sen que ninguén lle parase os pés. Desta vez, o castigo non lle importou. Preferiu botar a súa ira fóra a patadas contra a parede e con insultos polo baixo que acabar na enfermería por desacato á autoridade da prisión. Acabada a pena, devolvérono á súa cela. Aqueles escasos metros cadrados que se lle fixeran afogantes os primeiros días convertéranse nun espacio familiar. Alí Dinís peneiraba cavilacións, as máis triviais e as máis profundas; as máis dolorosas e as máis optimistas..., todas aquelas que encheron o baleiro dos seus días na prisión de Peniche. Dinís seguíalle a escribir longas cartas de amor a Filipa. A ausencia de resposta non o disuadiu e a súa constancia mantívose intacta durante o tempo que permaneceu encerrado. Concibiuno como unha sorte de diario, un monólogo de episodios tan monótonos como faltos de emoción no que investiu moitas horas, moitos minutos, moitos segundos. Nin unha palabra de reproche, nin unha pregunta, nin unha dúbida, só palabras encarnizadas de amor e devoción malia o penoso das circunstancias que o envolvían. Omitiu Dinís os suplicios, os insultos, as aldraxes todas. Calou as bágoas de soidade e frustración. Nada dixo do seu terror a perdela. Só lle repetiu que a quería. «Agárdame, Filipa, agárdame. Eu agardareite sempre» ficaba espetada en cada carta como unha declaración de intencións irrevogable. Era a súa única manifestación posible de resistencia.

26

Brasil

En Río de Xaneiro, Filipa nunca nada desta correspondencia ininterrompida soubo. Fixéranlle crer que o seu namorado morrera en prisión e nunca se atreveu a preguntar máis. Sabía que dona Leonor sempre o negaría para que ela non sufrise. A queimazón polo pasamento de Dinís arrasáballe as entrañas como as lapas de lume carbonizaran o monte de San Pedro de Moel no funesto mes de setembro de 1968, tantos anos atrás. Preferiu calar por ver se das cinzas abrollaba algo vivo ó que aferrarse para continuar adiante. E esperou. Esgazada, ausente, infeliz, morta, pero esperou.

Rui Rodrigues recuperara, aparentemente, os azos. O traballo na compañía absorbíao por completo. Pasaba longas horas na oficina tentando soerguer un negocio que estaba abocado á ruína. Pasaran os tempos florecentes para o comercio marítimo da posguerra e segunda guerra mundial e as colonias xa non abastecían como antano. Rui nunca participara na trata de escravos da que en Río quedaba unha ferida aberta aínda sen curar. Os seus intercambios cinguíanse a materias primas entre as chamadas provincias ultramarinas e o continente. Café, azucre, froita e peles de caza maior procedentes de África e América surtían os mercados portugueses para maior gloria e lucro da empresa dos Rodrigues. Mais as circunstancias persoais sobrepuxéranse ás profesionais e Rui non fora quen de adaptarse ás novas regras do mercado. Levábanlle dez anos de vantaxe e agora, de vello, quedáballe a resignación de outorgarlle unha saída digna ó que fora o sustento da súa vida. Filipa deixoulle facer con máis boa intención que fe real na recuperación da súa ata entón prosperidade económica. Non perdía nada. Tiñan acumulado abondo como para que lles embargasen a empresa e continuar vivindo folgados ambos os dous durante varias décadas. Ou iso crían ilusoriamente. E a filla sabía que Rui precisaba sentirse vencellado a algo familiar que dese sentido ó seu desamparo naquela cidade chea de balbordo, présas e rostros anónimos.

Os sentimentos do Rui fluminense non eran tan distintos do Rui que nacera en Portugal. En realidade, eran os mesmos, se cadra máis acentuados, máis puros e máis desesperados coa vellez. Inés faláballe todas as noites nunha macedonia de froitas tropicais adobiada coa calor húmida e penetrante das ruelas brasileiras. Faláballe Inés e Rui respondíalle coa tranquilidade de quen xa non agarda nada. Tiña sesenta anos cando lle detectaron unha úlcera estomacal. Foi un doutor da zona sur de Río, un home plácido e de ollada escrutadora, quen lle comunicou a inminencia de dores fortes no ventre. Rui alegrouse de saber que morrería porque o seu corpo se deterioraba pouco a pouco. Devecía por ese andazo dende había tempo. Aterrábao a simple idea de pensar que podía tolear como lle vira facer a tantos exiliados da nai patria. El nunca fora un revolucionario e non se sentía quen de loitar contra algo que agora estaba tan lonxe. Nunca pensou o Rui que el puidese pelexar contra os homes que lle roubaran Portugal. Era demasiado conservador como para se enfrontar con quen estaba absolutamente de acordo politicamente e dos que, por lazos familiares, se vira afastado. Quizais non fosen tan amigos como cría. Inexplicable e irracionalmente, Rui Rodrigues seguía considerándose como un home da máis profunda dereita. Sen embargo, por riba das ideas políticas estaba Filipa e ela atábao ó Brasil.

Limitouse logo Rui Rodrigues a facer como tantos outros emigrados: negar o vivido para que non doese pero, como tantos deles, tampouco quixo integrarse na vida brasileira. Rui suspirou ata o día da súa morte nunha realidade inventada, a cabalo entre os recordos positivos dun país de seu que tentaba exportar, como o café ou o azucre, ó seu novo fogar. Rui sería ata a fin dos días un estranxeiro de corpo e alma, un apátrida sen máis reino cás súas lembranzas. E moitas delas eran só desexo de que algo marabilloso acontecera no oco deixado por tanta enfermidade, tanta morte e tanta dor. Nunca se recoñeceu cómplice da inxustiza dende a súa atalaia de silencio.

27

Mortes e outros exilios

Dona Leonor apareceu morta unha mañá airosa de marzo de 1971. O tempo transcorrera pesado para todos, pero cando a morte petou nas portas en San Pedro de Moel déronse conta de que o reloxo non bulira con igual velocidade en cada corazón. O de dona Leonor achicárase en silencio sen dar aviso da súa aflicción. Consumírase na tristura infinita de quen sente que todo lle escapou por diante dos ollos e o sol pasou pola porta para deixar lugar a unha sombra absoluta. Todas as paixóns lle fuxíran en letras manuscritas deixando atrás un sabor agridoce a dúbida. Non recordaba dona Leonor a penas abrazos, nin sorrisos, nin ollos brillantes. Só palabras, só follas esborranchadas, só selos de ultramar tardíos. Morreu dona Leonor abrazada a dúas cartas nun leito de sobres e timbres sen máis pensamento que o Brasil. Cando o corazón se cansou de latexar nun peito octoxenario empezou a funcionar o motor da imaxinación e marchou a señora envolta en lenzos de café, froitas tropicais e madeira de coco.

Aquela mañá airosa de marzo, a suave despedida da señora trocou a previsible traxedia en inconfesable paz. Sabían todos en San Pedro de Moel do andazo que lle percorría as entrañas dende que o fillo e a neta se exiliaran no Brasil. O rostro engurrado de aspecto sereno demostraba que por fin podía descansar tras dunha cadea de elos miúdos de dor. O cura enviou un telegrama a Río de Xaneiro e, sen agardar resposta, dispuxo as honras fúnebres. Foi un enterro sobrio onde as bágoas da Constanza e Isaura furaron a terra escapando do vento do sur. Colléraas por sorpresa e ningunha das dúas era capaz de asumir que marchara a súa mellor confidente.

Isaura sentiu que unha vez máis as circunstancias se sobrepuxeran ó destino que ela proxectara para si nun futuro inmediato. Maldiciuse por ser tan inocente e soñar que os lazos fortes lle ían durar para sempre. Volveu a ollada á carreira chea de obstáculos da súa existencia e admirouse ó ver que quedaba sen amiga a quen pasar o relevo das súas preocupacións. Moitas dúbidas ateigaron o faiado da súa mente no momento en que o cadaleito desapareceu baixo a alfombra de herba. Proía un pouco pero máis por evocacións doutras situacións vividas que por angustia absoluta. Trala morte do António nunca un enterro tería o mesmo sentido, a mesma dor, a mesma loucura momentánea. Sen embargo, debía recoñecer Isaura, algo lle choveu na alma cando dona Leonor marchou para nunca máis volver.

Constanza víao vir dende había semanas, incluso meses. Ventábao nos refachos primaverais que naquel marzo de 1971 varreran San Pedro de Moel. Cando os cans ouveaban a desgracia á chegada da noite, Constanza uníase ó seu laio cun recitado monólogo do rosario. Rezaba máis por ela que pola señora á que lle brindara toda a súa vida. A dona e fiel ama de compaña mantiveran unha relación distante de mutua comprensión. Fóralles máis doado así. Os silencios e as miradas durante máis de medio século convertéranas en amantes secretas, responsables dun amor fraternal do que nunca foran conscientes. Atravesaran señora e criada o espello das distancias das clases sociais que as afastaban e sumíranse na case imperceptible igualdade da convivencia.

Era Constanza unha nena cando entrou ó servicio dos Rodrigues de San Pedro de Moel. Acababa dona Leonor, mociña xeitosa e doce, de abandonar a solteiría do brazo dun afouto mozo veciño de porta con porta. As herdanzas dunha tía do Porto convertéranos da noite á mañá en señores pero non amainaran as ansias de amasar riqueza do Rui. Constanza nunca entendera cómo puidera deixar así a dona Leonor con dous raparigos que non erguían unha cuarta do chan naquel lugar inhóspito da costa portuguesa. E Rui non regresara, como tantos outros. A fiel ama de compaña non sabía ler nin comprendeu xamais a fidelidade que mantiña a dona Leonor suxeita ás cartas que mensualmente o Rui enviaba dende o Brasil. Constanza, quen perdera había anos a fe no ser humano, cría no máis fondo de si que Rui pagaba a alguén para mandar aquelas letras bobas e matar así a mala fe da conciencia. Quén sabía agora para qué valera tanta letra. Sen embargo, dona Leonor agardou ó esposo ata a notificación do seu pasamento e mesmo entón seguiu a agardar coa arela inconfesable de que aparecese pola porta nunha tentativa inútil por negar a súa morte.

Constanza nunca cuestionou aquel amor que os fixera escravos o un do outro. Chegara ela a San Pedro de Moel unha tarde de setembro. Parecéralle un lugar infernal con tanta area, tanto piñeiro, tanta escuma babexando o vento. Era a muller a oitava filla dunha pobre familia de labregos do Alentejo. Traballaban os seus pais e mais os seus irmáns maiores na Quinta do Correia. Arrendados, con débedas ata as orellas e un número de bocas que alimentar que non cesaba de medrar, o seu pai, o Afonso, decidiu enviar as nenas máis pequenas como serventes á capital. Amalia quedou nun fogar de Lisboa e a Constanza mandárona a Coímbra cun parente dun veciño de seu. E así foi como os compromisos familiares dos patróns a recluíron naquel lugar recóndito das Beiras onde o sal mariño queimaba o rostro e non paraba de chover e ventar durante semanas enteiras. A mociña botaba de menos o sol alentejano, as súas cantigas, as cálidas horas do sol na quinta e máis o sorriso famento dos seus irmáns. Matáranlle as brincadeiras da infancia a golpe de miseria e traballo arreo en casa allea. Mais chegara a desenvolver lazos de cariño con aquela señora que máis que unha patroa era unha compañeira coa que compartir as tarefas cotiás.

A morte da nena Filipa cambiara a ruta das súas vidas. Enloitaran para sempre e nunca os risos volveran a aquela casa de San Pedro de Moel ata que a filla de Rui e Inés aparecera durante aqueles longos veráns, varias décadas despois. A chegada da nena constituíra unha beizón. Os risos da rapariga alegraran o murcho silencio que os embebedara dende había un cuarto de século e todo parecía querer cambiar. Ata que Rui e Filipa tiveron que marchar e o Brasil volveu engulir como boa doente todos os sentimentos de dona Leonor. Constanza recordaba os acontecementos da familia Rodrigues en primeira persoa. Cando o corpo de dona Leonor se despediu dende o buraco, a ama sentiu coma se fose ela mesma quen baixaba onda os vermes. Pensou en toda unha existencia á súa beira e, malia a desgracia, non puido evitar un tenue sorriso: ela fora o esposo que dona Leonor perdera no Brasil.

Ó rematar o enterro, Constanza púxose mans á obra sen perder un segundo. Recolleu todas e cada unha das súas cousas: a roupa nos armarios, os zapatos en caixas; as ferramentas da cociña e da horta na artesa e no alboio e, logo, as cartas. As ducias, centos de sobres ordenados por datas e remitentes quedaron aqueladiñas nun baúl do faiado. Ó pechar aquela tapa, Constanza sentiu que dona Leonor finara por fin. As tarefas de acondicionamento e limpeza levároniile tres días coas súas tres noites. Durante a terceira xornada, os ánimos deron en lle esborrallar. Tampouco ela era unha nena e os achaques espreitaban á volta de cada aniversario. Ó acabar, preparou unha maletiña pequena e comezou o seu camiño de retorno. Despediuse unicamente do cura e de Isaura. A ela encargoulle que mirase pola casa dos Rodrigues ata o regreso de Rui e Filipa e deulle un bico na fazula:

—Cóidate, Isaura. Que Deus protexa ós nenos e lles permita ser todo o felices que a nós nos negou. Xa verás como volven axiña.

Non deixou enderezo, a ama marchou sentada no carro do André a través do Pinhal do Rei. Non quixera cruzalo nos coches modernos que cada vez se vían máis polo lugar. Como viñera, a brincos polas pedras, así quería saír. Prefería despedirse polgada a polgada do lugar onde alugara a súa infancia, mocidade e madurez. Chorou só unha vez. Ó carón dos cantís onde afogara Alexandre, un amor platónico da súa xuventude, Constanza viviuse como muller quizais por primeira vez. Pensou no que perdera naquel mar e matinou que tal vez fose moito. Unha vida enteira resultaba demasiado prezo para calquera cousa. Tirou un feixe de flores e continuou sen pedir perdón pola súa febleza. O cheiro dos piñeiros, a area nos ollos e o salitre amolecéndolle o corazón constituíu a única despedida daquela terra que nunha primeira impresión lle parecera tan noxenta. Chegara a querela naquela miseria. O comboio arrincouna de alí con raíces e todo e espetouna nun lugar soleado e morno do sur lusitano. As cantigas alentejanas e os ocres prematuros aguilloaron nunha saudade vella.

—Benvida á casa, Constanza, musitou para si. Non é sen tempo.

Un ano máis tarde, Constanza morrería na casa paterna da Quinta dos Correia rodeada dun fato de sobriños. Tal e como sempre soñara.

28

Sen retorno posible

A noticia do pasamento de dona Leonor caeu como unha bomba nun piso modesto de Río de Xaneiro. Rui Rodrigues estaba preparado para calquera tipo de eventualidade agás a perda da súa nai. O cordón umbilical empezou a tirarlle tanto, tanto, que Rui sentiu ós seus sesenta anos que se lle cinguía no colo con intención de afogalo. Nunca soñou que lle puidese doer así. Trala morte de Inés parecíalle que tiña superado o limiar da dor, pero só pensar que dona Leonor morrera absolutamente soa en San Pedro de Moel esgazáballe o alento.

A úlcera fixo das súas aqueles días. Furou canto quixo nun estómago que non recibía nin un chisco de comida pola súa falta de apetito. Rui Rodrigues agradeceu unha vez máis aquel andazo que lle proía no ventre e lle aliviaba a mágoa no corazón. Imaxinaba á súa nai agonizante nun leito en penumbra e ó seu lado xurdían as pantasmas da súa irmá e Inés sorríndolle dende o camposanto. Espertaba Rui sobresaltado de madrugada con pensamentos aciagos que o sacudían na vixilia. Seríalle moi difícil volver conciliar o sono profundo dos tempos felices. Como triste agasallo póstumo da súa nai recibiu aquel insomnio desaqueloutrado. Malia a dor, quixo aparecer perante a súa filla absolutamente sereno. Pero a súa decisión converteuno nun esperpento. Tentaba aparentar unha calma que non tiña e os nervios bailábanlle en acenos inquedos, palabras entrecortadas e ollos acuosos.

Filipa chorou ata que o peito non deu máis de si. Necesitaba facelo. Dende que chegara a terras fluminenses acumulaba unha tensión xorda que lle quería rebentar os miolos. O que non quixera chorar coa noticia da morte de Dinís, chovíao agora coa despedida sen adeus da súa avoa. Mais que unha avoa, morréralle unha nai, unha confidente, o único rizón que naquel tempo a unía xa a Portugal. Tomou entón Filipa a decisión máis dramática e transcendental da súa vida.

—Filipa –xurou ante as ondas do Atlántico, cara a cara co vello continente– nunca máis volverás a San Pedro de Moel, nin a Coímbra, nunca máis volverás a Portugal. Afaite á idea. Alí xa non queda nada polo que desexar regresar. Nada. Maldito sexas, Portugal, maldito sexas.

Desafogou canto quixo e máis. Levoulle mes e medio de pranto desconsolado sen saír da casá agás para ir traballar ó mercado. Non o fixo como recoñecemento dunha derrota, nin con intención de deixarse morrer ante aquela tristura. Filipa asumiu ese tempo como un loito e alivio apresurados. Rematados os corenta e cinco días, a rapaza tomou un baño lento nun caldo de auga doce e sales medicinais. Quitou canta roña e lagaña do pasado puidese quedarlle. Matara Portugal e debía arrincar os restos pegañentos da batalla da súa pel. Aquel país condenado que lle asasinara os grandes amores da súa vida nunca máis volvería ser o mesmo. Ergueu a áncora do corazón sen demasiado esforzo e iniciou o periplo cara ó futuro. Sen dúbidas, sen morriña absurda por algo que xa non existía. O único que non perdeu foi o recordo daqueles inmensos areais lusos de mar bravo que a baía de Río nunca conseguiu igualar. O resto ficaba soterrado coa Filipa que fora portuguesa. Aquela muller tan afastada no tempo e mais nos sentimentos.

A nova Filipa era carioca e principiaba novos proxectos e novas ilusións. Se nalgún momento pensara en unirse á resistencia contra a dictadura de Marcelo Caetano dende o exilio, esta teima ficou afundida no fondo do mar cálido. Mastigaba a rapariga nunha cavilación que a obsesionaba dende había tempo. ¿Cal era o sentido da loita de tantos homes e tantas mulleres? ¿Para que valera tanta tortura, tanta clandestinidade, tanta pelexa afervoada por unha liberdade que só parecía importar a unha morea de tolos? Pensou en Rosa e en Lois, aquela parella que estragara a súa convivencia nas lousas do cárcere. Pensou en todos os rapaces da célula da fábrica de vidro, uns presos e vexados; outros mortos. Pensou no grupo revolucionario da Universidade de Coímbra, nos seus panfletos bailando no vento e nas porras da GNR azoutándolles o lombo. Pensou Filipa, en definitiva, no seu pobre Dinís morto en dubidosas circunstancias no cárcere militar de Peniche tal e como anunciaba aquela concisa e lúgubre carta. A súa cariña morada e osenta tralo cristal do parladoiro coábaselle polos lindeiros de todos e cada un dos seus pensamentos.

A rapaza daba voltas sobre iso unha e outra vez. Para qué valera tanta ilusión, tanta paixón, tanto sufrimento. Para nada, concluía Filipa, para nada. Seguían empoleirados no seu trono fascista e dictatorial todos os homes contra os que os seus seres queridos loitaran desesperadamente. Continuaban alí co seu sorriso sarcástico, a súa intransixencia e as súas armas ergueitas contra un pobo. Contra Filipa xa non poderían. Ela refugou darlles máis carne coa que alimentaren o ego e o seu infernal estado. Eles quitáronlle todo o que un día lle importara e ela xa non quería Portugal. Para qué, Portugal, para qué... Resultáballe un país baleiro, sen sentido, sen nada que botar de menos xa. Convertérase Filipa, con menos de trinta anos, nunha apátrida sen máis república de seu cá súa independencia. Nunca máis quixo saber de política, nin de economía, nin de dereito, nin de xustiza..., nada que non lle afectase estrictamente a ela mesma.

Viviría nesa indiferencia magnética décadas de carreiras apresuradas e tolemia. Apurou os últimos grolos da mocidade tentando embebedarse de superficialidade sen o pesado compromiso da militancia política e sentimental. Case o conseguiu.

29

Posible escapatoria

Naquela época, nun cárcere político da Europa Occidental, Dinís cismaba reiteradamente na falta de sentido de todo aquilo.

Raúl G. seguía coas súas palabras intrigantes e miradas cómplices. O rapaz non quixo preguntar e deixou pasar os meses. Afíxose á idea de que tal vez pasase moito tempo antes de que puidese atravesar o portalón que o afastaba do mundo exterior. Naquel minúsculo universo da prisión, da que naquela primavera de 1971 dominaba xa todos os seus límites, poucas cousas o animaban xa. Soubo da morte de dona Leonor por unha visita da súa nai. Quixo que non lle afectase diante dela pero non puido evitar impos traizoeiros. Con dona Leonor marchaba para sempre a esperanza de volver recuperar a Filipa. Mesmo as visitas que cada dous meses lle facía Isaura tornáronselle insípidas. Pouco había do exterior que lle interesase e, de barrotes para dentro, a penas podía citar dúas cousas que lle resultarían agradables: o intercambio de información con outros camaradas e as clases de xeografía e matemáticas. Aprendera Dinís rapidamente os códigos e as señas e tamén aqueles trucos para despistar os pides.

A escrita invisible con urina dáballe moito noxo nos primeiros intentos. Superada a repulsa inicial ós mexos, parecíalle mesmo entretido pasar horas pintando trazos cun pao pequerrecho entre as liñas dos folios que empregaban na escola do cárcere. Sorprendentemente, non os delataron nunca.

Foi así como Dinís fixo varios dos mellores descubrimentos sobre o lugar onde se atopaba. Entre Raúl G. e mais o Lois explicábanlle polo miúdo os pormenores da situación de Peniche, aquela península pequerrecha na que compartían espacio cun cento de pescadores, palilleiras e coellos, especie endémica da zona. As poucas hectáreas e os áridos cantís de pedra calcaria branca facían ben difícil a fuxida de alí. Mais houbera presos que o lograran, entre eles Álvaro Cunhal. O día que Dinís leu estas letras apertadas e con intención de intranscendencia, a alma pegoulle un brico. «Entón –coidaba o rapaz–, entón foi certo que alguén escapou». E tan certo. Dinís pediulle máis datos ó Lois, quen lle contou o relato da fuxida entre as cartas en tinta máxica e as conversas rápidas en canto daban conta no refectorio dun rancho nauseabundo.

—O mellor foi Henrique Galvão. ¿Non sabes a historia de Henrique Galvão? Vaia elemento o home ese –Lois cuspiu ó chan e mirou de esguello ó redor–. Ti mira que ninguén nos escoite e fai coma min, fala namentres mastigas. ¿Non che soa a ti de África? O Rogério coñecía ben ó tipo ese... É imposible que non oíras falar del..., seguro. Mira, Galvão érache un oficial garrido e fachendoso, bo amigo de

Salazar, quen o nomeou para importantes cargos. Levou da súa man a Exposición Colonial de Porto e mesmo a Radiodifusión portuguesa e ¡ha, ha! –riu Lois– alí andou con mociñas a fartar. Mandárono a Angola logo de non sei qué xogadela lle fixo ó Salazar. Pois en África deulle pola caza maior e vaia safaris fixo o cabrón. Pero alí seica se aburriu e quixo volver e coller máis poder. Mira ti, Dinís cómo se revirou contra o vello que o meteu na prisión. No cárcere, o antigo colega do dictador, no cárcere, mira ti qué pouco lle duran os amigos e o moi espilido, disque tentaba pasarse por camarada de todos. Disque falaba que tiña xente fiel que o ía salvar da cela e todo era por ver se alguén lle soltaba algo. O caso é que un día disque enfermou e como ninguén o sandaba conseguiu que o mandasen ó hospital de Santa María en Lisboa e, ¿imaxinas? Fíxolle as beiras a unha enfermeira, fugouse con ela e conseguiu un salvoconducto do propio Salazar para chegar a América. Contoume Rosa que foi bastante sonado fóra. Agarda..., o mellor está por vir, ¿non acordas a Operación Dulcineia? Hai dez anos ou así. Si oh, non has lembrar, que un comando do DRIL, composto por galegos e portugueses pretendían secuestrar en alta mar o transatlántico Santa María. Querían con isto denunciar as dictaduras de Salazar en Portugal e Franco en España. Fracasou estrepitosamente, si, pero ¿a que non sabes quen o lideraba? Pola banda dos galegos, Pepe Velo e o comandante J. Soutomaior e pola portuguesa Humberto Delgado... ¡e Galvão! Vaia camaleón, da dereita máis colonialista e fascista á pretendida reivindicación da esquerda... O que hai que oír. Lois esquecera a súa manía persecutoria por un intre enfeitizado no propio ritmo da súa historia.

—En definitiva, –sentenciou Dinís–, que que ese señor fuxira dun cárcere non ten nada que ver coa realidade. Enfermou e levárono ó hospital, ¡e disme que escapou! Se esa é a vosa idea de fuxirdes non contedes comigo. Nin de chiste. ¿Ese señor estivo aquí?

—Iso tanto ten. O caso é que escapou dun cárcere para presos políticos.

Dinís acabara de xantar aquel día con decepción e indiferencia. Non lle interesara a historia do Galvão e de pouco lles valía a eles, pobres comunistas, para saír de alí. Lois percatouse da súa decepción.

—Conteicho porque é unha boa historia, non lle deas máis importancia. Mañá cóntoche o da fuga de Cunhal e compañía e de moitas outras... Esa si que foi boa, o bo do Cunhal, qué cabrón, cómo lla xogou a estes fillos de puta. Aínda hoxe se están a laiar da súa fuga. ¡Ha, ha, ha!, esa si que foi boa. E aínda houbo máis, vaia se houbo máis... A cada cal, mellor.

O mañá tardou tres semanas. No medio viviron un amago de revolta con insubordinación de dous pide que acabou con tres presos na enfermería e outros cinco enviados a paradoiro descoñecido. Tal vez a Caxias, a Lisboa ou ós campos de concentración de ultramar en Madeira ou Angola. O clima de crispación impedía as conversas tranquilas e mesmo os levou a varios días recluídos en celas illadas. Dinís afixérase á soidade e sorría entre dentes ó lembrar a angustia dos primeiros meses e mesmo primeiros anos no cárcere. Éralle tan doado agora acostumarse á monotonía... Case debía recoñecer que o asustaba a posibilidade de ser libre. Sentíao como un arrepío, unha excitante sensación que lle sacudía o corpo enteiro. Dáballe medo pero, ó tempo, non podía deixar de pensar niso. Convérterase nunha obsesión. Necesitaba vingarse de todos aqueles que lle fixeran tanto dano. A idea de facer xustiza co pasado deulle azos durante o tempo que estivo encadeado. E foi tanto que o sentimento de odio ía superar a cantos sorprenderan o seu corazón aínda infantil.

—Canto máis forte sexa a vinganza máis axiña me hei librar desta pedra de muíño que me impide mirar para adiante. Dinís degoiraba por ter un motivo polo que continuar nun intre en que os ánimos empezaban a afurricar.

O pasado pesaba toneladas. Unha folga de fame iniciárase naquel outono de 1971 no pavillón A en demanda dunha melloría nas paupérrimas condicións dos presos. Pedían un rancho máis abondoso, máis horas de paseos no patio e máis visitas de familiares. Ás dúas semanas abandonaron a protesta coa promesa do director do cárcere de comezaren negociacións que nunca saíron adiante. Durante os días que durou a folga, Dinís e varios camaradas do pavillón C argallaban cómo conseguir a liberdade para se unir á loita clandestina. Ese era o único obxectivo de Lois, de Joaquim, de Raúl G., do Rogério... Dinís non falaba con tanto entusiasmo de se volver converter en mártir da esquerda portuguesa. El desexaba algo máis primario: facelos sufrir tanto como el sufrira. O peito transformárase nunha pedra de xeo. Só as cartas a Filipa lle abrandaban cada noite un pouquiño o corazón. A esperanza de que algunha fose respondida continuaba acesa. Era o único ó que podía aferrarse naquel inferno. Fóra, non lle quedaba nada. Acabada a folga, en Peniche déronlles unha televisión e permitíronlles escoitar algúns programas de radio.

Rogério inventou nun mapa de Australia a maneira de lle relatar ó Dinís a fuga do cárcere militar do camarada Cunhal que naquel intre vivía e traballaba na clandestinidade. Nunha das clases de xeografía o suposto misioneiro debuxoulle varias raias no papel. Simulando un percorrido polos desertos e cadeas montañosas austrais, describiulle os pormenores da famosa fuga de Peniche do tres de xaneiro de 1960. Liderados por Álvaro Cunhal, membro do PCP dende a década dos trinta, dez homes evadíranse da fortificación para burla de todo o sistema de seguridade. O grupo de presos conseguira anestesiar ó carcereiro con material que chegara á prisión nun lote de roupa lavada. Unha sentinela axudou a pasar a un dos fuxitivos cara ó andar superior. Dende alí descenderon ó andar inferior por unha árbore, correron pola muralla uns metros e baixaron, un a un, a través dunha corda de lenzos cara ó foxo exterior. Logo de saltaren un muro chegaron á vila amparados pola escuridade. Varios automóbiles con camaradas da resistencia recolléronos e leváronos a casas clandestinas.

A Dinís custáballe seguir o fío dos feitos porque no medio do relato incluíu Rogério nomes ingleses e aborixes australianos para non espertar as sospeitas dos pides. O mestre fixera énfase na coordinación co exterior. «Se os camaradas de fóra chegan a fallar, morren todos como moscas. É importantísimo contar con axuda dos camaradas da resistencia. Pero hai moitos máis. No ano 1935 foi a primeira evasión por barco da cadea; no ano 1938 tres homes saíron do segredo e escaparon gracias a un barqueiro que os agardaba loitando contra un mar embravecido; no ano 46 fúganse seis a través dos túneles subterráneos... ¡Dias Lourenço mesmo escapou do Baluarte redondo a nado no 1954!...» O Rogério tentaba infundir unha esperanza da que non estaba moi seguro el tampouco.

Sen embargo, a Dinís a historia de Álvaro Cunhal, Jaume Serra, Joaquim Gomes e tantos outros entusiasmárao. Por fin fugas de verdade. Tentou xa esa mesma tarde artellar algún proxecto factible. Non se lle ocorreu mellor cousa que escribir con urina unha serie de indicacións de cómo poderían organizar o seu paso cara á liberdade. Ó amencer seguinte repartiu varias follas en branco ó Raúl G., Lois e Rogério. Dicíalles alí como podían introducir material dende o exterior e como el podería fabricar un explosivo de baixa intensidade que detonase o ferrollo da porta e lles permitise saír polo seu propio pé do cárcere. Entregouno ós camaradas con tanta tranquilidade que o Rogério non se deu conta de que era unha mensaxe cifrada e nela apuntou os pedimentos do material escolar que precisaba da dirección. «Un lote de follas, seis lapis, oito bolígrafos, gomas de borrar e un clasificador». As cinco liñas esborrancharon o papel e foron dar directamente a mans do director das instalacións presidiarias.

Dinís intuía que se trataba dunha chanza. Non podía crer que cometeran tal imprudencia. As miradas de reprobación non se fixeron agardar: a súa loucura podía provocar que todos desen cos seus ósos no cadaleito antes de tempo. A ira dos camaradas estalou subitamente:

—Estás parvo, Dinís, que morra se non estás parvo. ¿Como se che ocorre? Se te queres matar faino ti só e non nos leves a todos contigo –Lois estaba fóra de si durante o xantar.

—Cálmate, Lois –espetáralle Raúl G.–, se cadra non se decata o bigotes.

—Se cadra, se cadra... ¿e se o sabe? ¿Pero ti liches a folla do parvo este? Detallaba todo polo miúdo con nomes e apelidos. Implicounos a todos. Desta non saímos ben. Cago en diós.

—Oes Lois... –Dinís tentaba en van defenderse.

—¡Nin oes Lois nin hostias! ¿Ti sabes o que acabas de facer? Ti acabas de chegar coma quen di e non tes muller nin fillos fóra. Eu si, ¿enténdelo? Se nos collen nesta a ver qué vai ser deles... –Lois mixiricaba polo baixo.

Rogério agarrouno dun brazo e ergueuno da mesa cara ós baños comúns. Fixo coma se lle sentase mal o peixe fritido e quixese vomitar. O seu rostro pálido daba boa fe das súas palabras. Raúl G. animou a un Dinís absolutamente avergoñado.

—Non llo tomes a mal, Dinís. Está moi machacado pola cadea e están a piques de rematar con el. Eu creo que está enfermo, e ben enfermo, e vese acabado. ¿Ti escóitalo tusir? Non pode ser nada bo. Pero na enfermería dinlle que non é nada e aínda nos ha morrer acó. Entre iso e a puta manía persecutoria hai semanas que non pega ollo en toda a noite –Raúl G. mirou ós lados con receo e continou–. Imos saír de aquí como sexa... Pero, un momentiño que non rematei, quieto aí, déixate de lerias. Cando te metín na célula souben que eras bo rapaz pero moi desaqueloutrado. Pensei que o cárcere te aquelaría pero se che deixan móntasnos unha que nos levan directamente ó cadafalso. A ti acabóuseche o argallares, ¿compréndelo? A partir de agora, a deixáreste mandar. E como se che ocorra saltarte o que che indique quedas fóra, ¿comprendes, Dinís? Falo en serio. Outra cousa, nin chío a ninguén de dentro que acó hai moito chivato e en varias semanas non volvas falar con ningún de nós os tres. Andando...

Dinís estaba avergoñado. Unha vez máis deixárase levar polo seu pronto impulsivo e desbaratara os proxectos de todo o equipo. A idea de que os puidesen coller tíñao absolutamente amedrentado. Por vez primeira non sentiu pánico por el, senón polos outros. Non se podería perdoar que algo lle acontecese a Raúl, a Rogério, a Joaquim ou a Lois. Asumiu que se saltaba a alarma e rodaban cabezas el ofreceríase como chivo expiatorio. Diría que se inventara todo para implicar ós outros para fodelos e que todo, todo eran chanzas súas. Parecíalle o mínimo que podía facer para emendar a súa culpa. Cando llo escribiu a Filipa esa noite chorou de rabia e vergoña como un pícaro.

Os días pasaron de vagar e nada aconteceu. O director non se dera conta da folla caligrafada con tinta máxica e entregou, no medio dos suspiros de alivio dos camaradas, o lote de material escolar na biblioteca. Tralo verán volveu pasar o outono e logo o inverno e con el 1972 e con 1972 a primavera e logo o verán. Agás o cambio estacional que se respiraba no vento do patio da cisterna, non había nada que marcase o tic-tac do reloxo da prisión. Logo da falcatruada do papel clandestino, aquel co que tanto habían rir cando o futuro lles regalase a liberdade, os ánimos volveron ó rego da normalidade. Dinís acougou canto puido e refuxiouse nas cartas de Filipa. Cada día que pasaba alimentaba a seguridade de que aquilo ía rematar canto antes e non podía deixar de pensar que a moza reaparecería antes ou despois. Sobrábanlle as ganas e faltábanlle flotadores ós que agarrarse naquel naufraxio de circunstancias. Nunca se lle pasou a Dinís pola cabeza que aquelas cartas cada vez máis recorrentes en recordos do pasado e alusións optimistas ó futuro puidesen quedar censuradas e retidas dentro dos portalóns da fortaleza.

Un pide, Jorge Alves, encargouse de amorealas en sacos nunha das casamatas ocultas nos andares inferiores. Dáballe mágoa romper tanto sentimento e tanta grandeza espiritual. Jorge Alves, o encargado de revisar a correspondencia cumpría co seu labor con exquisita atención. Nunca saltou as normas e leu todas e cada unha das cartas que en Peniche se escribiron en máis de vinte anos. Malia saber daquelas que pasaban con tinta máxica polo seu inconfundible cheiro a urea, estas nunca lle preocuparon. Sabía que podía escusar non decatarse das mensaxes cifradas pero nunca podería explicar que pasasen aquelas de remitentes e destinarios prohibidos. A decisión de cáles entraban nesta categoría estaba na man das máis altas instancias e el, aí, non tiña nada que facer. Como tampouco podía saber das malditas cartas enviadas a camaradas e familiares dos presos cualificados como moi perigosos certificando a morte do recluso. Presentábano como un recurso dunha crueldade extraordinaria destinada, na teoría, a eliminar lazos da resistencia co interior do cárcere. En realidade era o froito dunha mente maquiavélica con intención de facer sufrir, sen máis transcendencia política, só facer sufrir. Esa foi unha das aprendizaxes que obtiveran os antigos PVDE e PSP nos cursos de especialidade que ofreceran os axentes da Gestapo e aqueloutros portugueses que foran a Berlín a aprender as súas mañas e barbaries.

Jorge Alves procuraba que ningunha das cartas enviada ós destinatarios marcados na lista negra saíse da prisión. De ser interceptada algunha desas cartas no exterior, a pena sería demasiado dura para o que Jorge Alves podía aturar. Viúvo, con seis fillos pequenos ó seu cargo, o pide tiña na legalidade vixente a atadura máis afogante e manifesta. Se lle quitasen a paga vería pasar fame ós seus fillos outra vez. Por iso, durante un cuarto de século preferiu ver esborrallar a presos políticos, víctimas das máis duras vexacións, antes que ver chorar a un dos seus pequenos. Nunca se lle ocorreu que puidese saír adiante con outro labor máis digno.

As cartas de Dinís gustábanlle moitísimo. Custáballe traballo lelas e, sobre todo, entender as súas metáforas e imaxes porque a súa alfabetización fora bastante elemental. Tiñan as misivas de Dinís a forza que el envexaba en todos e cada un dos encadeados que vía desfilar cada día polos corredores do cárcere e mais o patio exterior. Sabía que algún día valería para algo, aínda que só fose para recordar ás xeracións futuras a lapa que aqueles homes mantiñan acesa naquela península ignota dun Portugal que miraba máis para as colonias que para as feridas do seu propio peito.

A Jorge Alves o corazón escoráballe cara á esquerda aínda que a razón tentase manter un correcto desenvolvemento da súa profesión. O cariño que lle collera a Dinís habíao cambiar a pesar do seu pesar. Nunca os endiañados subversivos comunistas habían ser igual ante os seus ollos. Tal vez dentro deles houbese persoas cos mesmos anceios ca el: sobrevivir. Da man de Jorge Alves quedaron os sentimentos máis profundos que Dinís gardaba para Filipa. Nas frías casamatas de Peniche permanecerían moito tempo. Tan preto de Dinís como lonxe do seu desexo.

Esvarou o verán de 1972 e co equinoccio do outono xurdiu unha nova teima na prisión militar de Peniche. Algúns presos puxéronse repentinamente en liberdade. Lois soñaba que tal vez un día o chamasen a el. Levaba máis do que puidese lembrar alí dentro, xa os seus fillos serían adolescentes que medraran sen o amparo dun pai. «Agora, cría inocentemente Lois, agora é a miña.» Pero non foi daquela.

Liberaron a Serafim e Carlos Silva. Unha semana despois sairía Pedro G. O que daquela resultou unha euforia desmedida polas expectativas que abría entre o resto dos encarcerados, axiña tornou turbación. Creran eles nunha suposta amnistía do goberno. Sen embargo, a información do exterior non podía ser máis desalentadora. Os grupos da resistencia indicaban que foran premiados estes tres presidiarios polo seu labor de espionaxe dentro dos muros e por delataren a camaradas do movemento antifascista. Lois viu agudizada a súa manía persecutoria e contaxiounos un pouco a todos. Ninguén podía sospeitar de ningún dos delatores e moito menos de Pedro G. Levaba alí dentro dende había unha década e sempre amosara unha actitude de camaradería exemplar. Nada parecía fiable e todos perderon un pouco a confianza no resto. De pouco lles valeu saber que a nai de Pedro G. estaba a morrer e tal vez iso provocara a súa decisión de falar. Era un traidor e coma el podía haber máis no interior.

O silencio campou ás súas anchas nos espacios comúns. Comentarios mínimos sobre a limpeza e o noxo do rancho querían apagar o desánimo que os embargaba. Unha vez máis, calquera intento de fuga debía ser adiado. E o tempo non pasaba en van.

Mil novecentos setenta e tres apareceu de socato, case sen pedir permiso. Dinís cumpría trinta e tres anos e co gallo do aniversario acurraláronо as dúbidas. Á súa idade, a mesma coa que morrera Xesuscristo, como Rogério teimaba en lle recordar, el deixara de ser montaña rusa para caer nunha sorte de bambán oscilante da nada. Primeiro a fábrica de vidro. Primeiro a fábrica, segundo Mozambique. Primeiro a factoría, segundo a guerra colonial, terceiro o cárcere militar. Trinta e tres anos de escravitude nos que non tivera máis alivio cá pesca de robalos no alto de San Pedro de Moel e as horas con Filipa.

Dinís sentía que lle estragaran a vida e tamén que el nunca llelo ía perdoar. Isaura apareceu unha mañá cunha ledicia innegable no rostro. Entre ducias de trivialidades, como adoitaba facer, espetoulle que algo se movía fóra. Dinís pensou entón que debía ser abondo grande se súa nai o soubera naquela aldea recóndita da Marinha Grande. Infravaloraba a capacidade de información das peixeiras e de cómo elas sorteaban calquera obstáculo para se decatar de calquera movemento na fábrica. No cárcere, a noticia chegada por varias fontes, correu como un regueiro de pólvora. En toda canta comunicación chegaba do exterior había un refacho de aire fresco e ilusión. Contaxiounos o feito de que calquera novidade puidese alterar o impás de espera que os aterecía dende había demasiado tempo. Con todo, ninguén puido soñar que o nacente verán sería o último naquel lugar salitroso, neboento, húmido, salgado, abrasador, ventoso, angustioso, asfixiante, silencioso, atronador, fascista, deshumanizado e tristeiro. Peniche, onde os presos non eran só números, senón tamén camaradas.

30

Confesións a nado

Morreu a primavera e con ela marchou tamén o verán de 1973. Os novos encarcerados choraban a súa angustia polos corredores. Dinís sentíase xa un veterano alí dentro. Arroupou a Vicente, apresado cando repartía propaganda na Braganza e militante comunista dende os quince anos. Regaloulle todo o optimismo do que era capaz. Mirábase nel como nun espello nítido: os seus mesmos desacogos e as súas mesmas frustracións. Doíalle non poder darlle ningunha esperanza. El tentaba crer en algo pero ás veces facíaselle tamén costa arriba naquela sucesión encadeada de silencio e tortura. Lois meteulle unha nota no peto unha tarde de novembro.

«Vai adiante.»

Dinís comprendeu entón que os outros catro estiveran traballando arreo sen lle dicir nada por medo a que actuase sen tino ningún, tal e como viña amosando nos últimos meses. Ofendeuse o rapaz un pouco ante tal falta de confianza pero púxose axiña mans á obra. A chegada do Nadal e unha certa permisibilidade na entrada de agasallos na prisión permitiría introducir clandestinamente varias limas coas que serraren os barrotes da cela común. Escaparían polo muro exterior e agocharíanse durante semanas nas illas Berlengas ata que pasase a busca. Dinís sorprendeuse:

—¿De que illas me falas?

—Das Berlengas, home. Están a poucas millas de aquí.

—¿Pretendes chegar a nado, cabrón?

—Matías é un bo camarada. Non nos ha deixar tirados.

—¿Quen é o Matías?

—¿E ti por que carallo preguntas tanto e non confías en min? –Raúl alporizouse– Matías ten unha gamela e vai pescar cada noite. Coñece ben a illa e todos os seus bechos. El déixanos alí uns días e logo recóllesnos. Precisamente, como ti estarás a pensar, a ninguén se lle ocorrerá buscarnos alí.

—Non me gusta.

—Dinís, fai o favor, ¿úneste ou non? Déixate de caralladas, ¿vaste botar atrás agora?

—Teño que pensalo.

—Tes dúas horas. Manda carallo co cativo este... Antes da cea disme qué vas facer.

Dinís tiña a cabeza absolutamente bloqueada. Parecíalle demasiado arriscado, máis ben unha tolemia e, sen embargo, deixouse levar. Aquela situación resultáballe demasiado asfixiante como para rexeitar a oportunidade de abandonar a prisión. Dez minutos despois xa calibrara na balanza do seu peito todos os pros e contras da opción e falou con Raúl.

—É un suicidio pero non me queda máis remedio que ir convosco.

Nos seguintes meses quedaron nos baños para facer a mesma quenda de limpeza e para estudiar na biblioteca. O sixilo resultaba extremo, tanto que parecía imposible que aquel fato de homes preparasen unha fuga. Tamén incrementaron o exercicio físico. Conviña estar preparados para as carreiras e esforzos considerables ós que a prisión os tiña desacostumados.

—¿Sabes que che digo? –rosmáralle un día o Rogério a Dinís– Aínda que só sexa por romper a monotonía paga a pena.

—¿Ti cres? –Dinís seguía amosándose ben escéptico– Temos que saír, desta temos que saír.

A chegada das limas converteuse nunha festa. Rosa conseguira pasar dúas coa maior das tranquilidades. Parecía mentira que aquela muller espelida puidese albergar tanta forza nun corpo tan miúdo. A Lois enchéraselle a boca de gabanzas ó se referir a ela. Aquel Nadal de 1973 foi visto e non visto. A tradicional saudade coa chegada das festas familiares viuse absorbida totalmente pola emoción da fuga. Se todo saía como proxectaran, en cinco meses estarían bracexando nas ondas atlánticas das Berlengas. Unha liorta no refectorio entre dous vellos inimigos da rúa acabou enviando a varios deles ás celas de castigo. As.pelexas parecían o pan de cotío ultimamente. Notábanse os nervios no ambiente e a máis mínima contrariedade era capaz de facer rebentar a tensa calma. Tres semanas de control rigoroso adiaron unha vez máis a posta en práctica da súa fuga. A noite en que empezaron a serrar un barrote, o Rogério estremeceuse.

—Acabo de sentir un aire.

—Cala e segue, Rogério. Aínda has espertar alguén.

—Non é chanza. En África tíñanlle moito respecto a estas cousas. Dígovos que isto non vai adiante. Algo vai pasar. Os espíritos andan revoltos.

Morreron febreiro e marzo cun barrote a medio serrar saudándoos dende a fiestra. A manía persecutoria de Lois e as advertencias funestas do Rogério estaban a rillarlles a moral. Todo quedou aí. A última carta de Rosa levaba entre liñas unha mensaxe inequívoca.

«O réxime está a piques de caer. Vémonos fóra, meu amor.» Xunto a ela enviou un recorte do diario *República* onde se incluía nas páxinas deportivas a noticia «Quen travará os leões», na cal se concluía que «perdeu-se uma batalha, mas não se perdeu a guerra». Quen quixo entender, entendeu.

Lois soubo que era certo. A súa muller levaba décadas mantendo unha relación distante para que as despedidas non laiasen demasiado. A súa mostra de afecto indicaba que tiña a seguridade de que a súa saída resultaba inminente. Os días deixaron de se peitear apresuradamente para caer nun desacougo angustioso. Algo se movía de murallas do cárcere para fóra e eles sentíanse atados de pés e mans. Debían limitarse a agardar. Abril abrollou con xenio e fervor.

«Filipa –escribiu Dinís na súa última carta dende a prisión–, parece que isto se acaba. Por fin poderei saír de aquí. Agárdame. Agárdame sempre.»

31

Abril de 1974

A tensa calma anunciaba o trebón inminente. Os sucesos corrían ás présas, demasiado rápido para que eles puidesen asimilalos con tanto atraso como traían as novas na prisión. Na media tarde do día vintecinco de abril de 1974 houbo un balbordo extraordinario. Algúns presos comezaron a berrar que as tropas estaban a se mover no país para acabar co réxime fascista. Outros refuxiáronse nas celas para non quentar máis a situación e limitáronse a agardar. Outra derrota resultaría difícil de asimilar. Pero esta vez sería certo. As horas peneiráronse con lenta cadencia na cadea. Silencio ininterrompido por aturuxos angustiosos e ducias de homes que mastigaban a tensión recuberta de espiñas.

Impediran as visitas de familiares e ninguén lles daba razón de ningún tipo, é máis, os pides respondíanlles de malas maneiras. Non deixaban conectar a televisión nin a radio. Ata as cinco da tarde nada transpirou para os reclusos. O son das campás e os berros na rúa coábanse por entre as pedras da fortaleza militar. Sería imposible detelos xa.

Aquelas voces anunciaron a liberdade ós presos. Eles non estaban seguros de cómo se desenvolvían os acontecementros fóra pero si de que a revolución ía adiante. Os gardas mantíñanos encerrados para evitar máis revoltas e na espera de que se pactasen as reivindicacións para a súa liberación. Sen embargo, non puideron facelo durante moito tempo máis. Na noite do vinteseis ó vintesete de abril de 1974 liberaron a todos os presos da cadea de Peniche e Caxias, os derradeiros homes en compartir a festa da chamada Revolución dos Cravos proclamada o día anterior. Para sorpresa dos encarcerados, que a duras penas podían respirar ante tanto aire, que a penas podían ver ante tantos fachos, que a penas podían moverse ante tanto espacio, había unha multitude aquela noite agardándoos ás portas da prisión.

Dinís Miranda foi o primeiro en saír. Ducias de persoas botáronselle enriba. Caraveis nas camisas, no pelo, nas mans. Comentarios atropelados, abrazos, xestos de cariño de descoñecidos. Resultaba abafador. Lois esqueceu todas as súas enfermidades e correu cara ó exterior. Non ben atravesara o portalón e xa alguén o detivo. Envolvérono media ducia de brazos ata case afogalo. Rosa diluviaba. A voz tremeulle cando lle presentou a Carlos, o seu fillo, e Ana, a súa filla, os xemelgos que vira por última vez cando tiñan a penas catro meses. Rosa nunca lles permitira entrar no parladoiro de Peniche. Negárase a que viran ó seu pai así. Prefería que o lembrasen como aquel home robusto e esbardalleiro que lles facía brincadeiras de cativos ata que o tempo lles devolvese, a todos, a liberdade. Eran agora mozos tímidos abraiados pola figura daquel home, case un descoñecido, que non se parecía en absoluto a aquel que imaxinaran. O Lois de vinte anos berraría ata quedar sen folgos; o Lois daquel abril de 1974 choraba nos brazos dos seus fillos sen ánimo de consolo.

Rogério, en cambio, estaba fóra de si. Daba apertas indiscriminadamente, bicos, palmadas no ombreiro, un amplo abano de efusivos saúdos. Cantaba toda canta melodía se lle pasaba pola cabeza e deu grolos desvergoñados ás botellas de viño que pasaban de man en man entre a multitude. Non atendeu ós centos de cousas que lle dixeron. Embriagouno a felicidade que nunca xamais vira no seu pobo e tivera que aprender por ruelas de Europa e África. Rogério, o mestre de xeografía, embebedouse da festa e esqueceu que levaba máis dunha década entre aqueles barrotes. Do Joaquim ninguén soubo porque desapareceu como engulido pola néboa densa da península. Regresara á casa sen se despedir para non matar con palabras a comunicación daquel sentimento que os anegaba.

Raúl G. non tiña refixeiro. Namentres uns e outros aplaudían a revolución de abril, o líder da célula comunista da fábrica de vidro da Marinha Grande non facía máis que preguntar qué pasaba exactamente, cómo se desenvolvera todo, se houbera mortos, cántos, ónde..., por qué abril.

—Ei, Raúl, ¿seica non necesitaches saír a nado?

O Matías, o mariñeiro que tiña previsto axudalos na fuga por mar, deulle unha palmadiña amigable nas costas.

—Porque non me deu tempo, diola. Agora vaime quedar a dúbida de se o conseguiriamos ou non. A fuga estábache ben artellada, non vaias pensar ti.

Matías riu a gargalladas compracidas.

—Raúl, Raúl, a fuga foiche de todo o pobo portugués. Todos quixemos fuxir convosco esa noite. Avante, camarada.

Para o Raúl non resultou suficiente. Non parou ata que conseguiu enfiar máis ou menos todo o que se levaba cocendo no tempo en que el estivera preso. Contáranlle que antes do golpe do vintecinco de abril producírase unha remodelación gobernamental no quince de marzo e un movemento militar no dezaseis dese mes. Na madrugada dese día o Rexemento de Infantería 5, asediado nas Caldas da Rainha, ó norte de Peniche, executara unha marcha frustrada sobre Lisboa. Tiña como obxectivo depoñer o Goberno e acabar co réxime fascista. A rapidez coa que o Movemento dos Capitães, como así se chamou, deixou de ser unha protesta corporativa para se converter nunha cuestión política global era indiscutible. Entón souberon que aquel podería funcionar como primeiro ensaio e xa non había maneira de detelo porque todo un pobo estaba implicado na revolta. Un camarada relatáballe polo miúdo a Raúl todas as vicisitudes que os atormentaran nos últimos meses.

Raúl G. laiábase por non poder traballar arreo no desenvolvemento daquel fantástico proxecto. Díxolle aquel que establecido o posto de comando das forzas revoltosas no Rexemento de Enxeñería 1, na Pontinha, e difundidas as cancións *E despois do adeus* e *Grândola, Vila Morena*, que funcionaban como seña para o inicio da revolución... Raúl G. tiña os pelos de punta. Case sentía a voz firme de Zeca Afonso cantándolle a medianoite *terra da fraternidade, o povo é quem máis ordena...* «As Unidades rebeldes procuraron apoderarse dos lugares estratéxicos (RTP, Radio Clube Portugués, Emisora Nacional, Cuartel Xeral da Rexión Militar...) da cidade de Lisboa. Nun segundo momento, unha columna da Escola Práctica de Cabalería procedente de Santarem e comandada polo capitán Salgueiro Maia, illa a Praça do Comércio e corta o acceso ó Banco de Portugal. Non imaxinas meu, foi tan rápida a actuación das unidades afectas ó movemento que colleron as unidades fascistas totalmente fóra de xogo. As rendicións sucedíanse coa forza das fichas de dominó que caen ó taboleiro. Os da Escola Práctica de Cabalería dirixíronse ó cuartel do Comando Xeral da GNR, no Carmo, co fin de obter a rendición de Marcelo Caetano que se refuxiara alí segundo as indicacións de Silva Pais, director da policía política. Despois de varios intentos de negociación, o xeneral Spínola, mandado polo MFA, entrou no Carmo e obtivo a rendición dese fillo de puta esa mesma madrugada. Todo Portugal caeu rendido ós seus pés. Eles foron a lapa que prendeu a palla estrada e perfectamente preparada polos camaradas de todo o país. A revolución é nosa.»

Aquel home con verdadeira vocación de predicador pronunciara a última frase entre os aplausos enardecidos de moitas persoas que se congregaran ó seu redor a escoitar tan heroico relato. Era a crónica emocionada da revolución dos cravos que eles viviran ou, tamén, anceiaban ter vivido.

—¿Cantos mortos? –preguntou Raúl.

Unha muller respondeu irada:

—Morreron algúns, pouca cousa, pero todo é pola teima da PIDE/DGS de non querer claudicar. Alá eles –aquela peixeira cuspiu con xenreira no chan–. A pena son os catro homes que se levaron por diante na rúa António María Cardoso antonte.

—Non foron máis dos que levan caído polas torturas dos pides. Fillos de puta... –o Raúl sentiu que a rabia aínda o roía por dentro.

—Camaradas, ¿escoitastes o programa do MFA presentado de mañanciña polo maior Vitor Alves no cuartel da Pontinha? António de Spínola prometeu promover futuras eleccións libres na Asemblea Nacional e do Presidente da República; a liberdade de expresión e pensamento; garantir a supervivencia da nación como patria soberana; respectar os compromisos internacionais...

A Raúl G. aquilo aínda non lle parecía real. Logo entendería que realmente poderían estar a pechar un ciclo histórico da vida portuguesa. Desaparecera o que eles chamaran Estado Novo e todo o que representaba incluída a prisión, o silencio, a clandestinidade. Foran a penas dezaoito horas emotivas e intensas para os que as viviran na rúa; angustiosas e dolorosas de portas de Peniche para dentro; dezaoito horas dende que o Movemento lanzara os seus primeiros sinais pola radio ata a rendición do cuartel do Carmo. O pobo portugués tardara corenta e oito anos en espertar pero fixérao; enteiro, alegre, firme, fixérao. Raúl, ó carón do portalón da fortaleza, empezaba a comprender que a vida comezaba aquel vintesete de abril de 1974.

Dinís vagaba desconcertado entre a xente. Buscaba rostros que nunca atopou e nunca atoparía no medio da multitude. Buscaba a cara de Isaura, de dona Leonor, de André, de Miguel da Silva e de Filipa, tamén de Filipa. Procuraba as facianas dos mortos e dos vivos que ganduxaran o seu pasado. Naquel intre de éxtase colectiva, Dinís lembrounos a todos e cada un deles cunha morriña desesperada. E ningún deles apareceu para recibilo na súa recobrada liberdade. Na madrugada do vintesete de abril de 1974, aquel rapaz da Marinha Grande morreu un pouco e deveceu por nacer outra vez lonxe de tan xorda melancolía. Aquilo non se parecía en absoluto ó que soñara en tantas horas de cárcere. Abordouno unha especie de agorafobia. Doíalle o aire no peito e a luz nos ollos. Tanta xente berrando ó seu redor e ninguén polo que sentirse libre, por fin libre. Afastouse do balbordo e sentou no peirao. As gamelas dos pescadores mecíanse suavemente ó abrigo do espigón baixo a luz da lúa. Os chíos das gaivotas e as cores rechamantes das proas parecían compartir a felicidade dos homes e das mulleres que cantaban e bailaban ás súas costas. Dinís fitaba o mar e o mar fitábao a el. Sobre o seu lombo esquivo estendeu moreas de preguntas sen resposta. Raúl G. arrebatouno do seu ensimesmamento.

—Dinís, Dinís, acabouse, Dinís...

—...

—¿Que tes, home? Veña, imos tomarlle algo. Isto cómpre celebralo, meu. Cómpre celebralo.

—Claro..., si, imos....... Si.

Aquela noite resultou extremadamente curta para todos. Tiñan demasiadas cousas que se contar. Foran máis de cinco anos, exactamente, martelábanlle a Dinís, 2035 días, 290 semanas e case medio milleiro de cartas. A súa vida cinguírase a estas arrepiantes medidas das que, malia rompelas xa, non lograba escapar. O amencer sorprendeunos na última taberna da vila. Estaban totalmente bébedos de viño, de queixo, de xamón, de peixe; bébedos de palabras e bébedos de si mesmos. «Para recuperar todo o tempo que perdemos aí dentro –esbardallaba entre impos o Raúl– non deberiamos volver durmir nunca máis.»

Colleron o primeiro autobús da mañá camiño da Marinha Grande. Despedíronse dos camaradas con máis medo do que puideran prever. Acostumáranse a se arroupar os uns ós outros con palmadiñas no ombreiro en momentos difíciles e facíase duro verse só ante as circunstancias futuras. Non se deron de conta daquela. A emoción zarrapicaba o seu sentido da realidade e ata moito tempo despois non saberían cómo definir aquela Síndrome de Estocolmo que os ameazaba. Ás veces soñarían nas moitas noites de cadea e chegarían a botar de menos a súa seguridade insegura. Alí a súa ideoloxía non corría perigo porque os «outros» estaban nun bando estrictamente definido. No mundo de fóra, os papeis ficaban ocultos baixo máscaras de falsidade e as barreiras políticas diluiríanse na dramática xeada dos intereses económicos.

Nas apertas de despedida a Rogério e Lois algo de Dinís escapou para sempre para se refuxiar entre os muros da prisión. Parte da súa alma consumiríase tercamente na humidade das celas, na calor abrasiva do patio da cisterna e no son estridente das gaivotas. Alí, amolecería.

Raúl G. quedou durmido nada máis arrancar o autobús. Roncaba como un bendito e ría entre soños. Dinís non podía comprender cómo conseguira caer en tal buraco onírico con aquel troupelear intermitente. Deixaron a vila mariñeira entre aplausos. Atrás quedaron os encaixes de palillos, os xardíns, o recinto amurallado, a lingua de area. Atrás quedou o silencio melancólico da represión. Quixo o rapaz reconstruír naquela viaxe de retorno a súa propia viaxe de ida. Éralle agora un camiño pracenteiro de primavera consumada. A visión dos amendoeiros en flor non tapou o recordo lastimoso dos baches e as curvas espetadas nun corpo maltreito no vía crucis de cinco anos antes. Podía lembrar perfectamente cada quilómetro de asfalto rexistrado na súa pel. Sen embargo, decidiu deixarse amar pola beleza da paisaxe que o circundaba para, alomenos, tentar empezar a esquecer. O proceso de desmemoria adiviñábase infinitamente cruel.

O corazón aceleróuselle ó entrar na cidade da Marinha Grande. Baixaron do vehículo e Dinís, como fixera moitos anos antes ó retornar de Mozambique, botara a andar camiño de San Pedro de Moel. Fuxiu de olladas e comentarios e avanzou con paso apresurado cara ó piñeiral. Sorprendeuno o seu propio desconcerto. Rebelábaselle o sentido do olfacto, do gusto, da vista, do oído e do tacto. Todo canto percibía resultaba atractivamente novo, coma se nunca o experimentase antes. O arrecendo da catedral de agulla e do Atlántico encrespado perforáballe os poros da pel, as papilas, o iris, o tímpano e as fosas nasais. O bravo apoderouse tamén do seu espírito e degoirou por chegar a casa. A liberdade recobrada parecía reafirmarse como tal e non só un soño das longas noites de pedra da prisión. Unha vez máis foi André quen o recolleu a medio camiño. O Pinhal do Rei don Dinís déralle as mellores sorpresas e regaláralle visitas insospeitadas. Cando André, o fillo da señora Carme, enxergou a Dinís viu un soño cumprido. Divisou na súa silueta a volta á vida de Isaura quen, dende o pasamento de dona Leonor, estaba sumida nunha profunda apatía. Abrazouno e convidouno a subir.

—Qué alegría, Dinís, qué alegría. A túa nai estate agardando. Ten un prato na mesa dende que te levaron. Sabía que non podías tardar.

O silencio enguliu de vagariño o resto das cousas que tiñan que se dicir. Tragou as últimas novidades da aldea e mais os pesares que se amolloaban na cabeza de Dinís. Estaba moi canso, terriblemente canso. O André, aquel falangueiro inventor e vagabundo de mil lugares perdera moitas das súas virtudes comunicativas. A vellez trouxéralle a introspección como arma contra a sociedade, esa que desacreditou o seu discurso liberal dende a supremacía que dá, a quen o outorga, o cualificativo de tolo. Murchara André e Dinís recoñeceu nel a outra víctima irrecuperable de máis de medio século de dictadura. Un máis na faltriqueira dos represaliados. Un nome, un rostro, un corazón para o que nunca habería indemnización por tan terrible pasado de negacións da súa propia condición sexual e ocultamento a unha sociedade que nunca transixiría ante a súa liberación. O día vintecinco de abril de 1974, Dinís colleu novos lentes dende os que espreitar a realidade e nunca as persoas serían as mesmas. Influído pola manía persecutoria do Lois, establecería dous bandos radicalmente opostos: víctimas e verdugos; heroes e viláns. Non admitía termo medio. André cumpría co perfil de heroe silencioso dos que o Portugal de abril estaba inzado. Dinís admirouno dende o seu silencio cómplice e sentiuno por el.

Chegaron a San Pedro de Moel e o primeiro que viu Dinís foi o mar. Só aí empezou a chorar. Logo viñeron Isaura e a señora Carme darlle a benvida e Dinís seguía chorando. Non choraba por eles, senón polos que non estaban e, comezaba a asumir, nunca máis estarían. Pasou Dinís as primeiras horas en liberdade atado no camiño da súa casa ó alto do Penedo da Saudade. Matou longas horas coa cana desafiante cara ó horizonte tentando debullar cantos pensamentos e sensacións se amoreaban nos seus miolos. Comentaba o xusto coa súa nai e con aqueles que se cruzaban con el. Estaba pálido e eslamiado. Tiña Dinís poucas ganas de falar.

32

A liberdade

Primeiro, o silencio; segundo a loita afervoada. Auspiciado unha vez máis polo Raúl G., quen se convertera nun dos líderes do movemento de recambio na Marinha Grande, Dinís integrouse na vida política e social activa. Pareceulle a mellor maneira de matar a inercia do ocio namentres non volvían ó traballo na fábrica de vidro. Pensara esa súa vinganza contra todos os que o fixeran sufrir como unha gran victoria. Mais abafouno unha angustia tenue e ininterrompida. Cando viu ó Antoninho abandonar a fábrica entre insultos e ameazas, el non puido vangloriarse coa súa dor. SóuboIle a derrota tamén, un fracaso aínda máis inabranguible có anterior porque por moita vinganza que houbese ninguén lle ía devolver aqueles 2035 días, 290 semanas, os máis de cinco anos en prisión. E ninguén lle ía devolver Filipa.

O primeiro grande encontro coa nacida liberdade política chegou a penas uns días despois coa manifestación do primeiro de Maio, a primeira festa do traballo logo de décadas de dictadura. Nunca Dinís vira tanta xente xunta. Todo

Portugal fervía solidariedade obreira, caraveis e mais o apoio confirmado ó MFA. A lexitimación do novo réxime chegou cos berros de liberdade e a alegría de homes, mulleres e nenos que saíron á rúa a proclamar a súa abnegación á causa. Na Marinha Grande, Dinís e Raúl G. encabezaron a manifestación popular e, entre aplausos, tiveron oportunidade de falarlle á multitude. Foi o seu pequeno segundo de gloria, a rentes da fábrica de vidro que os humillara pero, para Dinís, non logrou tapar toda a dor do cárcere e, moito menos, a ausencia do rostro de Filipa entre todas aquelas persoas que o fitaban.

A partir de abril, o tempo iniciou un febril devalo do calendario. Dende a sombra, Dinís asistiu ós cambios políticos e reformas sociais, ás primeiras eleccións democráticas que tanto anceiara ver dende a soidade dos barrotes. Refugou protagonismos e honras. El nunca quixera ser heroe e non ía gozar dun recoñecemento que nunca buscara. As circunstancias provocaran a súa inclusión nun longo elenco de figuras que lograran romper o negro futuro de Portugal, pero foran só iso, circunstancias. Dinís cambiaría toda, absolutamente toda a gloria, porque lle devolvesen aqueles 2035 días, 290 semanas, máis de cinco anos de cadea. Non tivo nin un segundo de arrepentimento e –cismaba Dinís– volvería repetir cada unha das súas pisadas naquel outono de 1968 cando protagonizaran a revolta obreira nas forxas da fábrica. O único que tería mudado –insistía ante as ondas de San Pedro de Moel– sería o nacer nunha dictadura, nun inhumano e fratricida réxime autárquico que os esmagou polo delicto de pediren un recoñecemento dos seus dereitos laborais.

Primeiro, o silencio; segundo, o desexo de vinganza; terceiro, a satisfacción miúda. Todos os sentimentos que lle gabeaban polo peito naqueles meses pisáronse e enguedelláronse os uns cos outros dando lugar a unha soidade estraña, un oco inabranguible sen preguntas nin respostas. Sen embargo, e por riba de toda aquela frustración non oculta, superpúxose outra sensación ata o de entón descoñecida: o orgullo. O país que encontraba non se parecía máis que na xeografía ó que deixara atrás en setembro de 1968. Nas intricadas contradiccións do seu patriotismo houbo un buraco para crer que podía estar a presenciar o nacemento dunha nova sociedade máis xusta, máis optimista, máis de seu. O devalar dos anos ofreceríalle unha imaxe ben diferente á que naquela miraxe de 1974 deveceu por acadar. Primeiro, o silencio; segundo, o desexo de vinganza; terceiro, o orgullo; cuarto, aló no fondo, a indiferencia.

Isaura recibiuno do mesmo xeito que fixera á súa chegada de Mozambique: con expectación e sen preguntas. Deixouno facer. Aceptou o seu mutismo, os seus suspiros e o seu silencio cortés coa mesma paciencia e amor que mostrara durante máis de trinta anos. Á nai éralle abondo con telo consigo e non quería ser unha pegada máis na procesión que, intuía, Dinís levaba por dentro. A señora Carme regaloulle tantos pasteis de nata como para elevar os niveis de triglicéridos de todo un rexemento. O orgullo despuntábaballe por debaixo do bico ó rapaz. A alegría do seu pobo contaxióuselle ós poucos, con lacazanería pero enchoupándoo todo como a poalla persistente da invernía en San Pedro de Moel. Os minutos que lle pareceran eternos nas primeiras semanas lonxe de Peniche convertéronse en carreiras apresuradas contra a madurez. A aprendizaxe e a velocidade dos cambios nos que mergullaran sementou a súa cabeza con novos proxectos e preocupacións.

A idea envolvente e cómoda de Filipa, aquela que o acochara durante tantos anos e se forxara como motor co que tirar para adiante en condicións adversas foi quedando inevitablemente atrás. Dinís agarrárase ó principio ós recordos para ter algo de firme onde ancorar naquela tempestade revolucionaria. Sen embargo, o paso do tempo demostroulle que as figuras da memoria esvaéranse co neboeiro do tempo pasado e eran, nada máis, pantasmas xa. Refugara cruzar por diante da casa de dona Leonor durante toda a primavera, o cal lle custou o seu traballiño porque en San Pedro de Moel todas as ruelas confluían as unhas coas outras. A pesca permitiulle refuxiarse na súa cuncha sen se enfrontar ás débedas contraídas un lustro antes. Mais chegou o verán e os turistas invadiron a riadas a solemne tranquilidade da aldea. Dinís non agardaba tanta xente de fóra, e moito menos tanto estranxeiro naquel recuncho afastado do oeste portugués, a 140 quilómetros de Lisboa polo sur, a 90 quilómetros de Coímbra polo norte, tan preto da fin do mundo.

De súpeto, unha mañá viuse abafado por caras descoñecidas e, á vez, reconfortado no anonimato. Cruzouse con homes en pantalóns curtos e xornais baixo o brazo, con nenos rebuldeiros detrás dunha pelota, con dúas mociñas presumidas de roupa escasa, cunha muller de amplo sombreiro e lentes de sol. Todos descoñecidos. A señora Carme pasou pola casa cunha ledicia case infantil para lle pedir que lle acordase dos chapeos de sol na praia durante os días en que o seu fillo André estivese en Nazaré amañando uns asuntos con Deus. Ela fíxoo con todo o amor do mundo. Desexaba que o Dinís se entretivese namentres non volvía ás quendas da fábrica de vidro trala reorganización do cadro de persoal. Sen embargo, el non se sentía aínda preparado e tardou unhas semanas en intentalo.

O rostro que lle devolveu o espello confirmoulle o que xa o calendario anunciara e advertira sen descanso. Mirouse avellentado e gris, a penas o perfil machucado do que un día fora. Aquel rapaz espelido que teimaba e teimaba por loitar dentro do cárcere con homes maiores ca el víase agora un vello ó carón dos adolescentes que enchían de balbordo a aldea naquel verán de 1974. Eran tan novos. Estaban tan cheos de ideas e de futuro. Rían con tantas ganas. Tiñan tan pouco medo. E el... El qué. Sacrificara a súa vida persoal pola política e entón –pensaba–, entón só tiña iso: a política, o rebelde intento de crer, sen fisuras, na esquerda. Automotivouse como puido coa resolución obcecada de non deixarse vencer. Non lles ía dar esa satisfacción.

Así que unha mañá do primeiro xullo atravesou a porta da casa e dirixiuse á casa da señora Carme. Colleulle a caixa dos pasteis de nata e levouna do brazo ata a praia. Estaba preciosa. O sol aínda non alcanzara o alto ceo e a area parecía fría. Qué bonitas as ondas maimiñas da beiramar. Qué bonitas as nubes e qué bonito o vento mesmo molesto. Qué bonita a luz. Qué bonita a escuma. A señora Carme, velliña e máis morena có azucre de cana, estendeu a súa mercadoría onda o paseo marítimo e indicoulle a súa parcela de chapeos de sol.

—Dinís, fillo, mírame deses de aí. Agora xa non che é coma antes que eramos os únicos. Todos viron negocio acó e hai competencia a rabear. Pero isto dá uns escudiños e aínda vale a pena. Mellor que quedar na casa... Señora, ¿e non quererá uns pasteis? Feitos na casa señora, con estas mans, mire qué feitiños lle son...

A señora Carme estendeu as súas armas seductoras e foi desprendéndose dos pasteis e das galletas cos turistas máis madrugadores. A media mañá o sol pegaba de cheo e xa non quedaban a penas chapeos por alugar. Era case toda xente nova e víaselles tan felices... Dinís deixouse levar pola calor, a brisa, a auga salgada e a tolemia da xuventude. A súa foi unha tentativa desesperada por recuperar o tempo que lle roubaran sen compaixón. Sentiu que Miguel da Silva lle sorría agradecido dende o horizonte.

Ó subir á casa dende a praia atreveuse a cruzar polo medio da aldea. Medrara San Pedro de Moel considerablemente na súa ausencia. Paredes branquiñas, macetas con flores e marcos das fiestras de cores brillantes puñan un toque de optimismo que parecía impregnalo todo. Esqueceuse Dinís dos recordos, pero eles non se esqueceron del e cando atravesou por unha calella topou, inesperadamente, coa porta da casa de dona Leonor. Estaba aberta e escoitábanse voces no seu interior. O corazón petoulle atropeladamente na gorxa. Achegouse un pouco máis e observou semioculto por unha árbore. Había nenos rebuldeiros e unha muller que berraba con eles para tentar que acabasen a cea. Caía a tarde en San Pedro de Moel e o sol perdía a súa sinuosa silueta no arco azul da inmensidade. Dinís creu que era ela. O desatino díxolle que era Filipa e non o dubidou.

—Ola, boa tarde.

—Ola, ¿como está? –preguntou a muller con cortesía pero sen amosar maior interese.

—Ben –Dinís mirouna de fite e deuse conta que non era ela. Aqueles non eran os seus ollos– Desculpe señorita...

A muller virouse intrigada cara a el.

—Dígame. María, non collas iso, deixa o can no chan, María, hache trabar como sigas a collelo así no colo, ¿non ves que o vas mancar? Acaba o bocadiño este, veña, María faime ese favor. ¿Que me dicía? Os fillos, xa sabe vostede.

—Eu quería saber de..., ben, dos que vivían acó.

—Ah, era iso. Dona Leonor sabe vostede que morreu.

—Si, ben sei, si. Pero pensei que vostede tal vez lle fose familiar ou algo, como vive aquí.

—Non, que va. María, como non deixes o can tranquilo quedas sen chocolate. Dáme igual, María, dáme igual. O can non pode estar así. Acaba de cear. Mire, desculpe outra vez, nós mercamos a casa hai un ano. Foi por unha inmobiliaria. Seica os herdeiros de dona Leonor tiñan apuros económicos no Brasil e decidiron vender esta casa e mais a do Rui, aquela de alá adiante que estaba case sen estrear...

—Ahhh, xa entendo.

—Non sei se lle podo valer de máis.

—Si, por favor. As cousas que estaban na casa, ¿quen as recolleu?

—Atopámola limpiña de todo. Encargouse a axencia. Sabe vostede, con esas empresas dá gusto, deixan a casa como acabada de facer. Non sei o que fixeron con todo, queimaríano, supoño, non lle sei dicir.

—Nada, pois moitas gracias por todo.

—Síntolle non poder axudalo máis. ¡María! Como non deixes o can, xuro que te, xuro que te... Prende para dentro. Acabouse o xogo, ¡para dentro, María!

—Non se preocupe –Dinís perdera a última baza que lle quedaba na manga–. Ten unha filla que non ten acougo.

—Xa ve. María, dille adeus ó señor. Adeus, adeus.

—Adeus, boa tarde.

Dinís quixo enfadarse porque ninguén lle anunciara antes a venda das casas dos Rodrigues en San Pedro de Moel pero axiña comprendeu que non valería de nada. O pasado quedara definitivamente pechado baixo o cerrollo do imposible. Para moitos homes recluídos durante anos no cárcere militar de Peniche a mentira, pretendidamente piadosa, fora a única realidade que viviran do exterior. Logo do vintecinco de abril, algúns daqueles homes orfos, viúvos, roubados e mesmo renegados devecerían por volver á lenta e cómoda ilusión da prisión. Cando crían que algo os agardaba fóra dos muros da cadea.

33

As débedas do pasado

Dinís non sería o único que neses meses estaba a saldar débedas. Algúns faríano con máis fortuna ca outros. Tralo mal trago da noticia da perda da casa que acubillara os seus mellores recordos da adolescencia, Dinís sentiuse un pouco máis orfo. É curioso. Nunca quixera coñecer a identidade do seu pai. Para el iso eran asuntos exclusivos da súa nai, nada máis ca dela, e el nunca apreciara a carencia dun proxenitor. Non o necesitara e non podía botar en falta aquel sentimento de devoción paternal que descoñecía. Mais si se sentía orfo de memoria. Coa casa de dona Leonor perdera máis do pasado do que era capaz de describir con palabras. Aló ían as cuncas, as primeiras caligrafías, as cartas, os encaixes e, por riba de todo, o arrecendo inconfundible das prímulas e das gardenias da cociña, o mesmo cheiro que unía ó recordo de Filipa. Coa saudade chegou tamén o alivio e as xa imparables ganas de saír do furado repetitivo de remorsos e autocompaixóns no que caera tras abandonar Peniche.

Rematou o verán e volveu o inverno. Dinís mercou un coche no que cruzar cada día o Pinhal do Rei camiño da fábrica de vidro na Marinha Grande. A primeira vez que atravesou os a penas oito quilómetros de distancia entre ambas as dúas vilas botou as mans á cabeza. Non tardara nin sete minutos en percorrer o treito que de neno e adolescente lle levaba case unha hora na bicicleta. Os cambios parecían abranguelo todo, mesmo as distancias resultaban xa ben diferentes.

A vida na fábrica de vidro non caeu na monotonía como lle parecera nun primeiro momento. Raúl G. convenceuno para que encabezase con el o movemento sindical e os compromisos coa célula local do partido, que rapidamente artellaran á saída de Peniche, levárono a viaxar frecuentemente por todo o país. Coñeceu Porto, Braga, A Bragança, o Alentejo, Estoril, Cascais, Tras os Montes, Viana do Castelo e Évora, a terra de Miguel da Silva, Évora. Coñeceu todo Portugal e deixou que este o coñecese un pouco a el, a unha das víctimas do seu pasado, a el, ó Dinís da Marinha Grande, de San Pedro de Moel, de Mozambique e de Peniche. A Dinís. Embebedouse o mozo da axitación continua que sacudía o país. Deixouse namorar pola recobrada liberdade e pola seducción das arengas. Unha vez que Raúl G. subiu a unha palestra tralo frustrado levantamento de novembro de 1968 na fábrica de vidro, Dinís volveu sentir unha sacudida no corazón. Desta volta rematou a súa intervención felizmente sen ningunha interrupción e o público alí presente aplaudiu a rabear. A vida dera un xiro de cento oitenta graos baixo os seus pés.

Os anos pasaron velozmente para Dinís, tan velozmente como os cambios políticos e sociais que os abordaron nos anos oitenta. As horas duras cubríronse dun manto incoloro e inodoro que o anestesiaba contra a dor e o que nunca soñara deu en acontecer. Dinís comezou a esquecer. Olvidou as bágoas, as aldraxes, os insultos, a tortura, a soidade, o medo, o terror... Nunca conseguiu que fuxisen da súa memoria pero si do seu corazón. E non houbo rancor para cos derrotados.

Filipa, sen embargo, voou do espectro do seu pensamento para botar o rizón no medio e medio da alma. Dinís nunca logrou arrincar a espiña do peito que espetara a súa ausencia. Preguntábase a cotío qué sería da súa vida, cada vez con máis receo. A medida que pasaban os anos perseguíao a idea de por qué ela non regresara unha vez recobrada a democracia; de por qué nunca respondera a ningunha das súas cartas; de cómo sería ela tantos anos despois; de por qué non se preocupara nunca en saber cómo se encontraba. Dinís sentía que ela refugara o agasallo que lle preparara durante cinco anos de prisión. Morta a dictadura e libre de persecucións iniciárase o retorno de centos de exiliados. Filipa rexeitara volver e iso non quixo perdoarllo. Non quixera regresar a Portugal e optara por un non sabía qué, pero optara por outra cousa. Agora tanto tiña. Resultaba demasiado tarde para remorsos. Con todo, Filipa ocupou, malia o seu pesar, un lugar preferente da súa alma núa, nese curruncho onde acubillan os amores inexplicables. Empoleirada no máis alto dos cariños, a moza que lle fornecera os momentos máis felices da súa vida superpúxose ós reproches e quedou alí, idealizada no seu ideario vital.

Nunca unha muller lograría apagar ou, cando menos, facer sombra á luz do seu facho. E serían moitas as que se amorearían na faltriqueira das súas conquistas. O seu éxito mediríase pola grandeza do seu recoñecemento político.

Nada máis sabían do seu pasado na militancia da esquerda e a reclusión en Peniche, eran moitas as mozas que se deixaban abraiar polo seu relato entre cómico e heroico. Nunca o atraeron as gabanzas das masas, pero Dinís non podía evitar estender as súas artes seductoras con aquelas belezas que se cruzaban na fábrica, nos mitins ou nas múltiples visitas sindicais. Non enganou a ninguén. A ningunha lle fixo falsas promesas e conformouse con gozalas como flor dun día. Foi un pacto mutuo no que as dúas partes quedaban satisfeitas. Dinís non quixo xurar algo que non podía dar. O seu compromiso político e social non aceptaba máis lazos cós do vento e, baixo esa escusa que nin el mesmo cría, viviu como anguía escorregadiza o resto dos seus días.

Foi feliz Dinís, medianamente feliz. Sen embargo, poucos dos que o vían traballar arreo día a día na causa comunista sabían dos pesadelos que o sacudían durante o soño. Perseguíano Miguel da Silva, Aaial, o Caetano Gomes, dona Leonor, Filipa. Perseguíano as vexacións de Peniche, os barrotes, o baluarte redondo, o silencio, a imaxe borrosa de Filipa no parladoiro, o cheiro a morte, o rancho nauseabundo, as folgas de fame, os berros dos encadeados na Casa de Campo e a gangrena dos lisiados da guerra colonial. Perseguíao o pasado e Dinís non sempre podía fuxir del. Pero isto acontecía coa chegada da escuridade. O día deixáballe a Dinís un espacio para espallar a súa merecida liberdade.

Do que nunca máis quixo saber foi de Peniche. Nin cando o convidaron a visitar o recentemente inaugurado museo da Cámara Municipal quixo estar alí. Contáronlle que había reconstruccións de hábitos da vida dos presos en paneis explicativos e mesmo lle pediron permiso para empregar algunhas pertenzas súas. Non puxo inconveniente pero nunca aceptou volver. Demasiado lle custara facer cicatrizar as feridas como para botarlles sal enriba.

Non todos conseguiron esquecer na mesma medida. Raúl G. deixouse rillar pola nicotina e a principios dos anos noventa tivo que baixar o ritmo de traballo por mor dunha premonitoria anxina de peito. Lois, o home de Rosa, non podería gozar da liberdade máis que tres meses. A pulmonía contraída na prisión e a emoción polos acontecementos vividos achicaron as súas defensas e o seu corazón. Seica morreu berrando que varios pides o espreitaban trala cortina do hospital, namentres Rosa agarraba fortemente a súa man. No seu epitafio alguén escribiu un fragmento dun poema sobre o amor e a loita. Rosa marchou de Coímbra para sempre e implicouse na política activa en Lisboa. Na convocatoria ós comicios europeos encabezaba a lista polo PCP.

Rogério marchou ás colonias africanas para axilizar os procesos de independencia e, logo, sen escala en Portugal, voou a Timor. Ninguén soubo máis del. Joaquim, o calado escritor de cartas, tería peor sorte. A súa aldea dos montes do Gerês, Vilarinho das Furnas, a aldea de réxime comunitario da que tanto se gababa na cadea como modelo de organización económica e social deixara, simplemente, de existir. Ninguén quixera contarllo durante o seu encarceramento en Peniche para non magoalo aínda máis. O certo fora que o vinteún de maio de 1972 inauguraran a Barragem de Vilarinho das Furnas, un encoro que anegara con millóns de litros do Río Homem o vizoso val no que vivían máis de trescentas persoas, sesenta familias e, entre elas, a do

Joaquim. Se para todos o tempo transcorrido na cadea sería irrecuperable, para o Joaquim seríao moito máis.

Cando percorreu as Terras de Bouro con todas as súas laranxeiras cargadas de froito e as amendoeiras en flor, o corazón pegáralle alegres chimpos no peito. Presentaba Joaquim ós seus sesenta anos unha saúde de ferro e levaba máis de vinte na cadea polo delicto indemostrable de pasar homes pola fronteira galega de Portela do Homem, ó norte da serra do Gerês. A causa de estar recluído nunha cadea para presos políticos debíase a que o confundiran cun fuxido comunista. Ninguén o creu cando xurou e perxurou que el só facía contrabando de azucre, aceite, café e manteiga con sal na Raia Seca. A el non lle importaban as dictaduras de Franco en España nin de Salazar en Portugal porque el non actuaba por razóns políticas senón por razóns de fame. Na cadea, rodeado de republicanos, anarquistas, socialistas e comunistas aprendería que nada escapa ás razóns políticas. Saberíao demasiado ben no seu pelexo.

Aquela tarde da primavera tardía de 1974, Joaquim sentírase como un cativo. Chegou ó Campo do Gerês cantando e saudando a canta persoa atopou ó seu paso. Pareceulle ver varias caras coñecidas pero tivo a estraña sensación de que o esquivaban. Non achou ninguén con quen tomar un bocadiño de pan e queixo e seguiu camiñando naquel monte baixo de carqueixas, uceiras e toxos. Alá abaixo, onda o río, agardaban todas as imaxes da vida que lle secuestraran mesturadas entre o Mato da Albergaría. Sen embargo, ó acadar o cóbado do carreiro enxergou o que non quixera ter visto nunca. Era o cumio máis alto, alá dende onde se albiscaba por primeira vez a aldea de Vilarinho das Furnas, a súa casa, a súa xente, os seus recordos. E alí había só unha inmensa lagoa artificial de auga estancada e morta. Anegaran o val todo. Joaquim tivo que sentar nun pedroulo de granito con fortes dores no peito. Nunca soubo se fora algo físico ou psicosomático, o caso é que o corazón doéralle moito, moitísimo aquela tarde.

Explicáralle algún transeúnte todo o proceso de expropiación das terras de labradío, os prados e as casas dos veciños de Vilarinho das Furnas. A Eléctrica Portuguesa pagáralles vinte mil contos ás familias por todas as súas posesións, o mesmo investimento que fixeran na albergaría dos obreiros da construcción do encoro en Campo do Gerês. Joaquim preguntou un por un por todos os seus veciños e a penas unha ducia lle souberon dar razón. Non só lle mataran os lugares nos que localizar os recordos, expulsáranlle tamén a comunidade humana. Joaquim sobreviviu coa pena ás costas vinte anos máis. Cando os enxeñeiros tiñan a ben abrir as comportas do encoro e deixaban fuxir a auga do Homem, abrollaban as paredes tétricas do que un día fora unha vila rica e próspera. Nas pantasmas de pedra Joaquim buscou as lembranzas que xamais apareceron. O home non podería xurar que preferise aquela liberdade sen nada á estadía na cadea. Ambas as dúas eran asfixiantes. Sobreviviu na prisión do encoro ata que unha serpe do monte lle regalou a anceiada morte. Como o *Principiño*, buscou o seu mundo noutro lugar.

Dinís foi feliz, medianamente feliz. En canto as súas obrigas políticas e sindicais llo permitían, sentaba no alto do cantil do Penedo da Saudade coa cana de pesca a bailar sobre as augas na procura de peixe. Por veces sentíase alegre, outras, as máis, anegábao unha saudade finísima, pero sempre, sempre, tiña un pensamento para Filipa. Botábaa de menos. Sorríalle ás ondas do Atlántico que o afastaban miles de quilómetros dela e repetía con xorda ironía: «agárdame Filipa, agárdame. Eu agardareite sempre.» Á súa maneira, Dinís sempre creu que ela aparecería como quen cre, sen sabelo, na felicidade.

34

Ritmo de bossa nova no corazón

A madrugada do vintecinco de abril de 1974 Filipa espertara sobresaltada dun profundo soño. Non logrou acordar de qué se trataba, como tampouco conseguiu volver durmir. Agardou a mañá con paciencia dándolle as últimas pinceladas a un óleo de escuma e mar embravecido. Era o agasallo de aniversario para o seu pai, unha recreación da memoria dos cantís perdidos en San Pedro de Moel. Languidecía a luz da lúa perante ondas negras xigantescas e as casiñas diminutas sementaban pintiñas de cor no cadro. Estaba segura de que lle ía gustar. Había meses que andaba a voltas coa teima de conseguir imaxes de Portugal e a Filipa parecíalle que aquel lenzo sería un bo substituto dunha fotografía que nunca quitara. Os ronquidos no cuarto do lado naquela madrugada certificáronlle o imperturbable do seu descanso. Filipa suspirou melancolicamente pola saúde mental do Rui.

Non souberon da revolución dos cravos en Portugal ata varios días despois. Escoitaran o ruxerruxe no mercado, lerias que presaxiaban aínda máis infortunio, pero ningún dato obxectivo do que puidesen fiarse. A prensa brasileira non escatimou esforzos en anunciar a chegada dun novo réxime político no país do outro lado do océano. Colleunos por sorpresa. Nin Rui nin Filipa crían daquela xa na posibilidade de que a rebelión triunfase ata o punto de derrocar ó dictador Marcelo Caetano.

A cabeceira conservadora *O Globo* afirmaba en primeira plana «Spínola assume o poder: Junta convocará eleições. Programa pede o fim da guerra. Brasil pode reconhecer logo a junta.» O *Jornal do Brasil* escribía no seu editorial «Brasil-Portugal» que o «previsível movimento militar e político que encerrou, em Portugal, o governo do primeiro ministro Marcelo Caetano, foi o reconhecimento, de facto, de que a opinião pública portuguesa exigia caminhos novos para o país, que há 13 anos se exauria numa guerra inglória em suas colónias de África. O movimento foi rápido e practicamente, incruento, que é a marca das acções que já surgem apoiadas no consenso popular». No *Estado de São Paulo:* «Golpe militar derruba o Governo português. O novo regime é aclamado nas ruas de Lisboa» e, indicaban, «antes de convocar eleições, talvez fosse conveniente proceder á reeducação das massas, para que reaprendam a fazer uso da liberdade inebriante de pensamento de reunião, de associação, de expressão e de voto. Á guerra em Angola, Moçambique e Guiné também não pode suceder a paz sem que se conheça, previamente qual a reacção dos povos e das guarnições locais ao pronunciamento ocorrido na metrópole». O xornal *Última hora* sinalaba abertamente que «o Estado Novo português ficou velho. E morreu, nasce outro Estado português. A revolução democrática e realista propõe-se mudar hábitos e vícios esclerosados por anos de domínio autócrata. (...) É preciso deixar que o processo se desenvolva, que a revolução portuguesa se consolide e se autodefina». Filipa lía as noticias e pasaba páxinas detidamente. Non sabía qué lle doía máis, se a sorpresa, a realidade ou o seu propio esquecemento. Miraba as imaxes dos tanques inzados de cravos do MFA en Lisboa e aqueloutras de todo un pobo botado á rúa e notaba como pequenas agullas dolorosas se lle espetaban no corpo todo. Era envexa e era odio.

O pai notou unhas puntadas na úlcera do estómago e laiouse de que os cambios chegasen tan tarde. Morta dona Leonor e vendidas as casas de San Pedro de Moel, Portugal era xa leira allea na que non tiñan que sachar nin que recolleitar. A saudade vingouse da súa indiferencia anterior e provocoulle centos, miles de bágoas polo que xa non estaba en disposición de recuperar, a patria perdida. Os últimos anos da súa vida foron un vivir sen vivir, apreixado entre as paredes dos recordos e os remorsos. Filipa, a súa irmá, e Inés faláronlle sempre e pedíronlle paciencia. Tivo tanta como para morrer nunha xornada serodia de outono cando en Río a mocidade festexaba na rúa o triunfo da selección de fútbol do Brasil no mundial. Os berros e os fogos de artificio aplacaron o seu estertor ós case oitenta anos de idade. A súa derradeira imaxe foi o lenzo da marusía en San Pedro de Moel e a auga enchoupando os ollos de Filipa.

Ela viña de despedir a mocidade cando o pobo recuperou a liberdade en Portugal. Acolleu a nova entre xuramentos e non podía dicir que se alegrase coa man posta no corazón. Producíalle unha queimazón no peito difícil de definir sen evitar unha longa serie de xuramentos. Preguntábase Filipa por qué nese momento; por qué xusto nese intre; por qué tardaran corenta e oito anos, case medio século en conseguilo; por qué tivera Dinís que dar a súa vida por iso. Se xa antes tiña decidido non regresar nunca, a revolución dos cravos confirmoulle o acertado da súa resolución. Cría Filipa que nunca ía ser capaz de se implicar na chegada da democracia ó que fora un país de seu, e, daquela, só sentía como un estraño. Só pode odiar quen moito amou e Portugal levárase un cacho grande do seu corazón para sempre. Pero agora, agora teimaba Filipa, xa non quedaba nada. Abril de 1974 custara a morte de dona Leonor e Dinís; o exilio dela e mais do seu pai; o roubo do seu espacio familiar, os seus recordos e os seus amigos. Non había nada que puidese custar tanto como unha vida e a ela custáralla.

Non se pode dicir que fose doado volver comezar pero estaba segura de que o lograra. Meses despois da noticia da morte de Dinís, Filipa levaba unha vida do máis normal en calquera moza brasileira. Ía cada día traballar ó mercado carioca onde despachaba cana de azucre de Campos dos Goitacases, mandioca, tomate, arroz, feixóns, millo, batata, laranxa e banana, principalmente. No tempo libre tomaba cafés coas descubertas amigas e saía bailar baixo o amparo da caloriña tropical e a rabuda ollada da lúa. A praia de Copacabana foi leito e mirada das súas furtivas incursións nocturnas naquela chamada «cidade mulher» pola sinuosidade dos seus contornos. O sexo con amor eterno e promesas como murmurios de Dinís deu paso a unha intensa paixón itinerante. Primeiro foi Samuel, un brasileiro de beizos anchos e húmidos que a sorprendeu nun solpor de caipiriña e samba. Os seus encontros foron fugaces pero afectivamente ininterrompidos. A relación durou meses ata que o Samuel, engaiolado pola única muller que se resistía minimamente ó seu corpo mestizo, dixo o que xamais debería pronunciar:

—Quérote.

Foi suficiente para que Filipa desaparecese para sempre da súa vida.

Logo, a penas unhas semanas despois de Samuel, apareceu Roque. Adoitaba mercar froita no seu posto do mercado, pero Filipa empezou a fixarse nel o día en que lle pediu que lle fiase. Era guapo Roque. As débedas contraídas obrigaban a unha explicación máis ou menos razoable e principiaron así un rosario de complicidades mutuas que acabou con intercambio de bicos e fluídos no apartamento de Filipa, namentres o vello Rui durmía no cuarto do lado. O rapaz resultou ser un emigrante galego de segunda xeración que deu cos fociños na rúa cando se lle ocorreu suxerirlle a Filipa a idea de regresar ó vello continente e levala consigo.

A Manuel Oliveira a rapaza quixo crer que o quería algo máis pero o seu credo artístico fíxolle desbotalo tamén sen máis miramento. Manuel Oliveira despuntaba como escultor na elite cultural brasileira. As súas esculturas de beleza tribal e primitiva esixían un arduo traballo de modelado que a moza aceptou polo gusto na novidade de compartir con outras súbditas do seu reinado plástico o pracer da carne. Axiña cansou daquela relación enfermiza de celos baratos ós meses de multiplicar cama e citas. A Alfredo coñecérao nunha das engaiolantes festas de Manuel Oliveira no seu ático en primeira liña de praia. Aparecían toda sorte de especimes nas inacabables noites de ron e marihuana do escultor. Escritores, pintores, arquitectos e filósofos que nunca oíran falar de Platón concentrábanse arredor das drogas para evocaren ás súas musas e practicaren as nobres artes da conversa e o fornicio. Alfredo tiña a penas vinte anos e nada que ver con aquel mundo de intelectualoides dados á loanza mutua. El procedía dos máis baixos fondos fluminenses pero tiña algo polo que eles degoiraban: a mellor marihuana de todo Río. Sentado nun extremo da terraza mofábase daqueles excesos cos petos cheos de billetes e indiferencia. A Filipa custoulle unha semana de insomnio e dúas bágoas cando viu o seu corpo morto nunha foto da páxina de sucesos locais por un axuste de contas entre bandas.

Rubén resultou unha relación máis sensual e tenue do que o primeiro encontro nun vagón de tren turístico agoirara. Comerciante dunha internacional de café, el quíxoa dende o primeiro momento en que a viu. Ela admirouno. Os dous compartiron cariño e confidencias durante máis de tres anos. Ata que un dos dous necesitou máis e o outro tivo que confesar que aquelas citas resultaran só un pasatempo no amplo marco doutras relacións. Logo viñeron John o norteamericano, o carteiro da Florida, Lois, Caetano, Silvio e tantos outros. Uns fixérona rir, outros suspirar e outros mesmo devecer pola súa compaña. Ningún deles logrou namorala o mínimo suficiente como para non desexar amencer con Dinís logo dunha noite de paixón impetuosa. A ningún se atreveu a confesarllo porque, no fondo, esas cousas sempre doen por máis que se dean por sabidas.

Rui presenciaba a entrada e saída de homes da vida da súa filla e xamais aconsellou nada. Non se sentía quen.

Da peregrinaxe de actores polo seu teatro amatorio durante máis de quince anos, Filipa quedou coa satisfacción de que alomenos o intentaba. Se non atopara un nome para borrar a pegada da alma de Dinís tal vez é que non existise. O seu namorado durmiu na penumbra da zona gris ata que as circunstancias e aquela vontade a destempo viñeron espertalo.

35

A vontade derradeira de Rui Rodrigues

Chovía en Río aquel mediodía no que Filipa chegou á casa e preparou unha sopa de verduras. Rui agardábaa como cada día coas últimas novas que lera na prensa.

—Hai eleccións democráticas en Portugal, Filipa.

—Xa.

Houbera moitos comicios dende a revolución de abril de 1974, había xa dúas décadas.

—E preséntase moita xente, Filipa.

—Xa, papá, ben sei. Veña, coma que se lle vai arrefriar a sopa.

Acabaron de xantar en silencio e Rui deitouse a descansar, tal e como tiña por hábito na sobremesa. Ós dez minutos chamou por Filipa, que estaba a ver a televisión.

—Filipa, ven acó.

—¿Aínda non dorme, papá?

—Si, muller, si. Faime un favor. Descólgame o cadro de aí que non o vexo ben.

—¿O de San Pedro de Moel?

—Si ese, tráemo acó.

—Papá, se quere préndolle a luz ou abro as contras, pero baixar o lenzo. Está moi vello e cheo de po. Veña, déixeo estar.

—Tráeme o cadro Filipa, tráemo acó.

Filipa non se atreveu a tentar disuadilo unha vez máis.

—Teña, papá, que non lle caia. Agora descanse.

—Filipa, non te vaias. Quédate acó, miña filla.

—¿Atópase ben? ¿Quere que lle chame ó médico?

—Non chames a ninguén que non teño nada. Mira, necesitaba unha cousa, nada máis, unha cousiña sen importancia.

—¿O que? –Filipa estaba a pórse nerviosa.

—Quédame pouco, filla, quédame moi pouco. Sinto que me vou esgotando.

—Papá...

—Entérrame en Portugal, Filipa, lévame á casa.

Un mes despois, Rui marchaba sen facer ruído cando Río festexaba a copa mundial de fútbol. Durante ese tempo, Filipa tivo que loitar contra a súa propia decisión e a última vontade do seu pai. Ela non quería volver por nada do mundo. Non estaba preparada para tal pisada. Odiaba Portugal.

Cando os da funeraria atravesaron o limiar da porta e levaron o cadaleito consigo, Filipa indicoulles o camiño do crematorio.

—¿Non vai ó camposanto, señorinha?

—Non. Papá volve á casa.

Unha semana despois, Filipa embarcaba nun avión transoceánico con destino Lisboa. No colo, ben agarrada, unha urna con cinzas, todo o material que o seu pai lle deixara en herdanza e debía devolver ó lugar do que saíra.

36

De contas saldadas e outras mentiras

Pechou os ollos e non quixo pensalo máis. Era demasiado tarde para botarse atrás. O avión despegou e levou consigo todos os seus temores ben suxeitos ó tren de aterraxe.

As bolboretas monarca utilizan unha especie de compás solar para encontrar un roteiro de cinco mil quilómetros, que nunca antes percorreron, a unha velocidade de vinte quilómetros por hora e a uns cincuenta metros de altura. Empregan os insectos o campo magnético da terra, a dirección do vento, a presión barométrica e as características xeográficas. A Filipa non había nada que puidese orientala porque, sentía, viaxaba ó territorio das areas esvaradías do pasado. Ningún compás podía indicarlle a dirección do seu roteiro.

Resultou máis doado do que nunha primeira impresión intuíra. Cando o aparato aterrou tras unha ducia de horas de incomodidade e balbordo de pensamentos, Filipa encontrou un país diferente. Permitiuse o luxo sentimental de vagabundear polas rúas lisboetas durante un par de horas.

Era unha auténtica estranxeira para todos eles e nesa liberdade do anonimato deixouse enguedellar pola arañeiras do seu ambiente cálido, os risos dos mozos que se cruzaban ó seu paso e a alegre mestizaxe étnica de obxectos e persoas. Non podía crer que aquilo fose Portugal. Non se parecía en absoluto ó que ela recordaba. En nada. Tiña a sensación de estar de viaxe por calquera capital europea e non na súa patria roubada.

Alugou Filipa un coche para dous días. Colocou a urna coas cinzas do seu pai no asento do lado e tomou rumbo ó norte. Cheiraba a río e calor. A moza estaba expectante, abraiada pola morea de sensacións doces e medoñentas que anunciaban o incógnito do que podía atopar. Conduciu sen descanso ata Coímbra. Non puido evitar parar alí e achegarse ó que fora o seu edificio natal. Percorreu a avenida de Sá Bandeira con nostalxia e marcada alegría. Mesturouse entre os estudiantes e quixo que a confundisen cunha daquelas rapazas de dezaoito anos que esbardallaban escaleiras arriba no Paseo de don Dinís, na entrada do recinto universitario. Cómo botara en falta aquela sensación de complicidade e innomeable liberdade. Creu ver entre a multitude os rostros de Rosa e os restantes membros da célula comunista. Había tempo que non se acordaba deles e, diantres, cánto os quixera. Baixou con tino polo lastrado e tocou a pedra amarela e poeirenta dos edificios para asegurarse de que era certo e non un soño. Meteu os dedos na inmensa cuncha da Sé Vella e persignouse para, dalgunha maneira, bendicir bautismalmente aquel momento. Abandonou o templo de inmediato para bicar unha parede que sentía máis preto do corazón cá auga dos curas: a da casa de Zeca Afonso, a quen non volvera escoitar dende había décadas. Seguiu pola rúa Quebra Costas e o Arco da Almadina e afogou un riso para evitar que a tomasen por tola. Recordaba perfectamente cando nas cargas brutais da policía a cabalo nos momentos duros das revoltas universitarias, os estudiantes tiraban auga e xabrón derretido nas congostras lastradas para que arrolasen home e besta. Pena dos animaliños. Meteuse pola rúa das Azeiteiras; a do Poço; a das Ras; o Beço dos Prazeres; o Largo da Portagem e o cemiterio onde repousaban os restos de Inés, súa nai. Marchou de novo sen darlle excesivo tempo á morriña a acamparlle na soleira do peito. Atravesou o Mondego, o río no que vertera tantas bágoas adolescentes e tomou dirección sur. A medida que devoraba quilómetros, os nervios espetábanselle no colo. A pasada veloz por Leiría coa atalaia do seu castelo enxergándoa de fite producíalle unha sensación diferente. Coma se fose a nena que viaxaba no coche do Rui a pasar as vacacións na casa da avoa Leonor. Desta vez, Rui viaxaba convertido en po e de dona Leonor non quedaba nada. Filipa non paraba de lle falar ó pai, de botar fóra os sentimentos que lle maceraban no peito e, dende alí, lle gabeaban ó cerebro. Resultaba tan estraño todo.

Pasou as naves acristaladas da venda do vidro no polígono industrial dos arrabaldos da cidade e chegou ó núcleo urbano da Marinha Grande nun abrir e pechar de ollos. Tomou na rotonda o desvío cara a San Pedro de Moel e penetrou en segundos no corazón do Pinhal do Rei. Estaba exactamente igual a como o lembraba. As dunas de area, o vento do mar, o son murmurante dos piñeiros, o mato baixo e o cheiro, sobre todo o cheiro salgado. O corazón batíalle fortemente na caixa de resonancia de ósos e sangue. As primeiras casas da aldea sorprendérona moito antes do que agardaba. A entrada do home no monte suxeriulle que quizais os límites foran violados no tempo en que ela permanecera no exilio.

Calou o sombreiro de palla e antepuxo os lentes de sol á súa maneira de ver o escenario que presenciara as súas derrotas e escasos triunfos. Quedaba pouca xente que puidese recoñecela, algún actor de reparto no que se configurara como o guión do seu pasado, pero ninguén máis. Aparcou o coche nunha rúa escasamente transitada e botou a andar cun rumbo claro. O cheiro, o que máis a impresionaba era o cheiro, tan penetrante que enchoupaba os miolos e o corazón. Construíran ducias de casas de veraneo e os xardíns estaban cheos de nenos rebuldeiros e adolescentes que fumaban os primeiros cigarros á volta da praia. As pandas andaban a facerse as beiras unhas a outras: lideiras e xogadelas que amosaban un gusto inocente e á vez pícaro pola xuventude e pola vida. Avanzou polo paseo de madeira de piñeiro que colocaran onda os cantís con pisadas miúdas. O Farol do Penedo da Saudade fitábaa cos seus ollos de lanterna abertos de par en par. Cando enxergou as canas dos pescadores non se atreveu a continuar e zorregou alí mesmo, á altura da Praia da Cuncha, as cinzas do seu pai. Non rezou porque non sabía facelo, senón tal vez diría algo, calquera cousa, para pedir que fose feliz e que a agardase onde queira que for.

No momento en que o po grisáceo lixou o vento mareiro camiño do horizonte oceánico, Filipa notou como unha pinga de auga salgada lle baixaba polo peito. Esa vez, no canto de se desprender dunha pesada carga familiar tivo a sensación de que a vida lle marchaba un pouco coas cinzas. Esparexidas polo aire, firmaban trazos de xiz que debuxaban un adeus. Coa morte de Rui quedaba orfa, absolutamente soa. Pero, a pesar de que tentase negalo, a pena que lle rillaba as entranas tiña outro nome e outro rostro no reverso da moeda. Filipa choraba por Dinís. Por aquel, polo home que non puidera velar; polo futuro que lle arrincaran tan nova; polo cárcere, por Dinís. Endiañada e enfurecida, Filipa choraba por Dinís.

Coa mirada aínda anubada pola auga, a rapaza subiu ó coche e atravesou velozmente o Pinhal do Rei camiño de Lisboa e de alí a Brasil, a terra de aluguer e exilio, Brasil. As bágoas non lle deixaban ver o camiño e tivo que deter o vehículo para chover a cachón no medio do monte areoso. Como o botara de menos. O arume tatuoulle un saúdo na pel e Filipa volveu odiar todo aquilo con máis xenreira incluso da que sentía en Río de Xaneiro. A xente ría, falaba, soñaba, seguía as súas vidas con superficialidade e ambición, mesmo amosaban nas eleccións certas chiscadelas coa dereita política. Para iso, para iso valera tanta dor, tanta morte, tanta separación..., para que recobrada a liberdade os cidadáns ratificasen nas urnas a predilección por partidos que defendían liñas programáticas baseadas no capitalismo máis exacerbado. Para iso valera, para iso, para avalar democraticamente todo o que eles denunciaran durante anos... Toda a serenidade que Filipa amosara dende a súa chegada a Portugal esborrallara trala visita a San Pedro de Moel. Odiábaos tanto, tanto a todos eles, tanto... Filipa limpou os mocos, arrastrou as pingas de auga das meixelas e do bico e arrancou o motor do coche.

Desexaba tan só regresar a Brasil, á súa rutineira vida sen lazos e apuntalada por hábitos absurdos, ó sorrinte Río de Xaneiro onde o anonimato a convertera en muller transparente.

Entre impos e caricias de panos de papel, Filipa abandonou a cerna da súa memoria. De novo na Marinha Grande botou unha ollada de esguello polo espello retrovisor á fábrica de vidro Irmãos Stephen e á praza principal. Non quixo deterse máis e tomou a autoestrada de Leiría. Esquecera a condución temeraria dos portugueses e entre insultos, pitidos, cambios bruscos de marcha e carril conseguiu acadar unha velocidade media coa que viaxar cara ó sur. Levaba máis dunha hora de viaxe cando un reflexo incontrolado a fixo deixar a autoestrada que une o norte co sur do país polo oeste atlántico. Mirara un cartel indicador de saída e pesaran as razóns do lado escuro do corazón antes que a enardecida cordura que lle pregaba refugase aquela idea tola. Necesitaba descansar, pesábanlle as pálpebras e doíanlle os músculos dos brazos e as costas e, sen embargo, non quixo parar. Enguliu quilómetros temerariamente. Pisou o acelerador e seguiu as indicacións dos carteis da estrada. Axiña empezou a resultarlle demasiado familiar. Fixera aquela viaxe trinta anos antes nun Renault vermello estartelado ó carón dunha Rosa comunista e namorada que non paraba de falar. Non estaba segura de que fose boa idea pero necesitaba ir alí. Necesitábao. Por riba de todo, as débedas contraídas co seu ideario político obrigábana a ir a alí, a Peniche, ó último lugar onde vira a Dinís, o lugar onde debía velar a súa ausencia por derradeira vez. Non sabía qué quería encontrar, se é que alí había algo xa e non simple entullo, pero un sexto sentido indicáballe que nunca podería morrer tranquila se pasase de longo e volvese poñer o océano de por medio entre o seu presente e o seu pasado.

Deixou atrás a Serra d'El-Rei e a pequena vila de Atouguia da Balea para se mergullar no terreo areoso das proximidades de Peniche. Respirou fondo e atravesou a lingua de xabre para ser engulida polas murallas militares daquel curruncho, o máis occidental de todo o estado lusitano. Desta vez refugou dar toda a volta á península e ir directamente ó destino final. Non había ninguén a quen despistar así que a visita á Papôa, ós Remédios e ó farol do cabo Carvoeiro quedaban para outra ocasión, se cadra para outra vida. Meteuse de cheo no seu paseo de palmeiras e palilleiras dilixentes e atravesou a zona do porto pesqueiro cos seus barquiños amarrados e os restaurantes de marisco vivo nos mostradores. Ata que alí, de cheo e xusto ó pasar o espigón de formigón, xermolaba o forte militar de Peniche, a antiga cadea política. Non se fixou nin na indiferencia dos veciños, nin na decrepitude do barrio histórico, nin na súa propia soidade. Para Filipa, aquela tarde só existiu Peniche.

«Esta fortaleza foi começada polo invencível Conde Luís, duas vezes vice-rei da India, por ordem do sereníssimo rei d. João III, interrompida durante doze lustros pela tirania de Castela, foi concluída, imponente e terrível, pelo Conde Jerómino, seu descendente, sob o Agustíssimo d. João IV, libertador do Reino, confia-o esta lápide á posteridade. Ano do Senhor de 1645.»

Cruzou aquel portalón por segunda vez na súa vida. Nesta ocasión non houbo rexistro nin pides nerviosos, nin olladas inquisitivas, só un amable conserxe que se achegou ó seu paso. Dentro, escoitábase un balbordo considerable.

—Ola, *menina*, boa tarde.

—Boa tarde.

—¿Desexaba entrar? Pase por *bilheteira*, por favor.

—Desculpe, ¿como di?

—*Menina*, este é un museo, o museo municipal de Peniche.

—Ahh, un museo...

—Explícolle se quere. Hoxe non vén moita xente. Veña comigo que lle conto.

—Agarde, é que eu..., eu coñecía a alguén que estivo aquí e...

—Todos tivemos alguén aquí. Tivemos a alma da resistencia entre estes muros durante corenta anos.

—...

—Eu explícolle e vostede decide se entra ou non. A fortaleza de Peniche foi fortificada en 1557, logo sufriu diversos cambios ata ser cualificada en 1645 polo entón Conselho de Guerra como a principal chave do Reino pola parte do mar. Ben..., vexo que isto non lle interesa moito, quede nada máis con que tivo un papel estratéxico dende o punto de vista político e militar ata que o fillo de..., ben ata que o que eles denominaron Estado Novo o converteu, tralas modificacións arquitectónicas que consideraron oportunas, nun presidio político de alta seguridade. Corenta anos..., de 1934 a 1974. Aquí, xa verá vostede, e xa saberá tamén, sufriron, loitaron e morreron centos de patriotas portugueses de diferentes credos en loita pola causa da liberdade. Sigo..., logo do vintecinco de abril de 1974 serviu de aloxamento provisional para familias chegadas do Ultramar que durou ata o inicio dos anos oitenta. En 1984 a Cámara

Municipal de Peniche inaugura, en parte das instalacións da fortaleza, este Museo.

—Mire, perdoe, é que o que eu quería saber é qué hai aí dentro. Só iso –Filipa estaba visiblemente nerviosa e non sabía moi ben se quedar e escoitar a aquel home de mediana idade e aspecto tranquilo ou entrar ás carreiras e ver todo o que aquel baúl tiña por lle amosar e revelarlle da súa propia vida.

—*Menina.*

—Si...

—Dígolle, non sei se me escoitou, que o Museo ten tres núcleos. O primeiro é o histórico-etnográfico con apartados de construcción naval, pescas, rendas de birlos, romano, prehistoria e achádegos submarinos. Está distribuído no primeiro e segundo andar. O segundo núcleo, no segundo andar tamén é o núcleo Arquitecto Paulino Montez, un benfeitor que deixou unha colección de mobiliario, obras de arte, libros e escritos varios. Por último está o Núcleo de Resistência Antifascista que abrangue o patio da cisterna, o parladoiro, celas de alta seguridade e Biblioteca Soeiro Pereira Gomes no terceiro andar.

—¿Como di? ¿Pódese ver o lugar no que estiveron os presos?

—Claro. A memoria é a nosa única resistencia contra as aldraxes que sufrimos...

—Unha entrada.

—Aínda lle podo explicar...

—Unha entrada, por favor, déame unha entrada –Filipa perdera definitivamente a paciencia.

Nada máis ter o billete na man, Filipa entrou ás présas. Había un grupo de escolares escoitando á mestra na parte onde se localizaba o *Parlatório* así que decidiu galopar escaleiras arriba ata o terceiro andar onde o porteiro sinalara a Sección do Núcleo de Resistência Antifascista. Atopou alí un estreito corredor blindado por portas que conducían a pequenas celas individuais coa excepción de tres celas maiores con servicios privados. As portas de barrotes de ferro selaban cada cinco pasos a posibilidade de avanzar libremente dun extremo ó outro. No antigo refectorio do piso leu Filipa os paneis descritivos onde se detallaban os pormenores das fugas, as condicións de alimentación e regras de comportamento dos presos. Deuse conta a rapaza de que estaba a ler nos paneis a novela dos últimos días de Dinís. Había un silencio desacougante nese andar no que ela parecía a única visitante. Avanzou polo corredor e tocou o frío metálico das portas das celas. Por un ollo de boi diminuto conseguiu ver a recreación do interior dunha cela. A cama, a mesa, o caldeiro, o lavabo... E nada máis, a penas nada máis.

A luz esmorecida do sol do serán zarrapicou o rostro lívido dunha muller de máis de corenta anos que se sentía daquela como unha adolescente. Estaba abatida. Vía o rostro de Dinís, as súas mans e os seus pasos por aquelas lousas, escoitou o seu alento e os seus choros dos barrotes para dentro. Ó fondo do piso encontrou a biblioteca. Nos libros, nas caligrafías miúdas intentou topar as súas letras; os trazados das sumas e as restas e os debuxos polos mapas pero o seu espírito voaba intanxible e anónimo na sombra de centos de presidiarios. Nin unha mísera pista que lle falara del e, á vez, todo cheiraba ó arume de Dinís no piñeiral. Baixou á entrada sobrecollida e, ó tempo e inexplicablemente, un pouco decepcionada. A calor bateulle de cheo na cara ó atravesar o patio da cisterna e introducirse no patio exterior.

O grupo de escolares continuaba na estancia que ela recordaba como o antigo parladoiro, xusto ó pé da entrada da fortaleza. Filipa impacientouse. Non podía agardar nin media hora máis porque quería chegar a Lisboa á noitiña. Debía coller o primeiro avión do día seguinte cara ó Brasil, así que rexeitou a súa anceiada visita en soidade para compartila con dúas ducias de raparigos.

O primeiro foi o parladoiro. Nada máis entrar, como un cuspe insultante no medio da cara; como unha bategada de auga xeada no lombo; como un insulto proferido ante unha multitude alí estaba... Viuse fronte a fronte co terror do pasado. Sentou na cadeira metálica suxeita ó chan e mirou de fite o cristal tralo que sentara Dinís tantos anos atrás. Estaba tamén a cadeira de Rosa ó seu carón e ninguén ó outro lado... Ninguén ata que aquel neno de doce anos fixo a gracia de sentar alí e borrou co seu rostro escintilante a sombra do corpo magoado e engoumado do Dinís torturado dos primeiros días de encarceramento.

—Miguel, sae de aí. Desculpe, *menina*, é que o rapaz...

Filipa saíu da gaiola da memoria.

—Non pasa nada. Só é un rapaz...

—Xa, pero hai que respectar as persoas e máis nun sitio coma este. Hai que aprendérllelo xa de novos que, se non, fan dun un pandeiro.

A moza ergueuse e botou unha ollada ó seu redor. As vitrinas estaban cheas de documentos e indicacións das medidas de seguridade no recinto, da represión das torturas, dos silencios, das escoitas, de cómo controlaban as visitas, do réxime de vida cotiá... Filipa debullou texto a texto para comprender e amainar a súa tristura e mágoa. Leu entón unha nota introductoria que a desarmou. Era unha carta cun conto ilustrado: *O beço da lua* do recluso Dinís Miranda dedicado ás súas fillas pequenas. Ó pé da carta describían como a correspondencia fora interceptada e destruída, cando non mantida secretamente sen coñecemento dos presos con falacias e mentiras para sacaren información clandestina e obligalos a confesar delictos que nunca cometeran. Noutros casos, continuaba, anunciaban a morte ou a enfermidade do detido só polo pracer macabro de facer sufrir ós seus familiares e amigos que vivían lonxe do cárcere. Este ritual pérfido durara décadas sen que ninguén se decatase e as consecuencias resultaban aínda inimaxinables pola dor que causaran en moitas persoas. Filipa non podía crer o que estaba a ler. Batéronlle os ollos entón con máis textos, unha ducia deles cunha caligrafía infantil extremadamente familiar. Indubidablemente era Dinís. Buscou desesperadamente o parágrafo explicativo e alí ficaba en letras ben grandes a razón de toda unha vida roubada.

«Estes textos son unha escolma dunha bolsa de centos de cartas escritas polo preso Dinís á súa moza Filipa, exiliada no Brasil e que nunca cruzaron os portalóns da fortaleza. O carcereiro Jorgé Alves permitiu que se conservasen ata a actualidade nunha das casamatas do recinto. Quedan así como testemuño escrito da perseveranza, a loita ideolóxica e a resistencia durante cinco anos de prisión no réxime fascista que rematou por vontade do pobo portugués o vintecinco de abril de 1974.»

Coa ollada húmida leu carta a carta todas aquelas palabras de amor, cariño e espera. Sentiu que, de repente, todo tivera sentido e, ó mesmo tempo, nada do seu pasado se baseara en feitos senón en suposicións, simples suposicións que romperan o mañá de dous posibles vencedores. Matáranlles as ilusións e as ganas de crer. Asasinéronos co silencio, aquel silencio que apagara as promesas, os desexos e o optimismo de centos de cartas nunca recibidas. Filipa, coa emoción, esqueceuse do moito que odiaba aquel país que todo llo arrincara con crueldade infinita. Non valera a pena, maldita sexa, non valera a pena. Tremíanlle as pernas e necesitaba tomar aire. Dirixiuse á seguinte sala onde aínda os rapaces con paciencia admirable escoitaban á profesora. Encontrábase mal. Os pensamentos e os desatinos trenzábanselle no corpo como as barbas do maínzo. Había raparigos por toda a sala. Non tivo folgos para pedir que a axudasen a saír e apoiouse nunha columna para agardar a que abandonasen a estancia. A sala estaba empapelada con carteis do vintecinco de abril, poemas, fotografías, follas de prensa, letras de cancións e testemuños de liberdade.

—Nenos: tede sempre presente este lugar. É un cárcere onde se maltratou a moitas persoas polo delicto de buscaren a liberdade. Recordade que se hoxe Portugal é o que é, foi gracias a centos de homes e mulleres que deixaron o mellor das súas vidas entre estas murallas. Podedes saír.

O balbordo dos nenos rompeu o silencio e Filipa quixo comprender moitas cousas. Demasiadas cousas. Limpou as bágoas e saíu co último raio de sol que batía no recinto. Cheiraba a mar e o seu son envolvente agarrouna polo cinto. Cruzou o portalón da fortaleza sen mirar atrás.

—Adeus *senhorinha*, volva cando queira.

—Gracias. Gracias por todo.

Subiu ó coche e marchou de Peniche tan confundida como apresurada. Tomou a estrada que conectaba coa A8 e acelerou todo o que o vehículo deu de si. Ó chegar ós enlaces coa autoestrada adiviñou os carteis identificativos: Porto, Coímbra, Leiría, Marinha Grande ó norte. Lisboa e Brasil ó sur. Non o pensou dúas veces. No aire bailaba unha frase como orde, como desexo, como sentencia: «Agárdame, Filipa, agárdame. Eu agardareite sempre.»

A xeito de epílogo

Os lugares, personaxes e acontecementos que se relatan nesta historia son reais. Algúns pertencen á realidade escrita nos libros de Historia e, tamén, na memoria das persoas que os viviron. Os outros, os que habitan na realidade inabranguible da Literatura resultan reais na súa mensaxe, na súa denuncia, no seu desacougo e, tamén, no seu optimismo soterrado. A todos eles a miña máis afervoada homenaxe e agradecemento por compartir comigo a súa *resistencia*.

Índice